जाट प्रधानमंत्री

JAT PRADHANAMANTRI

रनवीर सिंह

समर्पण

जाट समाज के पांच प्रधानमन्त्री जो विभिन्न देशों के प्रधानमंत्री रहे, देश सेवा के साथ समाज का नाम रोशन किया, समाज गौरवान्वित है । उनके सम्मान में सादर समर्पण ।

क्रम-सूची

क्रम-सूची

प्रस्तावना

प्रस्तावना (जाट प्रधानमंत्री)

ऐसा कहा गया है कि अपने पूर्वजों के संघर्ष की ओर मुड़कर नहीं देखने वाले लोग कभी भविष्य में समृद्धि की उम्मीद नहीं कर सकते, और यही कारण है कि मानव अपने भूतकाल से प्रेरित होकर सुधारात्मक दृष्टि अपनाते हुए निरंतर प्रगति पथ की और अग्रसर होता रहा है । जो लोग कहते हैं कि प्रेरणा हमेशा नहीं बनी रह सकती है, ठीक ही कहते हैं आखिर हम एक बार नहाकर भी तो हमेशा साफ़ नहीं रह सकते । इसलिए तो रोजाना और नियमित रूप से प्रेरणा प्राप्त करने के लिए कहा जाता है । दूसरा कुछ पाने के लिए कुछ खोना नहीं बल्कि कुछ करना पड़ता है ।

अभी समय है समाज की प्रगति, सुधारों को जानें और उनका अनुसरण कर अपने को उन्नति पर अग्रेषित रखें ।

कुछ विचार –

सकारात्मक /नकारात्मक सोच – एक बार इंसान ने कोयल से कहा – " तू काली ना होती तो कितनी अच्छी होती" सागर से कहा – तेरा पानी खारा ना होता तो कितना अच्छा होता" गुलाब से कहा – " तुझ में कांटे ना होते तो कितना अच्छा होता" । तब तीनों एक साथ बोले – "हे इंसान अगर तुझ में दूसरों की कमियाँ देखने की आदत ना होती तो तू कितना अच्छा होता" ।

उपरोक्त वार्तालाप नकारात्मक सोच दर्शाता है । सकारात्मक सोच इस प्रकार होता है –

कोयल की आवाज कितनी मधुर है, सागर में कितने मोती हैं, और गुलाब कितना सुन्दर है ।

दोष देखने के बजाय गुणों को भी देखना चाहिए । गुण/प्रशंसा आदि सकारात्मक है जबकि दोष/बुराई आदि नकारात्मक हैं ।

दशहरा – राजा राम थे तो, रावण भी राजा था । परमवीर राम थे तो, रावण भी महाबली था । ज्ञानी राम थे तो ,महाज्ञानी रावण भी था । सन्यासी राम बने तो, संयमी रावण भी रहा । पति धर्म राम ने पूरा किया तो, भ्राता धर्म रावण ने पूर्ण किया । पिता को दिया वचन राम ने निभाया तो ,बहन को दिया वचन रावन ने भी निभाया । सत्य राम थे तो, झूठा रावण भी नहीं था ।

फिर युद्ध क्यों ? राम की जीत और रावण की हार क्यों ? यह युद्ध था –

ज्ञान और महाज्ञान के सही-गलत उपयोग का । सत्य से ऊपर अति आत्म विशवास का । परिजन की सलाह नकारने का । मर्यादा पुरुषोत्तम राम और मतिभ्रम दशानन रावण का । राम नीति और रावण प्रवृत्ति का । त्यागी राम और अहंकारी रावण का ।

अतः दशहरे पर ज्ञान और बल के सही-गलत उपयोग को जानें, सत्य और अहंकार के भेद को पहचानें ।

सुन्दर सीख –

एक दिन एक दर्जी का बेटा, अपने पापा की दुकान पर चला गया । वहां जाकर उसने देखा कि उसके पापा कैंचीं से कपड़े को काटते हैं और कैंची को पैर के पास टांग से दबाकर रख देते हैं । फिर सुई से उसको सिलते हैं और सिलने के बाद सुई को अपनी टोपी पर लगा लेते हैं । जब उसने उस प्रक्रिया को 4-5 बार देखा तो उसने पापा से कहा कि एक बात उनसे पूछना चाहता है ? पापा ने कहा – बेटा बोलो, क्या पूछना चाहते हो ? बेटा बोला – पापा, आप जब भी कपड़ा काटते हैं, उसके बाद कैंची को पैर के नीचे दबा देते हैं और सुई से कपड़ा सिलने के बाद, सुई को टोपी पर लगा लेते हैं, ऐसा क्यों ?

इसका उत्तर पापा ने दिया – उन पंक्तियों में मानों उसने जिन्दगी का सार समझा दिया । उत्तर था- बेटा, कैंची काटने का काम करती है, इसलिए पैरों में पड़ी रहती है काटने वाले को पैरों में दबाकर रखना ही ठीक है, और सुई जोड़ने का काम करती है, इसलिए जोड़ने वाले की जगह हमेशा ऊपर होती है ।

चाबी बनाना उचित, हथौड़ा बनकर क्या फ़ायदा –

किसी गांव में एक ताले वाले की दूकान थी । ताले वाला रोजाना अनेकों चाबियों बनाया करता था । ताले वाले की दुकान पर एक हथौड़ा भी था । वो हथौड़ा रोज देखा करता कि ये चाबी इतने मजबूत ताले को भी कितनी आसानी से खोल देती हैं । एक दिन हथौड़े ने चाबी से पूछा कि मैं तुझसे ज्यादा शक्तिशाली हूँ, मेरे अन्दर लोहा भी तुमसे ज्यादा है और आकार में भी तुमसे बड़ा हूँ लेकिन फिर भी मुझे ताला तोड़ने में बहुत समय लगता है और तुम इतनी आसानी से मजबूत ताला कैसे खोल देते हो । चाबी ने मुस्करा कर कहा कि तुम ताले पर ऊपर से प्रहार करते हो और उसे तोड़ने की कोशिश करते हो । लेकिन मैं ताले के अन्दर तक जाती हूँ उसके अंतर्मन को छूती हूँ और वो खुल जाया करता है । आप कितने ही शक्तिशाली हों, या कितनी भी आपके पास ताकत हो, लेकिन जब तक आप लोगों के दिल में नहीं उतरेंगे, उनके अंतर्मन को नहीं छुयेंगे तब तक कोई आपकी इज्जत नहीं करेगा । हथौड़े के प्रहार से ताला खुलता नहीं बल्कि टूट जाता है । ठीक वैसे ही अगर आप शक्ति के बल पर कुछ काम करना चाहते हैं तो आप शतप्रतिशत नाकामयाब रहेंगे क्योंकि शक्ति से आप किसी के दिल को नहीं छू सकते ।

मन – मन ही मन को जानता, मन की मन से प्रीति, मन ही मनमानी करे, मन ही मन का मीत , मन झूमे मन बावरा, मन की अद्भुत रीत, मन के हारे हार है, मन के जीते जीत ।

समय – एक समय था जब 'मन्त्र' काम करते थे, उसके बाद एक समय आया, जिसमें 'तंत्र' काम करते थे, फिर समय आया जिसमें 'यन्त्र' काम करते थे, और आज के समय में कितने दुख की बात है कि सिर्फ 'षड्यंत्र' काम करते हैं । जब तक सत्य घर से बाहर निकलता है तब तक झूठ आधी दुनिया घूम लेता है । कल शीशा था, सब देख-देख कर जाते थे, आज

टूट गया सब बच-बच कर जाते हैं, समय के साथ, देखने और इस्तेमाल का नजरिया बदल जाता है । एक उम्र थी कि जादू में भी यकीन था, एक उम्र ये है कि हकीकत पर भी शक है । रख भरोसा खुद पर, क्यों ढूंढता है?, फ़रिश्ते , पंछियों के पास कहाँ होते है नक्शे , फिर भी ढूंढ लेते हैं रास्ते ।

कालि करे सो आज कर, आज करे सो अब, पल में प्रलय होयगी, बहुर करेगा कब ।

समय और ज्वर भाटा किसी की प्रतीक्षा नहीं करते ।

उद्यमेनहि कार्याणि सिद्धन्ति, नहि मनोरथे, नहि सुप्तस्य सिंहस्य मुखे प्रवसति मृगा " ।

कर्म प्रधान विश्व करि राखा । कर्मण्येवाधिकारस्तु मा फलेषु कदाचन । कर्म ही पूजा है ।

रामचन्द्र जी ने अहिल्या का उद्धार किया और अपनी पत्नि,व भाई लक्ष्मण के लिए वानरों से मदद ली ।

समय – समय की बात है भीलन लूटी गोपिकाएं, वहीं अर्जुन वही बाण ।

माली सींचे मूल को, ऋतु आये फल होए ।

पात्रता – एक साथ बरसात होने पर जैसा बर्तन उसी के अनुसार पानी एकत्र होता है ।

परीक्षा/अध्यापन – सबके प्रश्न एक जैसे जो हल करता है उसी अनुसार परिणाम, पास/फ़ेल ।

बंद घड़ी भी चौबीस घंटे में दो बार सही समय बताती है ।

कुएं का पानी सभी फसलों को एक सामान मिलता है परन्तु फिर भी करेला कड़वा, बैर मीठा,और इमली खट्टी होती है ।, यह दोष पानी का नहीं बीज का है । वैसे ही परमात्मा ने सभी के लिए एक सामान भाग्य लिखता है लेकिन दोष कर्मों का है । आप ये कहते होंगे कि, 'मैं जीवन में असफल रहा हूँ, और हमेशा असफल ही रहूंगा' । ऐसा इसलिए कि आप पीछे मुड़कर अपनी असफलताएं देखते हैं और उन्हें वर्तमान में खींच लाते हैं । नतीजा असफलता । इस मानसिक रवैये को उलट कर देखिये और एक सफल भविष्य में जीना शुरू कीजिये ।

समाज को बदलना है तो सकारात्मक सोंचें, खुद पहल करें, दिखेगा बदलाव ।

व्यक्तित्व विकास केसाथ समाज विकास जरुरी, हमें दूसरों का मार्ग भी प्रशस्त करना चाहिए ।

भुलाने वाली सारी बातें याद हैं, इसलिए जिन्दगी में विवाद हैं ।

जनतंत्र की कहानियाँ – चोर बहुत होशियार होते हैं – जब भी भैंस चुराते हैं सबसे पहले भैंस के गले से घंटी खोलते हैं । फिर एक चोर घंटी बजाते हुए पश्चिम की ओर चला जाता है, बाकी चोर भैंस को पूर्व की ओर ले जाते हैं । गांव के लोग घंटी की आवाज सुनकर पश्चिम की ओर भागते हैं, आगे जाकर चोर घंटी को फेंककर भाग जाते हैं । इसलिए गांव वालों के हाथों में घंटी आती है और चोर भैंस चुरा ले जाते हैं ।

हमारी भैंस – शिक्षा, रोजगार, स्वास्थ्य , महिला सुरक्षा, सड़क व परिवहन व्यवस्था, पेय जल, सिंचाई व्यवस्था, बिजली व्यवस्था, जैसे मुख्य मुद्दे हैं ।

भैंस की घंटी – भटकाने वाले मुद्दे धर्म, जातीय, हिन्दू-सिक्ख –मुस्लिम- ईसाई, अजा- अजजा- पिछड़ा वर्ग एवं सवर्ण आरक्षण आदि ।

सबके लिए शिक्षा जरुरी है क्योंकि कलम की ताकत दुनिया की हर ताकत से बड़ी है । एक रोटी कम खाओ, पर बच्चों को अवश्य पढाओ । पेयजल – पानी बचाया जा सकता है लेकिन पानी बनाया नहीं जा सकता है, अत: जल संरक्षण और संवर्धन जरुरी है । पर्यावरण की दृष्टि से पानी की शुद्धता पर खतरा है कि आज पानी बोतल से पिया जा रहा है । अन्न उत्पादन व उससे सम्बंधित कार्यक्रमों – हरित क्रान्ति, नीली क्रान्ति, पीली क्रान्ति, श्वेत क्रान्ति, सुनहरी क्रान्ति और इन्द्रधनुषी क्रान्ति के साथ – साथ मिट्टी (मृदा) परीक्षण अति आवश्यक है जिससे मृदा के कम होने वाले तत्वों का संरक्षण फसल चक्र से सुधारा जा सके । टमाटर, प्याज आदि मौसमी फसलों के संवर्धन हेतु नवीन प्रक्रियाओं की जरुरत है । कृषि वैज्ञानिक गेंहू की इस प्रकार की फसलों का अनुसन्धान प्रगति पर है कि पहले एक या दो बार फसल चारे के रूप में काटा जाए और तीसरी बार वह गेंहू उत्पादन में काम आए । इससे हरे चारे की समस्या का समाधान और फसल के दाम भी बढ़ने से लाभकारी होगा । इसी प्रकार गन्ने की फसल से इथनोल बनाया जाय । किसानों को भी औपचारित बीजों के बारे में स्पष्ट सलाह दी जावे कि उसका निरंतर पुन: उपयोग लाभकारी नहीं होता है । बीज बेचते समय किसानों के साथ छलावा उचित नहीं ।

सेवा – मानव जन्म सफल दो प्रकार से होता है । एक तो इस संसार में व्यक्ति जहां कोई काम करता है वहां भला (अच्छा) हो । अच्छे विचार वाला और कर्म धर्म में पक्का हो, यह एक प्रकार है । पशुओं में ये बातें नहीं । बुद्धि का विकास केवल मनुष्य में है । यह मनुष्य को बहुत ही अच्छा बनाता है ।

वही जन्मा है जिस के जन्म लेने पर किसी जाति और मनुष्य की उन्नति हुई । खेती वही अच्छी है जो फलीभूत होती है , जिसको फल लगता है । जन्म वही अच्छा कि जिस में सेवा का फल लगा । नहीं तो यह जन्म मरण का चक्कर तो चलता है । यह अनिवार्य बात है ।

कोई मनुष्य जो अपने लिए नहीं जीता । पक्षी बहुत अच्छे अपने घोंसले बनाते हैं । खरगोश की बिल ऐसी अच्छी कि दूसरा जानवर पहुँच नहीं पाता । यह तो सब में पाया जाता है । यदि मनुष्य भी ऐसा ही हुआ कि अपने ही काम लगा रहा तो पशुओं से कोई अच्छा जन्म नहीं हुआ ।

विडंबना यह है कि मानव भगवान बनना चाहता है, जबिक स्वयं भगवान मानव रूप में अवतरित होते हैं, अवतारवाद अनुसार । मानव मानव ही रहकर श्रेष्ठ कार्य करे तो चौरासी का जीवन सफल होगा ।

शिक्षा ही कर्म प्रधानता को श्रेष्ठ कहती है – हिन्दी में - " कर्म ही पूजा है ", अंग्रेजी में - " वर्क इज वरशिप " (Work is worship), गीता में –" कर्मण्येवाधिकारस्तु मा फलेषु कदाचन", रामचरित मानस (तुलसीकृत) में - " कर्म प्रधान विश्व करि राखा ", और संस्कृत में – " उद्यमेनहि कार्याणि सिद्धन्ति, नहि मनोरथे, नहि सुप्तस्य सिंहस्य मुखे प्रवसति मृगा " ।

जाति ही मानव को उच्चतम गुणों को ग्रहण करने विकिसित करने के योग्य बनाती है । यह नियम है कि देखना केवल सजातीय में ही संभव होता है अर्थात दृश्य दर्शन और दृष्टा के एक ही जाति के होने से देखना होता है, अन्यथा नहीं । जो जाती नहीं वह जाति है । गेंहू की तुलना गेंहू से, चने की तुलना चने से की जाती है । तब श्रेष्ठता का पता लगता है ।

जाट जाति विश्व की गौरवमयी जाति है । अन्यों की अपेक्षा परिश्रमी किसान, बहादुर, विद्वान और उत्कृष्ट हैं ।

13 वीं शताब्दी तक जाटों में रक्त, भाषा और धर्म की एकता थी, परन्तु वर्तमान में उनमें लगभग 50 प्रतिशत हिन्दू जाट, 30 प्रतिशत मुस्लिम जाट, तथा 20 प्रतिशत सिक्ख जाट हैं । वर्तमान में कृषि कार्य के अतिरिक्त सेवा, व्यापार, व्यवसाय व कार्यक्षेत्र के कारण मुख्यत: सम्पूर्ण विश्व में विशिष्ट स्थानों पर रहकर जातीय गौरव को गौरवान्वित कर रहे है ।

स्वतंत्रता के पहले भारत और पाकिस्तान आदि में जाट रियाशते/जागीर थी । स्वतंत्रता आन्दोलन में अहम् भूमिका निभाने वाले जाट भी थे । स्वतंत्रता से पहले आजाद हिन्द फ़ौज के संस्थापक नेताजी सुभाष (जन्म - 23 जनवरी 1897, मृत्यु - 18 अगस्त 1945) का इतिहास में उल्लेख है । परन्तु दुर्भाग्यवश उनके समकालीन राजा महेन्द्र प्रताप (आर्यन पेशवा) (जन्म - 01 जनवरी 1886 से मृत्यु - 29 अप्रैल 1979) का इतिहास क्यों शिक्षा में शामिल नहीं किया गया ? महाराजा सूरजमल (जन्म - भरतपुर - राजस्थान), शहीद भगत सिंह, महाराजा रणजीत सिंह (पंजाब) आदि, श्री गुरुबक्स सिंह ढिल्लों, श्री प्रीतम सिंह ढिल्लों, श्री निरंजन सिंह गिल, श्री मोहन सिंह, श्री राजा महेन्द्र प्रताप (राजा मुरसान तत्कालीन जिला अलीगढ़, वर्तमान जिला हाथरस उत्तर प्रदेश) जो आदि आजाद हिन्द फ़ौज के संस्थापकों में से थे । रहवरे सर दीनबन्धु छोटूराम जो किसानों के मसीहा रहे जिनकी स्मृति में समाज द्वारा जसिया रोहतक हरियाणा में भारतीय प्रशासनिक सेवा (आईएएस) तथा अन्य सेवाओं से सम्बन्धित प्रशिक्षण संस्थान स्थापित किया जा रहा है । राजा महेन्द्र प्रताप ने अपने समय में 'प्रेम धर्म' की स्थापना की थी । वुन्दावन (मथुरा) में प्रेम महाविद्यालय और पोलीटेकनिक कालेज की स्थापना की थी। अलीगढ़ मुस्लिम विश्वविद्यालय स्थापना हेतु अपनी जमीन दान दी थी । वर्ष 2021 में राजा महेन्द्र प्रताप स्मृति में राजा महेन्द्र प्रताप सिंह राज्य विश्वविद्यालय अलीगढ़ उत्तर - प्रदेश की आधार शिला (14 सितम्बर 2021) रखी गयी है । राजा महेन्द्र प्रताप ने अपने यौवन काल के लगभग 34 वर्ष देश के बाहर 21 देशों में घूमकर देश की आजादी के लिए क्रांतिकारी

कदम उठाए और संघर्ष किया तथा प्रथम विश्व युद्ध के दौरान काबुल, अफगानिस्तान में निर्वाचित सरकार का गठन किया । राजा जी एक महान स्वतंत्रता सेनानी के अतिरिक्त शिक्षाविद, महान दार्शनिक, युगद्रष्टा, दान दाता (जो राजा से फ़कीर हुए) तथा विश्वबंधु भी थे ।

राजनीतिक क्षेत्र में भारत में जिनका जन्मदिवस किसान दिवस (23 दिसम्बर) के रूप में मनाये जाने वाले किसानों के मसीहा, भारत रत्न , चौधरी चरण सिंह (जन्म - 23 दिसम्बर 1902, मृत्यु 29 मई 1987) भारत के पांचवे प्रधानमंत्री रहे ।

आपके अतिरिक्त चौधरी महेन्द्र सिंह (पूर्वज हरियाणा वल्हारा जाट) फिजी देश के चौथे प्रधानमंत्री रहे ।

पाकिस्तान के प्रथम प्रधानमंत्री चौधरी लियाकत अली मुस्लिम जाट (मंधान गोत्र) थे । पाकिस्तान के 7 वें प्रधानमन्त्री फिरोज खान नून (मुस्लिम जाट, नून गोत्र) और चौधरी सुजात हुसैन (मुस्लिम जाट - वाराइच गोत्र) 16वें प्रधानमंत्री थे ।

ईराक के राष्ट्रपति सद्दाम हुसैन (जन्म - 28 अप्रैल 1937, मृत्यु - 30 दिसम्बर 2006) भी मुस्लिम जाट थे ।

जाट समाज के राजनीति क्षेत्र में भारत को एक राष्ट्रपति (आजादी से पहले अस्थाई सरकार के राष्ट्रपति - राजा महेन्द्र प्रताप), एक उपराष्ट्रपति (जगदीप धनखड़), एक प्रधानमंत्री (चौधरी चरणसिंह), दो उप प्रधानमंत्री (चौधरी चरणसिंह और चौधरी देवीलाल), तीन लोकसभा स्पीकर (सरदार हुकमसिंह, गुरु दयाल सिंह ढिल्लों और डॉक्टर बलराम जाखड़), राज्यपाल (16) मुख्यमंत्री (18) देने का सौभाग्य प्राप्त है ।

प्राय: हल्दी घाटी युद्ध (18 जून 1576) और पानीपत की तीन लड़ाईयां (21 अप्रैल 1576, 5 नवम्बर 1556, तथा 14 जनवरी 1761) की चर्चा सुनने पढ़ने को मिलती हैं । लेकिन समरवीर गोकुला के विषय में कितने जानते हैं, चर्चा होती है मालूम नहीं । हल्दी घाटी पर श्री श्यामनारायण पाण्डेय द्वारा हल्दी घाटी खंड काव्य लिखा गया है । उसी प्रकार समरवीर गोकुला पर प्रबन्ध काव्य श्री बलवीर सिंह करुण द्वारा लिखी जा चुकी है ।

कवि के संक्षेप विचार –

हल्दी घाटी का समर विकट, कुछ ही घंटों में गया निपट ।

ये तीन दिवस बाहर जूझे, तिलपट में जूझे तीन दिवस ।

अब लगे हाथ बतला दें, पानीपत के तीनों रण भी, ।

एक एक दिवस में निपट गए, देखा न दूसरा तो दिन भी ।

यहां यह उल्लेख करना भी आवश्यक है कि उपरोक्त वर्णित युद्ध दो शासकों के बीच हुए, जबकि तिलपट युद्ध में एक तरफ शासक (औरंगजेब) तो दूसरी तरफ किसानों का प्रतिनिधि समरवीर गोकुला (मृत्यु 1 जनवरी 1670) और किसान जिनके पास न हथियार थे न सेना थी उनके द्वारा केवल नीतियों का विरोध था ।

इससे पहले जाट बलिदानी , जाट संत, जाट कवि, जाट मुख्यमंत्री , जाट राज्यपाल, जाट महिला खिलाड़ी, जाट प्लेयर्स (कॉमन वेल्थ गेम्स विर्मिन्घम 2022), तोमर (तंवर/ तनवर), जटवारा चंबल-सिंध और एक व्यक्तित्व – राजा महेन्द्र प्रताप पर पुस्तक लेखन किया गया है । यह लेखन जाट प्रधानमंत्री से सम्बन्धित है, आशा है कि पूर्वजों के इतिहास को पढ़कर कुछ सकारात्मक विचारों के साथ प्रगति करेंगे ।

राजनीति में फिर भी चर्चा होती है वहां पर भी जाति विषय चर्चित होता है ।

जिस प्रकार संत क्षेत्र, सेवा क्षेत्र जैसे डॉक्टर, इंजीनियर, आदि अपने पद व स्थान उस कार्य क्षेत्र और विशिष्टता के अनुरूप होती हैं परन्तु जाति से सम्बन्धित विषय भी आता है ।

जाट समाज के तीन प्रधानमन्त्री जो विभिन्न देशों के प्रधानमंत्री रहे, देश सेवा के साथ समाज का नाम रोशन किया , समाज गौरवान्वित है । जिनका विस्तृत विवरण इस पुस्तक में उल्लेखित किया गया है ।

चौधरी चरण सिंह (उत्तर प्रदेश, तेवतिया जाट गोत्र)(जन्म - 23 दिसम्बर 1902, मृत्यु 29 मई 1987) भारत रत्न , किसानों के मसीहा, भारत के पाँचवे प्रधानमंत्री रहे । कार्यकाल – (28 जुलाई 1979 से 14 जनवरी 1980) ।

चौधरी महेन्द्र सिंह (पूर्वज हरियाणा, वल्हारा जाट गोत्र) (जन्म 9 फ़रवरी 1942) फिजी देश के चौथे प्रधानमंत्री रहे । कार्यकाल - 19 मई 1999 से 25 मई 2000 तक) ।

चौधरी लियाकत अली (मुस्लिम जाट गोत्र मंधान) (जन्म - 1 अक्टूबर, 1895 – मृत्यु - 16 अक्टूबर, 1951) पाकिस्तान के प्रथम प्रधानमंत्री रहे । कार्यकाल (14 अगस्त 1947 – 16 अक्टूबर 1951) ।

फ़िरोज़ खान नून (मुस्लिम जाट, गोत्र - नून),(जन्म- 07 मई1893- मृत्यु 09 दिसंबर 1970), 7वें प्रधानमंत्री पाकिस्तान, प्रधानमंत्री कार्यकाल, (16 दिसंबर 1957 से 07अक्टूबर1958) ।

चौधरी शुजात हुसैन (मुस्लिम जाट, वाराइच - गोत्र), (जन्म 27 जनवरी, 1946), 16 वें प्रधानमंत्री पाकिस्तान, प्रधानमंत्री कार्यकाल (30 जून 2004 से 28 अगस्त 2004) ।

लेखक उन सभी सन्दर्भों के प्रति भी कृतज्ञ है जिनका इस पुस्तक में सहयोग लिया गया है ।

वर्तमान में अधिकतर जानकारियां विभिन्न मिडिया संदर्भों पर उपलब्ध रहती हैं, फिर कुछ कहते हैं कि इस तरह पुस्तक लेखन की क्या आवश्यकता ? मीडिया जानकारी जब भी पढ़ी जाएगी, तब तब नेट उपलब्धता और उसका भुगतान दोनों खर्च होते हैं । जबकि पुस्तक तो एक बार ही खरीदी जाती है उसके बाद कोई भी कहीं भी पढ़ सकता है, बशर्ते पढ़ने की रूचि हो ।

जाट – समाज कृषि क्षेत्र के अतिरिक्त राजनीति, सेवा, सेना, खेल - कूद, व्यापार, व्यवसाय, संत समाज क्षेत्र, देश –विदेश में अपनी भूमिका निभाने में अग्रणीय और अनुकरणीय रहा है ।

रनवीर सिंह

1

भारत रत्न, चौधरी चरण सिंह (जीवन परिचय)

भारत रत्न, चौधरी चरण सिंह (जीवन परिचय)

भारत रत्न, चौधरी चरण सिंह पूर्व प्रधानमंत्री भारत

चौधरी चरण सिंह (तेवतिया) (जन्म 23 दिसम्बर 1902 - मृत्यु 29 मई 1987) 28 जुलाई 1979 से 14 जनवरी 1980 तक भारत गणराज्य के पाँचवे प्रधानमंत्री थे। 9 फरवरी 2024 को चौधरी चरण सिंह को भारत गणराज्य के सर्वोच्च नागरिक पुरस्कार भारत रत्न से सम्मानित किया गया । यह सम्मान सर्वोच्च राष्ट्रीय सेवा के लिए दिया जाता है।

प्रारंभिक जीवन

चौधरी चरण सिंह पश्चिमी उत्तर प्रदेश के नूरपुर की मढैया से थे और उनका जन्म तेवतिया गोत्र के जाट परिवार में हुआ था। सर छोटूराम की तरह वे भी एक ग्रामीण, किसान परिवार से थे और आगे चलकर वकील बने । उनके पिता मेरे सिंह नूरपुर में 5 एकड़ के काश्तकार थे। इस प्रकार चरण सिंह का जन्म एक गरीब, छोटे काश्तकार परिवार में हुआ था, वे ज़मींदार नहीं थे। उन दोनों ने एक एकीकृत ग्रामीण समुदाय की अवधारणा को बढ़ावा दिया, जिसमें न केवल जाट, बल्कि अन्य लोग भी शामिल थे। और उन दोनों ने उस समय ब्राह्मण-बनिया गठबंधन की शोषक प्रकृति के बारे में एक समान चिंता साझा की

https://www.jatland.com/home/

File:Meer_Singh_and_Netrakaur_Parents_of_Charan_Singh.jpg

चौधरी मीर सिंह और श्रीमती नेत्रकौर: चरण सिंह के माता-पिता

चरण सिंह के पूर्वज 1857 के विद्रोह के प्रमुख स्वतंत्रता सेनानी, बल्लभगढ़ (वर्तमान हरियाणा में) के राजा नाहर सिंह के रिश्तेदार थे । राजा नाहर सिंह को दिल्ली के चांदनी चौक में फांसी पर चढ़ा दिया गया था। राजा नाहर सिंह को भारत के प्रथम स्वतंत्रता संग्राम में उनकी क्रांतिकारी भूमिका के लिए 1857 में दिल्ली के चांदनी चौक में अंग्रेजों ने फांसी पर लटका दिया था। राजा के रिश्तेदारों और समर्थकों पर ब्रिटिश सरकार द्वारा किए गए

अत्याचार से बचने के लिए, चरण सिंह के दादा उत्तर प्रदेश के बुलंदशहर जिले में चले गए।

परिवार के सदस्य

https://www.jatland.com/home/

File:Charan_Singh_Family_Tree._Bhaskar.3.5.2024.jpg

चरण सिंह वंश वृक्ष.भास्कर.3.5.2024

- चौधरी चरण सिंह
- पिता चौधरी मीर सिंह तेवतिया, ग्रामनूरपुर की मढैया ।
- माता नेत्र कौर, गांव चित्सोना अलीपुर, बुलंदशहर ।
- पत्नी गायत्री देवी , सोनीपत हरियाणा के गढ़ी - कुंडल निवासी चौधरी गंगाराम जटराना (आर्य) की पुत्री
- पांच बेटियाँ और दामाद।
- सत्यवती ने प्रोफेसर गुरुदत्त सोलंकी से विवाह किया, जो कागारौल रियासत आगरा उत्तर प्रदेश के राजा कान्ही सिंह सोलंकी कागारौल के वंशज थे ।
- वेदवती का विवाह डॉ. जय पाल सिंह लुहाच (लोहित) (पदमश्री) भड़गपुर हापुड़ उत्तर प्रदेश - पुत्र हर्ष सिंह लोहित से हुआ।
- ज्ञानवती का विवाह आईपीएस सत्येंद्र प्रसन्न सिंह (महाराष्ट्र के डीजीपी) से हुआ, जो हाजीपुर बिजनौर, उत्तर प्रदेश के रहने वाले हैं ।
- शारदा ने उत्तर प्रदेश के बिजनौर में शादीपुर मिलक के बासुदेव सिंह से विवाह किया ।
- सरोज वर्मा (तेवतिया) ने अविनाश वर्मा से विवाह किया ।
- बेटे बेटे अजीत सिंह (12.02.1939 - 06.05.2021) का विवाह (15 जून सन 1967) उत्तर प्रदेश के मुरादाबाद के कांठ तहसील में कुंवर सुखबीर सिंह बिश्नोई की बेटी राधिका बिश्नोई (1947-2014) से हुआ । इनके तीन बच्चे हैं → 1. जयंत, 2. निधि, 3. दीप्ति ।
- पौत्र जयंत चौधरी (जन्म:27.12.1978), जयंत चौधरी की शादी चारु सिंह से 2003 में हुई जिनसे दो पुत्रियां (साहिरा, इलेशा) हुईं।

जीवन परिचय: चौधरी चरणसिंह

चौधरी चरणसिंह के पिता श्री मीरसिंह और माता श्रीमती नेत्रकौर ।

जिस व्यक्ति को इस देश की मिट्टी के साथ लगाव है, जो इस देश की जनता की खुशहाली में रूची रखता है और भारतीय सभ्यता एवं संस्कृति के प्रति आस्थावान है उस सच्चे हितैषी का नाम चौधरी चरणसिंह था। कारण यह था कि कृषक व पिछडे वर्ग के लोगों की आबादी का 80.2 प्रतिशत भाग ग्रामीण क्षेत्र में रहता है इसलिए उन्होने यह नारा दिया था- "देश की समृद्धि का रास्ता गांवों के खेतों एवं खलिहानों से होकर गुजरता है।" और इस मार्मिक नारे को उन्होंने पूर्णतया सत्य साबित भी किया था। चौधरी चरणसिंह भारत के उन जननायकों में से थे जिन्होने जिंदगी भर अन्याय, शोषण और अत्याचार के विरुद्ध

तथा गरीबी व किसानों के हितों के लिए संघर्ष किया। वे निडरता व साहस के धनी तथा किसानों के हिमायती व प्रखर वक्ता थे। उनकी जीवनी स्कूलों में पढ़ाई जानी चाहिए जिससे आज का युवा वर्ग समझ सके कि हमारे पूर्वजों ने कितने संघर्ष से अधिकार और आजादी प्राप्त की है जिसका उपयोग आज हम कर रहे हैं और हमारा समाज दिनों-दिन प्रगति के राह पर आगे बढ़ रहा है। ऐसे युगपुरुष का जीवन परिचय जानना प्रत्येक किसान व समाज के प्रबुद्ध व्यक्ति के लिए अनिवार्य है। भारत के राजनैतिक क्षितिज पर अर्द्धशती तक छाये रहने वाले लौहपुरुष चौधरी चरणसिंह का जन्म उत्तरप्रदेश राज्य के मेरठ जिले के नूरपुर ग्राम के एक साधारण किसान (जाट) परिवार में 23 दिसम्बर 1902 का हुआ था। अनके पिता का नाम श्री मीरसिंह और माता का नाम नेत्रकौर था। चौधरी चरणसिंह जी ने छात्रजीवन में सबसे अधिक महात्मा गांधी जी के त्याग, बलिदान व उत्कृष्ट देशभक्ति से प्रभावित होकर महर्षि दयानन्द सरस्वती जी के प्रगतिशील धार्मिक विचारों को अपने जीवन में अपनाया था और स्वामी जी की विचारधाराओं से प्रभावित होकर ही उन्होंने देश की स्वतंत्रता के आनदोलन में भाग लिया और इस आन्दोलन को सफल बनाने में अपना तन-मन-धन न्यौछावर कर दिया।

चौधरी चरणसिंह का जीवन परिचय कैप्टन दलीपसिंह अहलावत की पुस्तक जाट वीरों का इतिहास, अध्याय 10, (पृष्ठ.940-969) से निम्नानुसार साभार प्रकाशित किया जा रहा है:

चौ. चरणसिंह बड़े बुद्धिमान्, विद्वान्, अर्थशास्त्रज्ञ, प्रवीण राजनीतिज्ञ, कुशल शासक, कर्मयोगी, निडर एवं ईमानदार, निपुण कार्यकर्ता, सिद्धान्तों के धनी, स्वाभिमानी, सत्य के पुजारी, भ्रष्टाचार व अन्याय के विरोधी, सरदार पटेल की भांति लोहपुरुष, महर्षि दयानन्द सरस्वती के धार्मिक शिष्य, सच्चे गांधीवादी, भारतवर्ष के किसानों के वास्तविक नेता तथा मजदूरों व गरीबों के मसीहा, महान् देशभक्त एवं भारत माता के सच्चे सपूत थे। वे अपने देश की भलाई में रुचि रखते थे और उनकी भारतीय सभ्यता एवं संस्कृति के प्रति श्रद्धा थी। बड़े-बड़े पदों पर रहते हुए भी सरकारी साधनों के व्यक्तिगत प्रयोग के कट्टर दुश्मन रहे। सरकारी विभागों में खर्च की कमी को व्यावहारिक रूप देते रहे, पूंजीपतियों से चन्दा लेने के पक्ष में कभी नहीं रहे। मार्क्सवादी न होते हुए भी मार्क्स के इस कथन के समर्थक रहे कि पूंजी के साथ प्रभाव भी ग्रहण करना पड़ता है। अतः चुनाव प्रचार के लिए धन का अभाव होते हुए भी मिल मालिकों से चन्दा लेने के विरोधी रहे। सिम्पिल लिविंग और हाई थिंकिंग के साक्षात् अवतार, गृहमन्त्री एवं प्रधानमंत्री होते हुए भी अपने बंगले में भी एक कमरे में कालीन बिछाकर बैठते और सामने छोटी मेज रखकर लिखते थे। चौधरी साहब एक साधारण ग्रामीण की भांति खद्दर की धोती, कुर्ता, सिर पर गांधी टोपी और सादी जूती पहनते थे।

राजा नाहरसिंह, बल्लबगढ़

चौधरी चरणसिंह जी का वंश परिचय: चन्द्रवंश में शिवि गोत्र वैदिक कालीन जाट गोत्र है। इसी शिवि गोत्र के जाट भटिण्डा क्षेत्र में आबाद थे। इसी शिवि गोत्र का एक जाट सरदार

गोपालसिंह जो कि भटिंडा के निकट गांव तिब्बत (तिरपत) के रहने वाले थे, अपने वंशजों के साथ वहां से चलकर सन् 1705 में बल्लबगढ़ के उतर में 3 मील की दूरी पर Sihi गांव में आकर आबाद हो गया। सरदार गोपालसिंह अपनी शक्ति के बल पर बल्लभगढ़ को अपनी राजधानी बनाकर उस क्षेत्र का राजा बन बैठा। राजा गोपालसिंह तथा उसके वंशजों ने यहां आकर अपने शिवि गोत्र के स्थान पर अपने को तिब्बत (तिरपत) गांव के नाम पर तेवतिया प्रसिद्ध कर दिया। फरीदाबाद में उस समय मुग़लों की ओर से मुर्तिज़ा खां हाकिम था। उसने भयभीत होकर गोपालसिंह को फरीदाबाद परगने का चौधरी बना दिया। राजा गोपालसिंह की मृत्यु होने के बाद उसका पुत्र चरनदास इस रियासत का राजा बना और फिर उसका पुत्र बलराम, महाराजा सूरजमल भरतपुर नरेश की सहायता से बल्लबगढ़ परगने का शासक हुआ। यह घटना सन् 1747 ई. की है। बलराम ने बल्लबगढ़ में एक सुदृढ़ किला बनाया और अपने राज्य की शक्ति को बढ़ाया। उसी राजा बलराम के नाम से यह बल्लबगढ़ प्रसिद्ध हुआ। 29 नवम्बर, 1753 में राजा बलराम तेवतिया की मृत्यु हो गई। महाराजा सूरजमल ने उसके पुत्र बिशनसिंह और किशनसिंह को बल्लबगढ़ का शासक बना दिया। वे 1774 तक यहां पर शासक रहे। इसी वंश में वीर योद्धा राजा नाहरसिंह बल्लबगढ़ का नरेश हुआ। सन् 1857 के प्रथम स्वतन्त्रता युद्ध, जो अंग्रेजों के विरुद्ध लड़ा गया, के समय राजा नाहरसिंह की शक्तिशाली सेना ने दिल्ली के दक्षिण तथा पूर्व की ओर से अंग्रेजी सेना को दिल्ली में प्रवेश नहीं होने दिया। अंग्रेजों के दांत खट्टे कर दिये। इस पर अंग्रेज सेनापति ने भी कहा "दिल्ली के दक्षिण पूर्वी भाग में राजा नाहरसिंह की जाट सेना के मोर्चे लोहगढ़ हैं, जिनको तोड़ना असम्भव है।" अंग्रेजों ने इस वीर योद्धा राजा नाहरसिंह को (जाट वीरों का इतिहासः दलीप सिंह अहलावत, पृष्ठान्त-940) धोखे से पकड़ लिया और चांदनी चौक में फांसी पर लटका दिया। (पूरी जानकारी के लिए देखो, सप्तम अध्याय, सन् 1858 ई. के प्रथम स्वतन्त्रता संग्राम में जाटों का योगदान, प्रकरण।)

राजा नाहरसिंह की मृत्यु के बाद अंग्रेजों ने बल्लबगढ़ पर अधिकार कर लिया और यहां से तेवतिया जाटों का राज्य समाप्त कर दिया। बल्लबगढ़ से जाकर तेवतिया जाटों ने भटौना गांव में भटौना नाम की एक नई रियासत की स्थापना की। यह भटौना गांव जिला बुलन्दशहर में है। इस भटौना से तेवतिया जाटों ने चारों ओर जाकर अपनी वंश वृद्धि की। अब ये जाट तेवतिया के साथ भटौनिया नाम से कहे जाते हैं। क्योंकि इनके 60-70 गांव भटौना गांव से निकल कर बसे थे। (अधिक जानकारी के लिए देखो, नवम अध्याय, तेवतिया/भटौनिया जाटों का बल्लबगढ़ एवं भटौना राज्य, प्रकरण)।

चौधरी चरणसिंह के दादाजी बदामसिंह इसी तेवतिया जाट राज्य घराने के थे जो भटौना गांव में बसे थे। इनका परिवार भटौना में कई वर्ष तक रहा। चौ. बदामसिंह के पांच पुत्र थे जिनके नाम - लखपतिसिंह सब से बड़ा, बूटासिंह, गोपालसिंह, रघुवीरसिंह और मीरसिंह सबसे छोटा था। चौ. मीरसिंह अपने परिवार वालों के साथ भटौना से नूरपुर गांव जिला मेरठ में जाकर आबाद हो गया। उस समय उनकी आयु 18 वर्ष की थी। इसी गांव नूरपुर में 23

दिसम्बर 1902 को चौ. मीरसिंह के यहां एक नूर का जन्म हुआ जिसका नाम चरणसिंह रखा गया। चौ. मीरसिंह एक गरीब किसान था, जो मकान बनाने में असमर्थ होने के कारण एक छप्पर में रहता था। जब बालक चरणसिंह की आयु 6 वर्ष की थी तब उनके पिता चौ० मीरसिंह को गांव भूपगढ़ी जिला मेरठ में जाना पड़ा। यहां पर चौ. मीरसिंह के यहां चार बच्चे और हुए जिनके नाम - श्यामसिंह, मानसिंह, पुत्री रामदेवी और रिसालकौर थे। ये चौ. चरणसिंह के दो भाई और दो बहनें थीं। इन बच्चों के जन्म के बाद चौ. मीरसिंह को पुनः स्थान बदलना पड़ा और वे अपने परिवार के साथ मेरठ के ही ग्राम भदौला में आ बसे। यह चौ. मीरसिंह की अन्तिम निवास यात्रा थी। इसी गांव भदौला में चौ. मीरसिंह के भाई आबाद थे, वे इनके साथ मिलकर रहने लगे।

चौ. मीरसिंह के पास इस गांव में केवल 15 एकड़ जमीन (मेरठ के एक सौ बीघे) थी, जिसमें से 5 एकड़ जमीन चौ. मीरसिंह के हिस्से में आती थी। यह सामान्य किसान परिवार में पले। अतः गरीबी को और ग्रामीण किसान जीवन को निकट से परखा। बाल्यकाल से पिता के साथ खेती में कार्य किया अतः मिट्टी में लिपटे हाथ और पसीने की कीमत भलीभांति पहचानी।

1. चौ. चरणसिंह की माता जी का नाम श्रीमती नेत्रीदेवी था।

चौधरी चरणसिंह की शिक्षा प्राप्ति: चौ. चरणसिंह के ताऊ जी लखपतिसिंह इनसे बहुत प्यार रखते थे। अतः इन्होंने ही चौ. चरणसिंह की उच्च शिक्षा का सब खर्च अपने पास से दिया। इनके गांव में स्कूल न होने के कारण इनको निकट के गांव जानी के स्कूल में दाखिल करवा दिया। प्रतिदिन घर जाते तथा कृषि कार्यों में पिताजी के साथ हाथ बंटाते। उस स्कूल से प्राइमरी शिक्षा पास करने पर चौ. चरणसिंह को गवर्नमेन्ट कालिज मेरठ में दाखिल कराया गया। आपने वहां से 1919 में मैट्रिक तथा 1921 में इण्टर की (जाट वीरों का इतिहास: दलीप सिंह अहलावत, पृष्ठान्त-941) परीक्षा पास की। सन् 1923 में आगरा कॉलिज से बी. एस. सी. तथा 1925 में एम. ए. (इतिहास) की उपाधि प्राप्त की। तथा एल. एल. बी. की सन् 1926 में उपाधि प्राप्त की।

चौ. चरणसिंह को गरीबों और किसानों के उत्थान एवं उन्नति का ध्यान सदा रहता था। अतः इसी हेतु उन्होंने सन् 1928 में गाजियाबाद में वकालत आरम्भ कर दी। यहां पर आपने किसानों के मुकदमों के फैसले कराये, उनको आपस में लड़ाई झगड़ा न करने और झगड़ों को आपसी बातचीत तथा पंचायती तौर से सुलझाने की शिक्षा दी। उनका किसानहित की दिशा में यह पहला कदम था। यही कार्य चौ. सर छोटूराम जी ने पंजाब में करके किसानों को समृद्ध बनाया।

चौधरी चरणसिंह और पत्नी श्रीमती गायत्रीदेवी

चौ. चरणसिंह का विवाह व सन्तान: हरयाणा प्रान्त के जिला सोनीपत में ग्राम कुण्डलगढ़ी में एक प्रतिष्ठित जटराणा गोत्र के जाट परिवार में चौ. गंगारामजी की पुत्री गायत्री देवी के साथ, 4 जून 1925 को, जब वह एम. ए. की परीक्षा उत्तीर्ण कर चुके थे, चौ.

चरणसिंह का विवाह कर दिया गया। श्रीमती गायत्री देवी जालन्धर कन्या विद्यालय की मैट्रिक पास अत्यन्त मृदुभाषी, सुशील और चतुर महिला है। वह चौ. चरणसिंह के गांव में रहकर परिवार का कृषि आदि का प्रत्येक कार्य देखती रही। पढ़े लिखेपन का बनावटीपन उनमें लेशमात्र भी नहीं है। ग्रामीण किसानों की हर समस्या को सुनना और उनके उचित निराकरण का प्रयास करना उनके स्वभाव में निहित है। जब देश के कोने-कोने से आये दल के कार्यकर्ता चौधरी साहब से मुलाकात नहीं कर पाते या किसी कारण निराश होकर जाते तो मात्र माताजी गायत्री देवी ही उनकी आशा का केन्द्र होती थी। वह अब तक भी कार्यकर्ताओं के बीच घिरी देखी जा सकती हैं। वह अनेकों की समस्याओं को सुलझाती हैं और अनेकों को धैर्य व साहस का पाठ पढ़ाती हैं।

माताजी श्रीमती गायत्री देवी अपने जीवन में दो बार विधान सभा की सदस्या क्रमशः ईंगलास (जिला अलीगढ़) और गोकुल (जिला मथुरा) से चुनी गयीं। फिर कैराना (मुजफ्फरनगर) से लोकसभा की सदस्या चुनी गई।

श्रीमती गायत्री देवी ने चौधरी चरणसिंह को ऊंचे पद तक पहुंचाने में अपना आवश्यक योगदान दिया। जीवन के साथी होने के नाते वह अपने पति को प्रामाणिक आवश्यकता पड़ने पर सूचित करती थीं। दो अवसरों पर गायत्री देवी ने चौधरी साहब पर उचित समय पर, उचित निर्णय लेने के लिए, अपना प्रभाव डाला। पहला, जब सन् 1965 में चौ. साहब ने कांग्रेस पार्टी से त्यागपत्र दिया। दूसरे, जब वे देसाई सरकार में वरिष्ठ उपप्रधानमन्त्री एवं आर्थिक (Finance) मन्त्री थे, देसाई सरकार से त्यागपत्र दिया। गायत्री देवी केवल चौधरी साहब की भक्तिपूर्वक पत्नी ही न थी बल्कि उनके प्रधानमन्त्री कार्यों में अपना बड़ा सहयोग प्रदान किया। उसने सदा अपने पति के स्वास्थ्य का ध्यान रखा।

यदि चौधरी चरणसिंह और गायत्री देवी की तुलना महाराजा सूरजमल व महारानी किशोरी से की जाए तो उचित होगा।

श्रीमती गायत्री देवी ने अपनी कोख से चौ. चरणसिंह के घर पांच पुत्रियों और एक पुत्र को जन्म दिया जो सभी शादीशुदा हैं। चौ. चरणसिंह ने अपने आर्यसमाजी सिद्धान्तों के अनुसार अपनी दो पुत्रियों की अन्तर्जातीय शादी कराकर आर्यसमाजी कट्टरपन का परिचय दिया है। स्वयं (जाट वीरों का इतिहासः दलीप सिंह अहलावत, पृष्ठान्त-942) को कभी जातिवाद के घेरे में कैद नहीं किया और अपनी ईमानदारी और नेकनीयती के समक्ष जाति या धर्म को आड़े नहीं आने दिया। यद्यपि देश के कुछ कुत्सित मनोवृत्ति के लोग और निकृष्ट प्रकार के राजनीतिज्ञ उनके ऊपर जातिवाद का आरोप थोपने का पूर्णतया निष्फल प्रयास करते रहे हैं। चौधरी साहब जब गाजियाबाद में वकालत कर रहे तो उनके घर का रसोइया एक सामान्य हरिजन था। वे कहा करते थे कि मुझे जाट जाति में जन्म लेने का गौरव है लेकिन यह मेरी इच्छा से नहीं हुआ। बल्कि ईश्वर की कृपा से हुआ है। मेरे लिए भारतवर्ष में निवास करने वाले सभी जातियों के मनुष्य एक समान हैं। चौधरी साहब को जाट परिवारों से कहीं अधिक यादव, राजपूत, लोधे, कुर्मी, गुर्जर, मुसलमान और पिछड़े वर्ग

में अधिक सम्मान प्राप्त था। माताजी गायत्री देवी को सन् 1978 में यादव महासभा के अखिल भारतीय सम्मेलन बम्बई में मुख्य अतिथि के रूप में बुलाया गया था। यही नहीं, अनेक ब्राह्मण एवं वैश्य परिवारों में जहां जातीय कट्टरपन नहीं है, चरणसिंह जी की एक आदर्शवादी सिद्धान्तनिष्ठ नेता और विचारशील तथा संघर्षशील, राजनैतिक व्यक्ति के रूप में मानो पूजा होती थी।

चौ. चरणसिंह की सबसे बड़ी पुत्री सत्या का विवाह एक विद्वान् प्रो. गुरुदत्तसिंह सोलंकी के साथ हुआ। वह आगरा के पास कस्बा कागारौल के मूल निवासी थे। वह खेरागढ विधान सभा क्षेत्र (जिला आगरा) से उत्तर प्रदेश विधानसभा के एम. एल. ए. चुने गये और इसी सदस्य के रूप में ही उनका मार्च 1984 ई० में निधन हो गया।

डॉ. जयपाल सिंह और पत्नी वेदवती, पुत्री चौधरी चरणसिंह, 1959

दूसरी पुत्री वेदवती का विवाह, राम मनोहर लोहिया हस्पताल के एक योग्य डाक्टर जे. पी. सिंह के साथ हुआ। तीसरी पुत्री ज्ञानवती, जो मेडिकल ग्रेजुएट है, सरकारी नौकरी से त्यागपत्र देकर जेनोआ में अपने पति के पास चली गई। वह आई. पी. एस. अफसर है। चौथी पुत्री सरोज का विवाह श्री एस. पी.वर्मा के साथ हुआ है जो कि उत्तरप्रदेश में गन्ना विभाग में अफसर है। इनका यह अन्तर्जातीय विवाह है। पांचवी पुत्री शारदा ने उत्तर प्रदेश के बिजनौर में शादीपुर मिलक के बासुदेव सिंह से विवाह किया ।

अजीतसिंह

चौ. चरणसिंह का एक ही पुत्र अजीतसिंह है जिसने यन्त्रशास्त्र विश्वविद्यालय की उपाधि धारण की है। वह अमेरिका में नौकरी करते थे। वहां से त्यागपत्र देकर भारत आ गये और लोकदल के प्रमुख मन्त्री (General Secretary) चुने गये। आप लोकसभा के सदस्य भी हैं।

चौ. चरणसिंह लोकदल के अध्यक्ष थे और हेमवती नन्दन बहुगुणा उपाध्यक्ष थे। चौ. चरणसिंह की भयंकर बीमारी के समय चौ. अजीतसिंह और बहुगुणा के मध्य मतभेद हो गया जिससे लोकदल के दो धड़े हो गये। चौ. चरणसिंह के स्वर्गवास होने पर बहुगुणा को लोकदल अध्यक्ष बनाया गया। परन्तु अजीतसिंह ने अपना अलग लोकदल बना लिया। इस तरह लोकदल दो भागों में विभाजित हो गया। एक का नाम लोकदल (ब) है जिसका अध्यक्ष बहुगुणा है और दूसरे का नाम लोकदल (अ) है जिसका अध्यक्ष चौ. अजीतसिंह है। चौ. अजीतसिंह किसानों का एक नेता है, विशेषकर उत्तरप्रदेश में। उनके भारत के किसानों के योग्य नेता बनने की सम्भावना है।

चौ. अजीतसिंह का विवाह राधिका से हुआ जिनके तीन बच्चे हैं।

2

भारत रत्न, चौधरी चरण सिंह (शिक्षा एवं आजीविका)

भारत रत्न, चौधरी चरण सिंह (शिक्षा एवं आजीविका)

शिक्षा

चरण सिंह का जन्म 23 दिसंबर 1902 को उत्तर प्रदेश केबुलंदशहर जिले के नूरपुर कस्बे में एक किसान के घर में हुआ था। वे एक अच्छे छात्र थे और उन्होंने 1925 में कला में स्नातकोत्तर की डिग्री और 1927 में कानून की डिग्री प्राप्त की।

उन्होंने प्राथमिक विद्यालय की शिक्षा जानी खुर्द गांव से, मैट्रिकुलेशन मेरठ से (1919) और इंटरमीडिएट की डिग्री आगरा कॉलेज से (1921) प्राप्त की।

उन्होंने आगरा कॉलेज से विज्ञान स्नातक (1923), आगरा कॉलेज से यूरोप, इंग्लैंड और भारतीय इतिहास में कला में स्नातकोत्तर (1925), मेरठ कॉलेज, मेरठ से कानून में स्नातकोत्तर (1927) की उपाधि प्राप्त की।

राजनीति में करियर

1902 में एक जाट परिवार में जन्मे, चरण सिंह ने स्वतंत्रता आंदोलन के हिस्से के रूप में राजनीति में प्रवेश किया। स्वतंत्रता के बाद वे 1950 के दशक में भारतीय किसान के हित में

नेहरू की समाजवादी और सामूहिक भूमि उपयोग नीतियों के खिलाफ लड़ाई का विरोध करने और जीतने के लिए विशेष रूप से उल्लेखनीय हो गए। वे सभी ग्रामीण और कृषक समुदायों के बीच बहुत लोकप्रिय थे, उनका राजनीतिक आधार पश्चिमी उत्तर प्रदेश और हरियाणा था।

1929 में वे भारतीय राष्ट्रीय कांग्रेस में शामिल हो गए। भारतीय स्वतंत्रता संग्राम में वे कई बार जेल गए। 1937 से वे संयुक्त प्रांत (अब उत्तर प्रदेश) राज्य विधानसभा में कार्यरत रहे।

फरवरी 1937 में वे 34 वर्ष की आयु में उत्तर प्रदेश (संयुक्त प्रांत) की विधान सभा के लिए चुने गए। 1938 में उन्होंने विधानसभा में कृषि उपज मंडी विधेयक पेश किया जो 31 मार्च 1938 के दिल्ली के हिंदुस्तान टाइम्स के अंकों में प्रकाशित हुआ। इस विधेयक का उद्देश्य व्यापारियों की लालच से किसानों के हितों की रक्षा करना था। इस विधेयक को भारत के अधिकांश राज्यों ने अपनाया, पंजाब 1940 में ऐसा करने वाला पहला राज्य था। इस प्रकार उनका राजनीतिक जीवन कांग्रेस के रैंकों के माध्यम से शुरू हुआ, जो किरायेदारों के अधिकारों का समर्थन करते थे। शुरुआती कांग्रेस की नीति के खिलाफ काम करते हुए और ज़मींदारों के दुर्जेय प्रभाव से लड़ते हुए, उन्होंने भूमि के किसान स्वामित्व के लिए समर्थन जुटाया, सुधारों को लागू किया और किसानों पर कर वृद्धि को रोका। उन्होंने किसानों को एक आक्रामक राजनीतिक ताकत बनाने के लिए काम किया।

चरण सिंह ने ब्रिटिश सरकार से स्वतंत्रता के लिए अहिंसक संघर्ष में महात्मा गांधी का अनुसरण किया और कई बार जेल गए। 1930 में उन्हें नमक कानून के उल्लंघन के लिए अंग्रेजों ने 6 महीने के लिए जेल भेज दिया था। नवंबर 1940 में व्यक्तिगत सत्याग्रह आंदोलन के लिए उन्हें एक साल के लिए फिर से जेल भेजा गया। अगस्त 1942 में उन्हें डीआईआर के तहत अंग्रेजों ने फिर से जेल भेजा और नवंबर 1943 में रिहा कर दिया। महात्मा गांधी के साथ-साथ वे स्वामी दयानंद , कबीर और सरदार पटेल से भी प्रभावित थे ।

प्रो. पॉल आर. ब्रास लिखते हैं कि "चरण सिंह एक ऐसी शख्सियत थे जो राष्ट्रीय मंच पर किसान वेशभूषा और व्यवहार में आए, लेकिन एक बुद्धिजीवी और विद्वान की बुद्धिमत्ता के साथ। 1960 के दशक में जब वे यूपी सरकार में मंत्री थे - या अस्थायी रूप से सत्ता से बाहर थे - तो उनसे मिलने वाले अमेरिकी और यूरोपीय विद्वान उनकी बुद्धिमत्ता, ज्ञान और आचरण से तुरंत प्रभावित हुए।"

चौ० चरणसिंह का राजनीति में प्रवेश

चौ० चरणसिंह ने सन् 1928 में गाजियाबाद में वकालत शुरू की और वहां से सन् 1939 में (जाट वीरों का इतिहास: दलीप सिंह अहलावत, पृष्ठान्त-943) मेरठ आ गये। चौ० साहब सन् 1929 से 1939 तक गाजियाबाद नगर कांग्रेस कमेटी के सदस्य रहे और कई अन्य सेवायें भी कीं। आप सन् 1930 में गोपीनाथ 'अमन' के साथ नमक सत्याग्रह में शामिल

हो गये और एक बड़े समुदाय का नेतृत्व करते हुये पकड़े गये। यह आपकी प्रथम जेल यात्रा थी जिसमें 6 माह की सजा हुई। जेल में रहकर आपने "मंडी बिल" व "कर्जा कानून" नामक पुस्तकें लिखीं। बाहर आने पर "भारत की गरीबी व उसका निराकरण" नामक बहुचर्चित पुस्तक लिखी। "जमींदारी नाशन कानून" जो लागू हुये, इन्हीं की देन है। उसी समय पंजाब के प्रसिद्ध माल व कृषि मन्त्री चौ० सर छोटूराम आपके सम्पर्क में आये, जिन्होंने इन पुस्तकों के अध्ययन व चरणसिंह जी से विचार मंथन किया तथा अपने मंत्रित्वकाल में कर्जा व मंडी कानून लागू किये। आप सन् 1939 में मेरठ गये और वहां जिला बोर्ड के चेयरमैन चुन लिये गये। उस समय आपने अपने ग्रामीण-क्षेत्रों की सड़कें तथा स्कूलों की हालत ठीक कराई, अनुचित भत्ता लेने वाली प्रवृति को हतोत्साहित किया, कार्यालय के बाबुओं को समय पर आने के लिये विवश किया और चपरासियों से निजी काम लेने की आदत को छुड़ाया। सारांश यह है कि इस काल में, किसान तथा आम आदमी का भला करना, कार्य प्रणाली में ईमानदारी तथा निष्ठा भावना का समावेश करना, आपके दो विशेष गुण रहे हैं, जिनके लिये वे हमेशा याद किए जायेंगे।

आपने सन् 1939 से 1948 तक मेरठ जिला कांग्रेस कमेटी के कोषाध्यक्ष, महामन्त्री व अध्यक्ष पदों पर रहकर कार्य किया। उस समय आपकी जिले की राजनीति पर धाक थी। अतः पं० गोविन्द वल्लभ पंत के सम्पर्क में आये और उनके काफी नजदीक आ गये।

चौ० चरणसिंह ने गांधी के नेतृत्व में स्वाधीनता की लड़ाई प्रारम्भ की। आप द्वितीय महायुद्ध के आरम्भ में मेरठ सत्याग्रह समिति के मन्त्री चुने गये थे इसीलिए आप समस्त मण्डल के गांवों के दौरे पर निकल पड़े और किसानों को स्वाधीनता आंदोलन में भाग लेने के लिये उत्साहित किया। 28 अक्तूबर 1940 को किसानों के एक जत्थे के साथ जिलाधीश निवास पर धरना दिया जिसमें आपको गिरफ्तार किया गया और डेढ़ वर्ष के कारावास की सजा दी तथा जुर्माना किया गया।

अंग्रेज भारत छोड़ो आंदोलन में स्वतन्त्रता प्राप्ति में सक्रिय योगदान दिया, जिसके कारण आपको 8 अगस्त 1942 में 2 वर्ष की सजा मिली और सन् 1944 में छोड़ दिया गया। सन् 1944 में चौधरी साहब के भाई श्यामसिंह व भांजे गोविन्दसिंह को बम केस में गिरफ्तार कर लिया गया। अदालत में मुकदमा चला जिसमें गोविन्दसिंह रिहा हो गया और श्यामसिंह को पांच वर्ष के कठोर कारावास की सजा मिली। चौ० चरणसिंह अपने कार्य तथा लग्नशीलता एवं लोकप्रियता के कारण सन् 1936, 1946, 1952, 1957, 1962, 1968, 1974 में लगातार छपरौली से विधानसभा के लिए चुने गये। 1977 में पहली बार बागपत क्षेत्र से लोकसभा के लिए चुने गये तथा अन्तिम समय तक इसी क्षेत्र से चुने जाते रहे। आप प्रान्तीय सरकार से लेकर केन्द्रीय सरकार के सभी महत्त्वपूर्ण पदों पर रहे।

प्रान्तीय सरकार में संसदीय सचिव, सन् 1951 में सूचना तथा न्याय मन्त्री, सन् 1952 में कृषि एवं राजस्व मन्त्री, 1959 में राजस्व एवं परिवहन मंत्री, 1960 में गृह तथा कृषि मंत्री, 1962 में कृषि तथा वन मन्त्री, 1966 में स्थानीय निकाय प्रभारी रहे। किसानों के लिए खून

पसीना बहाने (जाट वीरों का इतिहासः दलीप सिंह अहलावत, पृष्ठान्त-944) वाले किसानों के 'मसीहा' ने कांग्रेस की किसान विरोधी नीतियों के कारण कांग्रेस से सन् 1967 में त्यागपत्र दे दिया। 3 अप्रैल 1967 को उत्तर प्रदेश के मुख्यमन्त्री बने। मध्यवर्ती चुनाव के बाद पुनः सन् 1969 में उत्तर प्रदेश के मुख्य मंत्री बने। सन् 1977 से 1978 तक केन्द्र में गृहमंत्री, वित्तमंत्री तथा वरिष्ठ उपप्रधानमंत्री रहे। 28 जुलाई 1979 को केन्द्र में आपके नेतृत्व में साझा सरकार ने शपथ ग्रहण की और इस प्रकार चौधरी साहब देश के पांचवें प्रधानमंत्री बने।

चौ० चरणसिंह किसानों के लिए पैदा हुए, उन्हीं के लिए जिये तथा अन्त में उन्हीं के लिए समर्पित हो गये। उन्होंने किसानों के लिए जमींदारी उन्मूलन तथा भूमि सुधार कानून बनाकर उन्हें शोषण से मुक्त कराया। सहकारी खेती का विरोध किया एवं चकबन्दी की लाभकारी योजना प्रदान की।

इन सब घटनाओं का अगले पृष्ठों पर विस्तार से वर्णन किया जाएगा।

चौधरी चरणसिंह का सक्रिय राजनीतिक जीवनः सन् 1936 में जब अंग्रेजों ने परिषद् के चुनाव कराये तो चौ० चरणसिंह, खेकड़े के एक बड़े जमींदार चौधरी दलेराम, जो अंग्रेज समर्थित था, के विरुद्ध छपरौली (जिला मेरठ) चुनाव क्षेत्र से मैदान में उतरे तथा अपने विरोधी की जमानत जब्त कराकर विजयी हुये। आप इसी क्षेत्र से लगातार सन् 1977 तक 40 वर्ष उत्तर प्रदेश असेम्बली के सदस्य रहे और इस तरह से भारतवर्ष में एक रिकार्ड स्थापित किया। सन् 1936 के चुनाव में भारतवर्ष के कई प्रान्तों में कांग्रेस सरकार स्थापित हुई, किन्तु अंग्रेजों के विरोध के फलस्वरूप तमाम कांग्रेस सरकारों ने इस्तीफे दे दिये।आप सन् 1936 में विधान मंडल के गैर सरकारी सदस्य के रूप से उत्तर प्रदेश के राजनैतिक रंगमंच पर उतरे। सन् 1946 में धारा सभाओं के चुनाव के बाद मुख्यमंत्री पं० गोविन्द वल्लभ पंत ने श्री चन्द्रभान गुप्त, सुचेता कृपलानी, लालबहादुर शास्त्री के साथ चौ० चरणसिंह को भी सचिव बनाया। चौधरी साहब सन् 1948 से 1956 तक प्रान्तीय कांग्रेस पार्टी के जनरल सेक्रेट्री रहे और 1946 से अखिल भारतीय कांग्रेस कमेटी के सदस्य रहे और 1946 से 1951 तक स्टेट पार्लियामेन्ट्री बोर्ड के सदस्य रहे। चूंकि 1950 में चरणसिंह जी अपनी समस्त योग्यताओं तथा क्षमता के बावजूद भी केवल अपनी ईमानदारी व स्वाभिमान के कारण स्थापित नहीं हो पा रहे थे, उस समय प्रदेश की राजनीति श्री पुरुषोत्तम दास टण्डन तथा उनके अनुयायियों चन्द्रभानु गुप्त तथा मोहनलाल गौतम के हाथ में थी, जिनके नाम को जनता ईमानदारी के साथ भूल से भी नहीं जोड़ सकती थी, अतः चौधरी साहब की उनसे पटरी बैठाने की उम्मीद करना भी गलत था।

सन् 1951 में चौ० चरणसिंह को प्रथम बार सूचना व न्याय मंत्री के रूप में मंत्रीमण्डल में आने का अवसर प्राप्त हुआ। जब 1952 में भारतीय गणराज्य के प्रथम चुनाव हुये और नया मंत्रिमण्डल बना तो श्री पंत केन्द्र में गृहमंत्री होकर चले गए और डा० सम्पूर्णानन्द उ० प्र० के मुख्यमंत्री बनाये गये तो चौ० चरणसिंह को कृषि एवं राजस्व मंत्रालय दिया गया। किन्तु वह निर्भीक स्पष्टवादी व स्वाभिमानी होने के कारण डा० सम्पूर्णानन्द जैसे सबल अहमयुक्त

व्यक्ति के कतिपय विचारों से सहमत न हो सके और कुछ समय के बाद मंत्रीमण्डल से त्यागपत्र दे दिया।

सन् 1957 में चुनाव हुए। आपके विरोध में आपके खानदानी भतीजे चौ० विजयपालसिंह (जाट वीरों का इतिहासः दलीप सिंह अहलावत, पृष्ठान्त-945) एडवोकेट को खड़ा कर दिया गया जो जाटों के बड़े प्रिय और पुराने एम० एल० ए० थे। किन्तु विजय चौधरी जी की हुई। चन्द्रभानु गुप्त मंत्रीमण्डल में 1959 में आपको राजस्व एवं परिवहन मंत्री, 1960 में गृह तथा कृषि मंत्री मनाया गया सन् 1962 में चौ० चरणसिंह सुचेता कृपलानी मंत्रिमण्डल में कृषि तथा वन मंत्री रहे। लेकिन इसी दौरान में अपने व्यक्तित्व के कुछ गुणों के कारण जनवरी 1959 में नागपुर में आयोजित कांग्रेस अधिवेशन में नेहरू जी से किसानों के हित में संघर्ष कर बैठे तथा सहकारी खेती प्रस्ताव को पास न होने दिया। वापिस आकर त्यागपत्र दे दिया। लगभग डेढ़ वर्ष तक मंत्रीमण्डल से पृथक् रहे।

चौधरी चरणसिंह राज्यपाल विश्वनाथदास से मुख्य मंत्री की शपथ गृहण करते हुये, 3.4.1967

चौ० चरणसिंह मुख्यमंत्री बने: सन् 1967 में जब सारे देश में कांग्रेस का बुरा हाल हो गया तब उत्तरप्रदेश में भी मात्र बहुमत प्राप्त कर सकी थी। उसी नेता पद के चुनाव हेतु चन्द्रभानु गुप्त के विरोध में चौ० चरणसिंह मैदान में जम गये किन्तु कांग्रेस हाईकमांड के अनुरोध पर अपना नाम वापिस ले लिया, किन्तु कुछ ऐसे चेहरों को मंत्रीमण्डल में शामिल न करने की शर्त रखी जो उस समय जनता की निगाह में भ्रष्ट तथा बेईमान साबित हो चुके थे। उनमें से अधिकांश मुख्यमंत्री श्री गुप्त के दाएं-बाएं हाथ थे, अतः बाद में उन्हें मंत्रीमंडल में स्थान दिया गया और चौ० चरणसिंह की शर्त को महत्त्व न दिया। इस प्रकार स्वाभिमानी नेता ने जब यह अनुभव किया कि अब प्रदेश कांग्रेस भ्रष्टाचारियों, कालाबाजरियों और उनके चाटुकारों के हाथों की कठपुतली बनती जा रही है तथा केन्द्रीय स्तर पर भी कोई ऐसा नेता नहीं जो सत्य को सत्य कहने का साहस करे। अतः चौ० चरणसिंह ने अप्रैल 1967 में कांग्रेस से अपना नाता तोड़ लिया। सौभाग्य से उस समय समस्त विरोधी दलों ने संगठित होकर चौधरी साहब से नेतृत्व करने का अनुरोध किया, तभी 16 अन्य वरिष्ठ कांग्रेस विधायक कांग्रेस से त्यागपत्र देकर चौधरी साहब के साथ जुड़ गये और कांग्रेस के गुप्ता मंत्रीमण्डल का पतन हो गया। चौ० चरणसिंह को प्रथम बार प्रदेश का मुख्यमंत्री 3 अप्रैल 1967 को बनाया गया। किन्तु अपने स्वाभिमान के गुणों को वह छुपा न सके और दलों की आपसी खींचातानी से तंग आकर अपना तथा मंत्रीमण्डल का त्यागपत्र राज्यपाल को 17 फरवरी 1968 को प्रस्तुत करते हुए नये चुनाव कराये जाने की सिफारिश की।

अप्रैल 1967 में ही कांग्रेस से त्यागपत्र देकर अपने एक नये दल जन कांग्रेस की स्थापना की जिसमें 16 विधायक थे। किन्तु आपकी सिफारिश पर जब 1969 में मध्यावधि चुनाव कराये गये उससे पूर्व ही आपने जन कांग्रेस से भारतीय क्रांति दल (BKD) नामक संगठन को जन्म दिया और आपकी प्रतिभा के संबल पर ही इस दल को विधान सभा में 101 स्थान

प्राप्त हुए। यह उनकी बढ़ती हुई लोकप्रियता का ज्वलंत उदाहरण था। इस समय कांग्रेस दो धड़ों 'इण्डीकेट' व "सिण्डीकेट" में बंट गयी और मौकापरस्त तथा पूंजीपतियों के एजेण्ट चन्द्रभानु गुप्त के अनेक अनुरोधों तथा चालों के बावजूद भी चौधरी साहब ने उनके साथ सरकार नहीं बनाई। अतः आपने इंदिरा गुट के साथ मिलकर सरकार बनाई। उस सरकार के मुख्यमंत्री तथा गृहमंत्री भी आप ही थे। अतः इंदिरा गुट के प्रदेश के नेता कमलापति त्रिपाठी के पुत्र लोकपति द्वारा एक नाबालिग हरिजन कन्या रजिया (12 वर्षीय) के साथ बलात्कार करने के बाद जब उसे कत्ल करा दिया गया और उस केस को दबाने के लिए चौधरी साहब पर दबाव डाला गया तो वह स्वाभिमानी व्यक्तित्व मंत्रीमंडल को दुत्कार कर अलग हो गये। इस प्रकार अगस्त 1970 में चौ० चरणसिंह के मुख्यमन्त्री पद से त्यागपत्र के साथ ही यह संयुक्त मंत्रीमंडल भंग हो गया।

जाट वीरों का इतिहासः दलीप सिंह अहलावत, पृष्ठान्त-946

चौ० चरणसिंह ने कांग्रेस के भ्रष्ट शासन को देश से उखाड़ फेंकने का विचार किया जिससे देश का उत्थान हो सके। इसी उद्देश्य के मातहत आपने अपने राजनैतिक ध्रुवीकरण के चक्र को आगे बढ़ाया और इसी के प्रतिफलस्वरूप 29 अगस्त, 1974 को आपका स्वप्न कुछ अंशों में पूरा हुआ जब भारतीय क्रांति दल में स्वतन्त्र पार्टी, संसोपा, उत्कल कांग्रेस, राष्ट्रीय लोकतांत्रिक दल, किसान मजदूर पार्टी तथा पंजाब खेतीबाड़ी यूनियन, इन सात दलों को मिलाकर भारतीय लोकदल नामक दल को जन्म दिया। चौधरी साहब को सर्वसम्मति से इस दल का अध्यक्ष बनाया गया तथा श्री पीलू मोदी, राजनारायण, बलराज मधोक, रामसेवक यादव, बीजू पटनायक, चौधरी देवीलाल, चौ० चांदराम, प्रकाशवीर शास्त्री, कुम्भाराम आर्य, रविराय और कर्पूरी ठाकुर जैसे जंगजू और जुझारू नेता इस दल के साथ जुड़ गये। इसके बाद चौधरी साहब विरोधी दल के नेता के रूप में विधान सभा की गरिमा बढ़ाते रहे और आपकी लोकप्रियता उत्तर प्रदेश के कोने-कोने के बाद हरयाणा, पंजाब, बिहार, राजस्थान, मध्यप्रदेश, उड़ीसा, जम्मू कश्मीर से लेकर समग्र भारत में फैलती गयी और देश के किसान आपके व्यक्तित्व से जुड़ते चले गये और आप ही किसानों के सच्चे नेता माने गये।

जब गुजरात से नौजवान विद्यार्थियों ने एक आंदोलन को जन्म दिया और यह प्रलय की ज्वाला बिहार से लेकर सारे देश में फैली तो भारतीय लोकदल (भालोद) ने अपनी अग्रणी भूमिका का पालन किया। उत्तर भारत में बाबू जयप्रकाशनारायण के बाद दूसरा चौ० चरणसिंह का ही नाम था जो इस आन्दोलन में हर व्यक्ति की जबान पर था। यदि सच पूछा जाये तो आज तक के परिवर्तन के सूत्रपात करने का श्रेय मात्र भालोद और उसके नेता चौधरी चरणसिंह को ही प्राप्त है। क्योंकि यदि जब श्री चरणसिंह, राजनारायण को बल देकर राजनीति के आसन पर न बिठाते तो हाईकोर्ट में इन्दिरा का पिटीशन भी न जाता और इन्दिरा पिटीशन न हारती तो आपात स्थिति भी लागू न होती और वह लागू न होती तो जनता पार्टी के गठन के लिए परिस्थितियां पैदा न होतीं, न ही सरकार बनने की यह स्थिति पैदा होती। अतः चौधरी चरणसिंह का व्यक्तित्व और राजनारायण का कृत्य आज तक हुए

परिवर्तन के जनक हैं। इसी प्रकार जनता पार्टी के गठन के लिए चौ० चरणसिंह ने अपने दल का हर बलिदान स्वीकार करके तथा अपनी प्रतिष्ठा को दांव पर लगा करके भी भूमिका तैयार की और उसे पूरा कराया।

चौ० चरणसिंह की सन् 1937 से 1967 तक जनता की सेवायें

चौ० चरणसिंह 1937 में विधानसभा के लिये निर्वाचित हुए और 1967 तक कांग्रेस में रहे। इस दौरान आपने उत्तर प्रदेश में अनेक विभागों में कार्य किया और जनसेवा को अपना प्रमुख लक्ष्य माना। आपकी विभिन्न विभागों में रहकर की गयी सेवाओं का संक्षिप्त विवरण इस प्रकार है -

(क) कृषि एवं राजस्व मन्त्री

1. चौधरी साहब ने सन् 1939 में ऋण विमोचन विधेयक पास कराया, जिससे किसानों के खेतों की नीलामी बच गई और सरकार के ऋणों से किसानों को मुक्ति मिली।

चौधरी सर छोटूराम ने पंजाब में ऐसा ही कानून बनाकर लाखों किसानों को लाभ पहुंचाया। सर छोटूराम ने साहूकारों के ऋणों से पंजाब के किसानों व गरीबों को मुक्त (जाट वीरों का इतिहास: दलीप सिंह अहलावत, पृष्ठान्त-947) कराया और उनकी प्रत्येक सम्पत्ति को कुर्क होने से बचाया तथा अन्य कई प्रकार के लाभ किसानों को कानून द्वारा दिये।

2. सन् 1939 में ही चौ० चरणसिंह ने किसान सन्तान को सरकारी नौकरियों में 50% आरक्षण दिलाने के पक्ष में लेख लिखे; कांग्रेस दल की बैठकों में प्रस्ताव रखा, लेकिन तथाकथित राष्ट्रवादी कांग्रेसियों के विरोध के कारण, इस उद्देश्य में सफलता नहीं मिली। वे निरन्तर किसान के हित में सोचते थे। उनका "आर्थिक दर्शन" (पुस्तक) इस बात का ज्वलन्त प्रमाण है।

नोट - सन् 1961 में की गई जांच के अनुसार भारतवर्ष में कुल 1347 आई. सी. एस. (ICS) और आई. ए. एस. (IAS) में केवल 155 यानी 11.5% किसान वर्ग के थे।

3. सन् 1939 में ही चौधरी साहब ने कांग्रेस विधायक दल के सामने एक प्रस्ताव रखा था कि सरकारी नौकरी के लिए साक्षात्कार के समय हिन्दू उम्मीदवारों से जाति न पूछी जाय, केवल पूछा जाय कि वह अनुसूचित जाति का है अथवा नहीं? आपका यह कार्य इस बात का प्रतीक है कि वे हरिजन तथा अनुसूचित जाति के लोगों की उन्नति के प्रश्न पर केवल सैद्धान्तिक दृष्टि से नहीं, वरन् व्यावहारिक स्तर पर सोचते रहे हैं। हिन्दुओं में ऊंच-नीच के भेद मिटाने के उद्देश्य से, आपने पं० नेहरू को पत्र लिखा था और इसकी व्यवस्था करने का आग्रह किया था कि सरकारी सेवाओं में प्रवेश की एक शर्त हरिजन कन्या से विवाह करना लगाई जाए।

4. दिसम्बर 1939 में आपने भूमि उपयोग बिल तैयार किया जिसके अन्तर्गत प्रदेश के किसानों को इज़ाफा लगान तथा बेदखली के अभिशाप से मुक्त करने का; कृषि जोतों के स्वामित्व का अधिकार ऐसे काश्तकारों या किसानों को दिये जाने का प्रस्ताव रखा गया, जो सरकारी कोष में वार्षिक लगान के दस गुने के बराबर की रकम अपने भूस्वामी के नाम जमा

करने के लिये तैयार थे। धारा सभा के सदस्यों में उसे वितरित कराया। सभा में पेश करने का नोटिस भी दिया गया। बाद में यही प्रस्ताव भूमि सुधार कार्यक्रम का आधार बना। यह उद्देश्य 1939 में पूरा न होकर सन् 1952 में हुआ जब "जर्मींदारी उन्मूलन अधिनियम" पास कराने में सफल हुए थे। "जर्मींदारी उन्मूलन" से उतर प्रदेश के किसानों को अनुमान से भी अधिक लाभ चौधरी साहब की कृपा से हुआ।

5. सन् 1939 में ही चौधरी चरणसिंह ने एक प्राईवेट मेम्बर के तौर पर विधान सभा में एक "कृषि उत्पादन मार्केटिंग बिल" (Agriculture Produce Marketing Bill) प्रवेश किया। उन्होंने एक लेख जिसका नाम "Agriculture Marketing" था, लिखा, जो कि 31 मार्च, 1932 के Hindustan Times of Delhi में छपा था। इसका उद्देश्य किसानों की पैदावार को व्यापारियों (महाजनों) द्वारा की जाने वाली मनमानी लूट से बचाना था। यह सभी प्रान्तों ने अपना लिया। परन्तु सर छोटूराम ने पंजाब में यह सबसे पहले लागू किया। उतर प्रदेश में यह कानून सन् 1964 में चौधरी साहब के प्रयत्न से लागू हुआ। इस उपाय का, जो कि किसानों के लिए लाभदायक था, व्यापारी वर्ग तथा (जाट वीरों का इतिहास: दलीप सिंह अहलावत, पृष्ठान्त-948) शहरी तत्वों ने यह दलील देकर दृढ़ता से विरोध किया, कि चूँकि किसान धनवान एवं शिक्षित हैं, अतः वे व्यापारियों के विपरीत स्वयं अपना बचाव कर सकते हैं इसलिए यह उपाय अनावश्यक है।

भूमि सुधार के क्षेत्र में उतर प्रदेश ने सारे राष्ट्र को मार्ग दिखाया इस सन्दर्भ में सभी उपलब्धि जो चौधरी साहब के द्वारा हासिल की गई, की विस्तृत विवेचना करना सम्भव नहीं किन्तु संक्षिप्त परिचय प्रस्तुत है –

6. 1 जुलाई 1952 को कानून संग्रह में शामिल "जर्मींदारी उन्मूलन भूमि सुधार अधिनियम" के अन्तर्गत, हालांकि उतर प्रदेश के सभी मैदानी भागों की सब भूमि का स्वामित्व सरकार के हाथों चला गया, फिर भी सभी पुराने भू-स्वामियों या जर्मींदारों को भूमिधर घोषित किया गया। तदनुसार उन्हें स्वयं करने वाली खेती तथा उससे सम्बद्ध कुंआं, वृक्ष, मकान आदि पर उसका अधिकार हो गया। इस प्रकार सभी काश्तकारों को उन जोतों का "सीरदार" घोषित किया जिन्हें वे जोत रहे थे। उन्हें कृषि कार्यों बागवानी तथा पशुपालन के लिए भूमि उपयोग का पूरा अधिकार दिया गया, किन्तु हस्तान्तरण का अधिकार सीरदारों को नहीं मिला, किन्तु अपने लगान का दस गुना के बराबर की रकम सरकारी खाते में जमा कर दी थी, उनको लगान में 50% कटौती का हकदार बनाया गया और उनकी तरक्की करके "भूमिधर" का दर्जा दिया गया। यह योजना राष्ट्रीय स्तर पर अपना ली गई।

7. ऐसे सभी ग्रामवासियों को जो काश्तकार थे, श्रमिक, शिल्पी थे, को अपने मकानों, कुओं तथा आबादी में अपने वृक्षों से संलग्न भूमि का स्वामी घोषित किया गया, जिसकी कोई कीमत उन्हें नहीं देनी पड़ी। इस योजना से तमाम गरीब खेतीहर मजदूर व हरिजन, जर्मींदारों के बेदखली के डण्डे से बच गये। कृषि योग्य भूमि को छोड़कर शेष भूमि सरकार

ने अपने नियन्त्रण में लेकर ग्राम पंचायतों को उनका विकास व प्रबन्ध करने की जिम्मेदारी सौंप दी तथा "ग्राम समाज पुस्तिका" प्रकाशित करके ग्राम पंचायतों के अधिकार, कर्तव्य भी व्यवस्थित कर दिए। इस प्रकार सामन्तवाद के सभी बन्धनों से ग्रामों को मुक्त कर दिया गया। यह क्रान्तिकारी परिवर्तन देश के लिए कम्युनिज्म के समान एक नया चमत्कार था, जो चौ॰ चरणसिंह द्वारा किया गया था।

8. पुनः अपनी गहन अध्ययनशीलता के आधार पर चौ॰ चरणसिंह जी को यह महसूस हुआ कि पुराने जर्मींदार पुनः जमीन खरीदकर या अन्य गलत तरीकों से अपने पास संग्रहीत कर लेंगे। अतः यह प्रावधान किया कि भविष्य में किसी भी परिवार के पास (पति-पत्नी व नाबालिग बच्चे) 12.5 एकड़ से अधिक भूमि नहीं रखी जायेगी तथा जब भी किसी विभाजन के मुकदमे में कचहरी के समक्ष रखी गई जोत का आकार 3¼ एकड़ से अधिक न होगा, कचहरी उसे विभाजित करने की बजाय उसे बेचकर उसकी आय का बंटवारा करने को निर्देशित करेगी।

9. कारखाने, स्कूल, अस्पताल या अन्य सार्वजनिक स्थान के आधे मील की परिधि में कोई जोत के अयोग्य भूमि उपलब्ध है तो कृषि योग्य भूमि को अधिगृहीत नहीं किया जा सकेगा। लगभग 15 वर्ष बाद भारत सरकार ने भी इस नियम का अनुसरण किया।

(जाट वीरों का इतिहासः दलीप सिंह अहलावत, पृष्ठान्त-949)

10. शहरी क्षेत्रों में जर-ए-चहरूम की प्रथा भी चौधरी साहब ने ही समाप्त की, तदनुसार भू-स्वामी या पट्टादाता क्रेता या विक्रेता से उसकी कीमत का एक-चौथाई भाग वसूल करता था, समाप्त हो गया।

11. जर्मींदारी उन्मूलन तथा भू-स्वामी काश्तकार सम्बन्धों की समाप्ति और सारे राज्य में कृषि की समानता लाये जाने से अब जोतों की चकबन्दी का कार्य आसान हो गया था। अतः चौधरी साहब ने अविलम्ब इसके लिये कानून बना दिया और कर्मचारियों के प्रशिक्षण की व्यवस्था कर दी किन्तु कुछ समाजवादियों व कांग्रेसियों ने इसका डटकर विरोध किया तथा 1959 में चौ॰ चरणसिंह के त्यागपत्र के बाद मुख्यमन्त्री सम्पूर्णानन्द ने इसे रद्द कर दिया। किन्तु एक माह के बाद ही राष्ट्रीय योजना आयोग ने इस योजना को स्वीकार किया और सारे देश में लागू कर दिया। 1948 के कृषि आयकर अधिनियम को चौधरी साहब ने रद्द कर दिया। इसके स्थान पर बड़ी कृषि जोतों के कराधान का अधिनियम बनाया जो कि किसानों के लिये वरदान सिद्ध हुआ क्योंकि भ्रष्टाचार व परेशानी से वे बच गये तथा बेईमान बड़े किसानों के लिए आयकर चोरी का रास्ता बन्द हो गया। इस प्रणाली में बागवानी आदि को मुक्त कर वृक्षारोपण का रास्ता खुला रखा गया।

12. एक ओर जर्मींदारी उन्मूलन व भूमि सुधार अधिनियम लागू किया जा रहा था, दूसरी तरफ प्रदेश के 28,000 पटवारी जो मालगुजारी प्रशासन की आवश्यक कड़ी थे, वेतन वृद्धि तथा अन्य सुविधाओं के लिये आन्दोलन कर रहे थे। चौ॰ चरणसिंह ने उन्हें सलाह दी कि जनहित में कुछ समय के लिए आन्दोलन वापिस ले लें या त्यागपत्र दे दें। इस पर जनवरी

1953 में सभी पटवारियों ने सामूहिक रूप से त्यागपत्र दे दिया। चौधरी जी ने स्थिति से निपटने के लिए त्यागपत्र स्वीकार कर लिये और 'लेखपाल' नाम से नयी नियुक्तियां कर दीं जिसके लिए उन्हें अनेकों विरोधों का सामना करना पड़ा। किन्तु इसका परिणाम यह हुआ कि आगामी 13 वर्ष तक प्रदेश में कोई सरकारी कर्मचारी हड़ताल पर नहीं गया।

13. 1954 में कानून संग्रह में भूमि संरक्षण अधिनियम को शामिल किया तथा कानपुर के राजकीय कृषि महाविद्यालय के दो वर्ष के स्नाकोत्तर पाठ्यक्रम में एक पृथक् विषय के रूप में शुरु कर चौधरी साहब पुनः देश के अगुआ बने।

उत्तर प्रदेश में किये गये क्रांतिकारी भूमि सुधारों की सफलता का मूल्यांकन विख्यात कृषि विशेषज्ञ श्री वुल्फ लेजेन्सकी, जिन्हें फोर्ड फाउण्डेशन ने भारत के गहन कृषि कार्यक्रम वाले जिलों का अध्ययन करने भारत भेजा था, के इन शब्दों से किया जा सकता है-

"भूमि सम्बन्धी नियम केवल उत्तर प्रदेश में ही सुस्पष्ट और विस्तृत बनाये गये हैं और प्रभावकारी तरीके से इन्हें लागू किया गया है। वहां लाखों काश्तकारों और उप काश्तकारों को स्वामी बना दिया गया और हजारों ऐसे लोगों को जिन्हें बेदखल कर दिया गया था, उनके अधिकार वापस दिलाये गये।" (पृष्ठ 3 रिपोर्ट प्रेषित योजना आयोग 1963) |

प्रधानमन्त्री श्री जवाहरलाल नेहरू के सहकारी कृषि प्रस्ताव का विरोध जनवरी, 1959 में अखिल भारतीय कांग्रेस कमेटी का वार्षिक अधिवेशन नागपुर में स्थापित (जाट वीरों का इतिहासः दलीप सिंह अहलावत, पृष्ठान्त-950) हुआ। उस अवसर पर पं० जवाहरलाल नेहरू ने सहकारी कृषि योजना एवं खाद्यान्न का सरकारी व्यापार का प्रस्ताव रखा। उस अधिवेशन में चौ० चरणसिंह, जो उस समय उत्तरप्रदेश के कांग्रेस मंत्रीमण्डल में राजस्व एवं परिवहन मन्त्री थे, भी उपस्थित थे। चौधरी साहब ने इस प्रस्ताव का बड़े साहस से तर्कानुसार जोरदार शब्दों में खण्डन करके प्रधानमन्त्री नेहरू को हिला दिया। नागपुर कांग्रेस के इस ऐतिहासिक अधिवेशन की इस घटना की सूचना चौ० चरणसिंह के विषय में पहली बार राष्ट्रीय समाचार पत्रों के शीर्षक में छपी थी। चौ० चरणसिंह ने सहकारी कृषि करने तथा खाद्यान्न का सरकारी व्यापार के विषय में इस कांग्रेस अधिवेशन में दलील देकर एक जोरदार भाषण दिया जिसने नेहरू और उसी जैसे विचार वाले कांग्रेसियों के इस प्रयत्न को नकारा कर दिया। चौधरी साहब ने वहां पर उपस्थित कांग्रेसी प्रतिनिधियों को सूचित किया कि भूमि को इकट्ठा करने और मजदूरों द्वारा खेती करवाने से पैदावार नहीं बढ़ेगी। अतः यह दोनों योजना हमारे प्रजातन्त्रीय जीवन के विरुद्ध दुष्कर और असफल हैं।

पहले वाली योजना से पैदावार घटेगी और दूसरी से जनता के पैसे की फजूल बरबादी एवं भ्रष्टाचार होगा। नेहरू की उपस्थिति में चौ० चरणसिंह के इस मत तथा साहसी एवं स्पष्ट वर्णन के कारण उनको 1959 में उत्तरप्रदेश मन्त्रीमण्डल से त्यागपत्र देना पड़ा था। लेकिन वे देश एवं किसानों की भलाई के लिए यह ठोस कदम उठाने में बिल्कुल नहीं हिचकिचाए। यह चौ० चरणसिंह की ही निडरता तथा योग्यता थी कि जिसके सामने बोलने तक की किसी की हिम्मत नहीं थी। नेहरू के उस प्रस्ताव को पास नहीं होने दिया जिससे भारतवर्ष के किसानों

की भूमि को उनके पास से छीनी जाने से बचा दिया, जिसके वे मालिक थे। ऐसा करने से चौ॰ चरणसिंह किसानों के 'मसीहा' कहे जाने लगे तथा राष्ट्रीय स्तर के चोटी के नेताओं की श्रेणी में आ गये।

सहकारी कृषि योजना के अनुसार भूमि के वास्तविक मालिक किसान, मजदूरों के तौर पर कृषि कार्य करते और उनके ऊपर सरकारी प्रबन्धकर्ता गैर किसान विद्वान् अफसर होते। खेती की पैदावार सरकार के हाथों में आ जाती। समय के अनुसार किसानों की भूमि सरकार के अधीन हो जाती।

सन् 1959 के बाद कई प्रधानमन्त्री, खाद्य मन्त्री तथा कृषि मन्त्री भारत सरकार में रहे, किन्तु आज तक भी देश में सहकारी कृषि एवं अन्न का सरकारी व्यापार का कार्य लागू नहीं हो सका है। इसका श्रेय चौ॰ चरणसिंह को है।

चौ॰ चरणसिंह ने भूमि सुधार के विषय में देश को मार्ग दिखाया तथा अग्रसर रहे। वे भूमि सुधार कानूनों के विषय में उत्पादक थे तथा उत्तरप्रदेश में जमींदारी समाप्त कानून बनाने में अपूर्व बुद्धि के मनुष्य थे और उन्होंने इनकी इतनी चतुराई से रूपरेखा तैयार की कि न्यायाधीशों द्वारा एक भी नियम अयोग्य नहीं ठहराया गया। चौधरी साहब हड़तालों के विरुद्ध थे तथा चाहते थे कि प्रत्येक कर्मचारी कारखानों में या बाहर मेहनत से काम करे और धर्मनिष्ठा से अपने कर्तव्य का पालन करे। वे सरकारी कर्मचारियों के उपद्रव तथा अनुशासनहीनता को सहन नहीं कर सकते थे। ऐसी हालत में वे कठोरता से व्यवहार करते थे। उनके लम्बे समय तक राजनीतिक पद पर रहने के दौरान में कोई भी व्यक्ति या उनका विरोधी भी उनको दोषी नहीं बता सकता, यह उनके उच्च चरित्र के लिए कितना बड़ा उपहार है।

चौ॰ चरणसिंह की जनता व बुद्धिमानों में बड़ी प्रसिद्धि है। इसका प्रमाण फरवरी 1967 में (जाट वीरों का इतिहास: दलीप सिंह अहलावत, पृष्ठान्त-951) हुए उत्तरप्रदेश के विधानसभा चुनाव में उनकी बड़ी भारी जीत है जिसमें उन्होंने अपने समीप प्रतिद्वन्द्वी को 52,000 से भी अधिक मतों से हराया। यह भारतवर्ष में अब तक हुए चार विधानसभा के चुनावों में सबसे अधिक मतों वाली विजय थी।

चौ॰ चरणसिंह द्वारा जनता सरकार में केन्द्रीय गृहमन्त्री रहकर ग्रामीण विकास

चौ॰ चरणसिंह, केन्द्रीय गृहमन्त्री होते हुए भी, ग्रामीण विकास के प्रधान उद्देश्य से पृथक् नहीं रहे। अगली पंचवर्षीय योजना का प्रारूप तैयार कराने में चौधरी साहब ने विशेष रुचि दिखाई और 33% गांवों के लिए बजट में व्यवस्था कराई। किसानों के लिए हर सम्भव लड़ाई, मन्त्रीमण्डल में रहकर भी वे लड़ते रहे और मात्र इन्हीं सवालों पर मतभेद के कारण मन्त्रीमण्डल से पृथक् होना पड़ा। सन् 1977 में जनता पार्टी के विधिवत् गठन के बाद, जिसके अध्यक्ष श्री चन्द्रशेखर बनाये गये थे, प्रथम बैठक में चौ॰ चरणसिंह ने देश विदेश की कृषि व्यवस्था का गहन अध्ययन कर एक 66 पृष्ठ का नोट तैयार कर, जनता पार्टी कार्य समिति के समक्ष प्रस्तुत किया, हिसका संक्षिप्तस्वरूप इस प्रकार था -

भारत के लिए सहकारी खेती अनुपयोगी है। अधिक उपज लेने और अधिक रोजगार देने के लिए स्वतन्त्र वैयक्तिक कृषि व्यवस्था को प्रोत्साहन देना चाहिए।

प्रति व्यक्ति आय बढ़ाने और प्रति एकड़ श्रमिकों की संख्या घटाने की आवश्यकता है, शेष लोगों को अन्य लघु उद्योगों में लगाया जाए।

हमारे यहां जमीन कम है अतः वैज्ञानिक उपकरणों से पैदावार बढ़ाई जाए।

खेती की चकबन्दी अनिवार्य है, अतः मध्यम किस्म के फार्म बनाये जायें। एक व्यक्ति के पास 2.5 एकड़ से छोटी और 27 एकड़ से बड़ी जोत नहीं होनी चाहिए।

भूमि सुधार सख्ती से लागू किए जायें और बड़े भूपतियों को समाप्त किया जाए।

औद्योगीकरण के आइने में पहले कुटीर उद्योग फिर लघु उद्योग और अंततः भारी उद्योग को स्थान मिलना चाहिए।

सम्पूर्ण बजट का 33% कृषि पर व्यय किया जाए

कुल बिजली का 50% गांवों में दिया जाए तथा बिजलीघर शहर व गांव दोनों में समान समान हों।

प्रति 10,000 की जनसंख्या पर गांवों में अनाज गोदाम तैयार किये जायें तथा इन सुरक्षित अन्न भण्डारों के आधार पर 80% तक ऋण दिया जाए, साथ ही बाजार में अन्न्की कीमतें बढ़ने पर, अन्न निकालकर बेचने की स्वतन्त्रता हो।

इसी आधार पर चौधरी साहब ने गांवों में बिजली, पेयजल, सड़क निर्माण आदि कार्यों के लिए मन्त्रीमण्डल में रहकर प्रधानमन्त्री की इच्छा के विपरीत भी अनेक निर्णय कराये और ग्रामीण किसानों व मजदूरों के हित में अनेक निर्णय कराये।

केन्द्रीय वित्त मन्त्री के रूप में भी चौधरी साहब ने ऐसा बजट प्रस्तुत किया कि बड़े उद्योगों पर बड़े-बड़े टैक्स लगाकर और कुटीर व लघु उद्योगों के टैक्स घटाकर सही समाजवादी दिशा में (जाट वीरों का इतिहासः दलीप सिंह अहलावत, पृष्ठान्त-952) देश को बढ़ाने का मार्ग प्रशस्त कर दिया। वह एक ऐतिहासिक घटना थी जब केन्द्रीय वित्तमन्त्री एवं उपप्रधानमंत्री चौ॰ चरणसिंह पूंजीपतियों से टक्कर लेने के लिए सीधे मैदान में उतर आए। इसके पीछे उनकी ईमानदारी, आदर्शवादिता और बेबाक निर्णय लेने की अटूट क्षमता ही काम आई। सारे देश के पूंजीपति अपने पर हुए इस हमले से तिलमिला गए और बजट को घोर प्रतिक्रियावादी, जनविरोधी आदि अनेक अलंकारों से अभिहित किया। किन्तु उसके व्यापक प्रभाव हुए और गरीबों तथा किसानों को राहत प्राप्त हुई, क्योंकि उनके उपयोग की खेती एवं किसानों की वस्तुओं पर टैक्स घटा दिए गए थे। इस प्रकार केन्द्रीय मन्त्रिमण्डल में रहकर भी चौधरी साहब ने देहात और गरीब की बात को आगे बढ़ाने का कार्य किया।

इसी प्रकार चौ॰ चरणसिंह केन्द्रीय मन्त्रिमण्डल में गृहमन्त्री, वित्तमन्त्री और प्रधानमन्त्री के रूप में भी देश में सर्वाधिक चर्चित नेताओं में माने जाने लगे थे। साथ ही उनकी ख्याति एक विचारक किसान नेता और कुशल प्रशासक के रूप में सदैव बनी रही है। यद्यपि राष्ट्रीय रंगमंच पर उतरने के बाद ही उनके यह गुण अधिक प्रखर हुए और सामान्य

जन के समक्ष आये।

(ख) चौ॰ चरणसिंह का उत्तरप्रदेश में गृहमन्त्री रहकर कार्य

चौ॰ चरणसिंह सन् 1960 में उत्तरप्रदेश कांग्रेस सरकार में 15 माह तक गृहमन्त्री रहे। इस अवधि में आपने पुलिस विभाग के भ्रष्टाचार को कम करने, उसकी कार्यकुशलता को बढ़ाने तथा पुलिस की आन्तरिक समस्याओं को सुलझाने में आपका अपूर्व योगदान रहा है, जो निम्न प्रकार से है -

1. आपने कार्यभार संभालते ही तुरन्त एक आई॰ जी॰ को सेवामुक्त कर दिया जो 5 वर्ष से अधिक इस पद पर था जो कि नियम के विरुद्ध था। तथा एक अत्यधिक ईमानदार डी॰ आई॰ जी॰ शरतचन्द्र मिश्रा को गुप्तचर विभाग में अतिरिक्त आई॰ जी॰ के पद पर नियुक्त किया।

2. आपने पुलिस विभाग को यह खुला आश्वासन दिया कि सरकारी कार्य में किसी प्रकार का हस्तक्षेप स्वीकार नहीं करें जिसके फलस्वरूप पुलिस के मनोबल व कार्यक्षमता दोनों में वृद्धि हुई और प्रशासन में सुधार हुआ। इस संदर्भ में एक उदाहरण बहुत दिलचस्प है - लखनऊ में हजरतगंज चौराहे पर ट्रेफिक पुलिस ने कुछ छात्रों का चालान नियमों की अवज्ञा तथा सिपाही के साथ अशिष्टता के आरोप में कर दिया। उनमें से एक छात्र राजपत्रित सेवा के लिए चुना गया था जिसके चरित्र की पूर्व जांच पुलिस कर रही थी। तभी उस छात्र को माफ करने के लिए चौधरी साहब के सहयोगियों व अधिकारियों ने भी सिफारिश की, कारण वह एक अनाथ विधवा का पुत्र था। चौधरी साहब का विवेकपूर्ण उत्तर था कि "मैं अपने उन सिपाहियों के पास इसे भेजता हूं जिनके साथ इस छात्र ने हरकत की है। यदि वह सिपाही इसे माफ कर दें तो इसे माफ समझा जायेगा।"

3. दिसम्बर 1961 में पुलिस सप्ताह के सन्दर्भ में बुलाई गई पुलिस अधिकारियों की एक बैठक में चौधरी साहब ने घोषणा की कि वे भविष्य में ऐसा आदेश जारी कर रहे हैं जिससे कचहरियों में पुलिस को झूठी गवाही नहीं देनी होगी तथा पुलिस के सभी उच्च अधिकारियों को आदेश दिया है कि वे किसी थाने का निरीक्षण करने जायें तो अपने (जाट वीरों का इतिहासः दलीप सिंह अहलावत, पृष्ठान्त-953) खर्च को थानेदारों को वहन न करने दें, साथ ही अपने घरों में सिपाहियों द्वारा काम कराने या नियम विरुद्ध कोई सेवा लेने पर भी कड़ी रोक लगा दी है।

4. सभी महानगरों में रेडियो यंत्रयुक्त गश्ती पुलिस की व्यवस्था भी आपने ही कराई जो सर्वप्रथम लखनऊ व कानपुर से शुरु हुई। इससे नागरिक सुरक्षा में वृद्धि हुई। सब-इन्सपेक्टरों की नियुक्ति के नियमों में भी आपने इस प्रकार परिवर्तन किया कि योग्य व गरीब परिवारों के युवकों को मौका मिल सका। इसी सन्दर्भ में ट्रेनिंग कालिज मुरादाबाद में प्रशिक्षणार्थियों द्वारा जमा करने वाली राशि 1000/- रुपया को रद्द करके मासिक व्यय के लिए 80/- रुपये की व्यवस्था सरकारी स्तर पर कर दी गई।

5. मार्च 1962 में पुलिस बजट प्रस्तुत करते हुए घोषणा की कि अराजपत्रित पुलिस कर्मचारियों के मुठभेड़ में मारे जाने या अन्यत्र कार्यपालन में मृत्यु होने पर उनके उत्तरजीवियों को उसकी पूरी आय (मासिक वेतन वृद्धि सहित) दी जाती रहेगी तथा पेन्शन भी दी जायेगी।

6. आपने थानों में सही रिपोर्ट दर्ज कराने और रिपोर्ट के आधार पर थाने की कुशलता आंकने की व्यवस्था की, जिससे अपराधों की सही स्थिति ज्ञात हो सकी। इसी प्रकार की गलतियों पर बड़े अधिकारियों को अधिक दण्ड देने का प्रावधान किया तथा तरक्की, नियुक्ति व तबादले के सन्दर्भ में किसी भी सिफारिश को पूर्णतः नजरअंदाज करने के लिए कहा। प्रतिफलस्वरूप 1961 में सब-इन्स्पेक्टरों की नियुक्ति के सन्दर्भ में स्वयं आई० जी० पुलिस ने घोषणा की कि इस वर्ष एक भी सिफारिश प्राप्त नहीं हुई।

7. सन् 1962 में मेरठ के एक कांग्रेसी पर मुकदमा चलाने के आरोप में वरिष्ठ पुलिस अधीक्षक (जो पूर्णतया उचित था) का स्थानांतरण मुख्यमन्त्री ने कर दिया। बाद में गुप्तचर विभाग ने उस कांग्रेसी को दोषी ठहराया तो मुख्यमन्त्री के निर्णय के विरोध में चौधरी चरणसिंह ने गृहमन्त्रालय से त्यागपत्र दे दिया तथा कहा कि यदि कर्त्तव्यपालन में संलग्न किसी अधिकारी को मैं संरक्षण नहीं दे सकता तो इस पद पर रहने का मेरा कोई औचित्य नहीं है।

(ग) चौ० चरणसिंह द्वारा अन्य विविध विभागों में रहकर कार्य

1. पशुपालन विभाग में रहकर चौ० चरणसिंह ने 1954 में मवेशी अतिक्रमण अधिनियम 1955 को संशोधित किया। उत्तरप्रदेश में गोहत्या निवारण अधिनियम की तैयारी कर उसे 1955 में अधिनियम का रूप दिया। प्रदेश गोशाला अधिनियम तथा 1964 का मवेशी सुधार अधिनियम बनना भी चौ० साहब की उपलब्धि थी। 1953-54 में मवेशी मंडियों के नियन्त्रण के लिए एक विशेष विधेयक तैयार कराया, जो देश के स्तर पर पहला कदम था, किन्तु पंत जी दिल्ली चले गये, चौधरी साहब का विभाग बदल गया, फिर इसे अन्तिम रूप न मिल सका।

2. आपने परिवहन विभाग में रहकर बसों तथा सार्वजनिक वाहनों के संचालन में भ्रष्टाचार पर रोक लगाने के अनेक कार्य किये। एक से अधिक परमिट देने पर रोक लगा दी गई। नाबालिग स्त्री, अपंग व विधवाओं को उपरोक्त स्थितियों में छूट दी गई।

(जाट वीरों का इतिहासः दलीप सिंह अहलावत, पृष्ठान्त-954)

3. सन् 1958 में वित्त विभाग संभालने पर आप ने सार्वजनिक धन की बर्बादी को रोकने के कारगर उपाय किए। खाद्यान्न व्यापारियों पर लगाये जाने वाले विक्रय की पुरानी प्रणाली को पूर्णतया संशोधित किया।

4. सन् 1958-59 में चार माह के लिए सिंचाई व ऊर्जा विभाग देखा। जब इन क्षेत्रों में भ्रष्टाचार की जांच शुरु की तो आप से विभाग वापिस लिया गया। इसका कारण यह भी था कि चौधरी साहब ने रिहन्ध बांध परियोजना से प्राप्त समस्त विद्युत शक्ति के आधे से

अधिक बिजली, बिड़ला परिवारों को अल्यूमिनियम कारखाने के लिए देने का कड़ा विरोध किया, जो मुख्यमन्त्री डा० सम्पूर्णानन्द को अखर गया। जलमार्गों के निर्माण कार्य भी, जिसके कारण करोड़ों रुपये के नलकूप कई वर्ष से बेकार खड़े थे, आप की विशेष उपलब्धि है।

5. आपने वन विभाग में रहकर वनभूमि पर अनधिकृत कब्जे सख्ती से रोके और बेदखली कानून सरल किया। निजी वनभूमि के असंख्य टुकड़े मालिकों को दे दिये तथा प्रशासन योग्य क्षेत्र ही अपने पास रखे। लगभग 1600 वर्गमील जंगल जो कि जिला के प्रशासन से सम्बद्ध थे तथा बेकार हो गये थे, वन विभाग में शामिल कर दिये गये। यमुना, चम्बल की घाटियों को जंगल बनाने की योजना तैयार की, जिसने तमाम उपजाऊ भूमि के कटाव को रोकने तथा अपार वनसम्पदा देने का कार्य किया। 1966 में वन विभाग ने स्वयं सड़कों पर वृक्षारोपण का कार्य किया। जर्मींदारों के लिये वनों के विकास को द्रुतगामी गति प्रदान की तथा टेहरी क्षेत्र में प्राप्त वनों के संरक्षण का असाध्य प्रश्न जो 15 वर्ष से अनिर्णीत पड़ा था, एक अधिनियम द्वारा हल कर दिया गया।

6. सन् 1970 में चौ० चरणसिंह ने अपने भारतीय क्रान्ति दल (BKD) के साथ इन्दिरा कांग्रेस को मिलाकर उत्तरप्रदेश में संयुक्त मन्त्रिमण्डल बनाया जिसके आप मुख्यमन्त्री थे। उस समय आपने अध्यादेश द्वारा घोषणा की कि शिक्षा संस्थाओं में विवश विद्यार्थी संघ नहीं होगा। ये सब संघ इच्छापूर्वक प्रकार से होंगे। इसके फलस्वरूप कोई हड़ताल न हुई, नकलें न हुईं, लड़कियों के साथ छेड़छाड़ बन्द हो गई और इसके बाद पहली बार शिक्षा संस्थाओं में आजादी से पढ़ाई होने लगी तथा उपस्थिति में वृद्धि हुई। चौ० चरणसिंह को संस्थाओं के अध्यक्षों की ओर से बड़ी संख्या में तार व पत्र मिले जिनमें लिखा गया था कि आपके इस उपाय से विद्यार्थी संघ तथा अध्यापकों के लिये बड़ा लाभ प्राप्त हुआ है।

7. चौ० साहब ने इसी तरह से गुण्डा नियंत्रण अधिनियम बनाया। यह एक्ट पास भी न हुआ था, केवल इस अधिनियम की सरकार द्वारा विचार करने की सूचना सुनकर, गुण्डे जो अपने पास चाकू लिये सड़कों पर एकत्र हो जाते थे, सब अदृश्य हो गये और कहीं भी दिखाई नहीं दिये। ऐसे उदाहरण अवश्य थे कि माता-पिता अपने बच्चों को विशेषकर लड़कियों को बाहर नहीं जाने देते थे, किन्तु यह अध्यादेश जारी होने पर वे अपने बच्चों को शिक्षा संस्थाओं में भेजने लगे।

(जाट वीरों का इतिहास: दलीप सिंह अहलावत, पृष्ठान्त-955)

8. गुजरात, महाराष्ट्र, बिहार और मध्यप्रदेश प्रान्तों में भयंकर कौमी उपद्रव हुए किन्तु चौ० चरणसिंह के शासनकाल में उत्तरप्रदेश में, जहां मुसलमानों की आबादी सबसे अधिक है, इस तरह का कौमी झगड़ा एक भी न हुआ। जितने समय चौ० चरणसिंह सरकार में रहे, किसी कारखाने में या सरकारी कर्मचारियों द्वारा पूरे उत्तरप्रदेश में एक भी हड़ताल नहीं हुई।

9. चौ० चरणसिंह ने मंत्रियों के सादा जीवन के लिए सदा आवाज़ उठाई, मंत्रियों का वेतन घटाकर 1000/- रुपये प्रति मास, प्रयोग के लिए छोटी अम्बेसेडर कार, ट्रेन यात्रा में पी०

ए० सी० गार्द की समाप्ति के निर्णय आपने ही कराये। प्रधानमंत्रित्व काल में भी श्यामनंदन मिश्र के संयोजकत्व में एक समिति गठित की, जो मंत्रियों के भारी व्यय पर प्रतिबन्ध लगाने के उद्देश्य से गठित की गई थी।

चौ० चरणसिंह द्वारा जनहित के लिए दिए गए त्यागपत्र: चौ० चरणसिंह ने अपने मंत्रीपद को सदैव जनसेवा का अवसर मानकर कार्य किया और त्यागपत्र सदैव साथ लेकर चले और जब भी जनहित के विरुद्ध प्रश्न उठा, त्यागपत्र दे दिया। महत्त्वपूर्ण त्यागपत्र इस कालान्तर में क्रमशः मार्च 1947, जनवरी 1948, अगस्त 1948, मार्च 1950, जनवरी 1951, नवम्बर 1957, अप्रैल 1959 तथा अगस्त 1963 में दिए। इसी प्रकार केन्द्रीय मंत्रीमण्डल से 1977-1978 में तीन बार त्यागपत्र दिए। प्रधानमन्त्री के रूप में चौ० चरणसिंह स्वयं एक छोटे से बंगले में रहे जो उनको सांसद के रूप में मिला था। प्रधानमंत्री की सभी शान शौकत उन्हें छू तक नहीं गई थी। उन जैसी सादगी देश के दूसरे नेता में देखने को नहीं मिलती। यद्यपि वे अपने लम्बे जीवन में काफी समय तक मन्त्रिमण्डल में रहे हैं किन्तु सत्ता का नशा, भ्रष्टाचार, ऐशो-आराम व अय्याशी के वे प्रबल विरोधी रहे हैं। यही कारण है कि वह सामान्य गरीब जनता के हित में सोचते और यथाशक्ति उन पर निर्णय भी कराते रहे हैं।

जनता पार्टी की उत्पत्ति: डॉ० राममनोहर लोहिया ने सन् 1967 में कांग्रेस विरोधी मोर्चे का गठन कर आठ प्रदेशों से कांग्रेस को सत्ताच्युत कर दिया था। इसके पीछे उनकी मात्र धारणा यही थी कि देश के कुल मतों के एक-तिहाई द्वारा कांग्रेस शासन करती है और दो-तिहाई वाला विरोधी पक्ष टुकड़े-टुकड़े होकर विपक्ष में सम्मान प्राप्त नहीं कर पाता। यदि सभी विपक्षी दल संगठित होकर कांग्रेस का विकल्प प्रस्तुत करें तो एक क्षण भी कांग्रेस सत्ता में नहीं रह सकती। सन् 1967 के गठबन्धन के बाद में विपक्षी एकता टूट गई और 10 वर्ष तक फिर कांग्रेस शासन करती रही। लेकिन चौ० चरणसिंह जो समय की गति को ठीक तरह देखना जानते थे, एकमात्र वह व्यक्ति थे जो कांग्रेस त्यागने के बाद ही डॉ० लोहिया की आधारशिला पर महल खड़ा करने का सपना दिल में संजोये राजनैतिक पथ पर बढ़ते जा रहे थे।

चौधरी साहब कांग्रेस छोड़कर भारतीय क्रांतिदल, संयुक्त विधायक दल और भारतीय लोकदल (भालोद) बनाकर कांग्रेस के विकल्प का बीजारोपण करने में सफल हो गये। आप ही जनता पार्टी के संस्थापक हैं। आपके सहयोगी राजनारायण, पीलू मोदी, बीजू पटनायक, कर्पूरी ठाकुर, (जाट वीरों का इतिहास: दलीप सिंह अहलावत, पृष्ठान्त-956) चौधरी देवीलाल, रविराय आदि योग्य नेता थे। इन सबके सहयोग से चौधरी साहब ने उतर प्रदेश, बिहार, उड़ीसा, हरयाणा, राजस्थान व गुजरात तक अपना सबल अस्तित्व बना लिया।

तभी देशव्यापी असन्तोष, आसमान छूती हुई कीमतें, सिर तक डूबा हुआ भ्रष्टाचार, अभाव और अव्यवस्था के कारण प्रस्फुटित हुआ और गुजरात से आन्दोलन के रूप में छात्रों

और नौजवानों ने शासन के विरुद्ध बगावत का झण्डा उठाया। उनकी मांग विधान सभा भंग करने की थी जो पूरी हुई। इस प्रकार देश को एक नई दिशा मिली और शनैः शनैः यह आंदोलन बिहार से लेकर सारे देश को हिलाने लगा। यह आन्दोलन युवा पीढ़ी ने उठाया था और पूर्णतया गैर राजनैतिक सीमाओं में रखने क निर्णय लिया गया था किन्तु पूर्णतया राजनैतिक बनता चला गया। इसका नेतृत्व बाबू जयप्रकाश को सौंपा गया जो आन्दोलन के राष्ट्रीयस्वरूप और दलविहीन लोकतंत्र के लिए चिंतित थे, वहीं दूसरी ओर चौधरी चरणसिंह आन्दोलन की अव्यावहारिकता बताते हुए विपक्षी राजनीति को एक मंच पर खड़ा करने को आतुर थे। इस प्रकार आपातकाल के एक वर्ष पूर्व की स्थिति में देश में दो विचारधाराओं का साथ-साथ प्रादुर्भाव हुआ। अन्त में जे० पी० को चौधरी साहब के विचारों का होना पड़ा।

चौ० चरणसिंह ने जे० पी० से अनुरोध किया कि वह संगठन कांग्रेस, जनसंघ एवं सोशलिस्ट पार्टी को मिलाकर हमारे भारतीय लोकदल का नेतृत्व करें ताकि कांग्रेस को पराजित किया जा सके। किन्तु इस बात से जे० पी० सहमत नहीं थे। उनका कहना था कि सभी प्रजातांत्रिक दलों को मिलाकर एक संघीय दल का गठन किया जाना चाहिए। किन्तु जब गुजरात के विधान सभा चुनावों में यह प्रयोग (संयुक्त मोर्चा रूप) असफल हो गया तो नए दल के गठन के पक्ष में वातावरण तैयार हुआ। इससे यह बात सिद्ध हो जाती है कि कांग्रेस विकल्प के लिए नये दल के गठन के पक्ष में प्रारम्भ से यदि कोई प्रयत्नशील था तो वह भारतीय लोकदल के राष्ट्रीय अध्यक्ष चौधरी चरणसिंह का दूरदर्शी व्यक्तित्व था। बीजू पटनायक का कहना था -

"जितने पूर्वाग्रहों, संकोचों, हिचकिचाहटों तथा जानी अनजानी भयंकर प्रसव पीड़ाओं को भोगने के बाद जनता पार्टी का जन्म संभव हुआ था। विलय की उन समस्त प्रतिक्रियाओं की जब जब याद आती है, तो अनायास ही मेरा मन चौ० चरणसिंह जी के प्रति आदर, श्रद्धा एवं उपकार भावना से जुड़ जाता है। यदि चौधरी साहब कांग्रेस के विकल्प की सिद्धि के प्रति इतने समर्पित, भावुक और प्रतिबद्ध नहीं होते तो क्या देश तानाशाही के शिकंजे से इतनी जल्दी मुक्ति पा सकता था?"

आपातकाल 25 जून 1975 से 21 मार्च 1977 तक (21 माह): सभी दलों के एकीकरण सम्बन्धी चौधरी साहब के प्रस्ताव के लिए सभी दलों की बैठक बुलाई जाने वाली थी तभी 25 जून 1975 को प्रधानमंत्री श्रीमती इंदिरा गांधी ने आपातकाल की घोषणा कर दी और इस प्रयास को एक बार झकझोर दिया।

इंदिरा गांधी सरकार ने चौ० चरणसिंह को 25 जून रात्रि, 1975 को तिहाड़ जेल में बन्द कर दिया। जयप्रकाश, मोरारजी, राज नारायण, देवीलाल आदि हरियाणा में कैद थे। तभी नानाजी देशमुख और सत्यपाल मलिक देश भर के विपक्षी दलों के कार्यकर्ताओं के नाम परिपत्र भेजकर (जाट वीरों का इतिहासः दलीप सिंह अहलावत, पृष्ठान्त-957) गिरफ्तारी देने और जेल भरो आन्दोलन तथा भूमिगत आन्दोलन को सक्रिय बनाने के लिए संलग्न थे। इस दौरान में चौधरी साहब जेल से प्रकाशसिंह बादल के साथ वार्ता कर विलय के प्रश्न को

आगे बढ़ाने के उत्सुक थे तथा अपने मिलने वालों से इस व्याकुलता को उजागर करते थे। वे तिहाड़ जेल से ही एक ही विपक्षी राजनैतिक पार्टी बनाने का भरपूर प्रयत्न करते रहे। नवम्बर 1975 में बाबू जयप्रकाश को मरणासन्न स्थिति में पैरोल दी गई कि कहीं जेल में ही उनका जीवन समाप्त न हो जाये। लेकिन जे० पी० अपने इलाज के लिए सीधे अस्पताल में गये अतः विशेष प्रगति इस दिशा में संभव न हुई। पुनः मार्च 1976 में चौ० साहब को रिहा कर दिया गया। कैद से छूटने पर चौधरी साहब ने इंदिरा की तानाशाही सरकार के विरुद्ध अपना कार्य जोरों से चालू किया। आपने 23 मार्च 1976 को विपक्षी नेता के तौर पर उत्तरप्रदेश विधान सभा में गड़गड़ाहट उत्पन्न करने वाला भाषण दिया, जिससे कांग्रेसियों का दिल दहल गया। इस भाषण को प्रजातन्त्र के प्रेमी सदा याद रखेंगे।

चौ० चरणसिंह ने बम्बई में, बाहर रहने वाले विपक्षी दलों के नेताओं की, एक बैठक अपने निर्देशन में बुलाई, जिसमें एक समिति का गठन इस विलय प्रक्रिया को आगे बढ़ाने हेतु किया गया। इस समिति के सर्वश्री एन० जी० गौरे संयोजक तथा एच० एम० पटेल, शांतिभूषण और ओ० पी० त्यागी सदस्य थे। इस समिति को जयप्रकाश जी का भी आशीर्वाद प्राप्त था। चौधरी साहब ने इसके तुरन्त बाद 4-5 अप्रैल को भालोद की राष्ट्रीय समिति की बैठक बुलाई। जिसमें इस समिति के महत्त्व की समीक्षा करते हुए कांग्रेस का विकल्प तैयार करने हेतु भालोद द्वारा अपना सर्वस्व त्याग कर आगे आने की पेशकश की गयी और निर्णय से संयोजक समन्वय समिति को अवगत करा दिया गया। इसके पश्चात् विलय के विषय में अनेक बैठकें हुई।

18 जनवरी 1977 को अचानक इंदिरा गांधी ने चुनाव घोषणा कर विपक्ष को संकट में डाल दिया। 19 जनवरी को मोरारजी देसाई जेल से रिहा हुए। रात को मोरारजी के निवास पर सभी दलों के नेताओं की बैठक हुई जिसमें चरणसिंह, अटलबिहारी, सुरन्द्रमोहन, पीलू मोदी, नानाजी देशमुख, एन० जी० गोरे व अशोक मेहता शामिल हुए और देसाई ने अध्यक्षता की। बैठक में गतिरोध पैदा हो गया। पहले मुरारजी ने मोर्चे की पेशकश की तब चौधरी व गोरे ने इस पर उत्तेजित होकर कड़ा रुख अपनाया तो वह अध्यक्ष पद के लिए अड़ गए, बात आगे बढ़ गई। जे० पी० को दिल्ली फिर बुलाया गया, उन्होंने फैसला कर दिया - "यदि विलय करके एक दल नहीं बनाया जाता तो मैं चुनाव प्रचार नहीं करूंगा।" इस पर मोरारजी झुके किन्तु अध्यक्ष पद छोड़ने को तैयार न थे। अतः जे० पी० ने निर्णय दिया कि "मोरारजी अध्यक्ष, चौ० चरणसिंह एकमात्र उपाध्यक्ष हैं और क्योंकि चौधरी का उत्तर भारत में सर्वाधिक प्रभाव है अतः चुनाव प्रचार, प्रत्याशियों का चयन और समस्त रणनीति वही तैयार करेंगे।" भालोद और उसके नेता चौ० चरणसिंह ने अपने एक-सूत्रीय कार्यक्रम को पूरा होते देखा तो सब कुछ समर्पित कर जे० पी० से सहमति व्यक्त कर दी। 23 जनवरी 1977 को देसाई के 5 डूप्ले रोड स्थित निवास पर जनता पार्टी के गठन की घोषणा के साथ चौधरी के 3 वर्ष पुराने भागीरथ प्रयास सफल हो गए। 21 माह तक आपातकाल स्थिति रहने के बाद 1977 में देश में आम चुनाव हुए।

यह चुनाव भालोद के नामांकन पत्र व सदस्यता पर ही लड़ा गया क्योंकि चुनाव आयोग ने जनता पार्टी को मान्यता नहीं दी थी। साथ ही इस चुनाव का नेतृत्व एकमात्र चौधरी चरणसिंह (जाट वीरों का इतिहास: दलीप सिंह अहलावत, पृष्ठान्त-958) ने किया और अभूतपूर्व सफलता दिलाई जिसके परिणामस्वरूप 23 मार्च, 1977 को जनता पार्टी शासन की स्थापना हुई और कांग्रेस का विकल्प देश के सामने आया। इन्दिरा गांधी ने 21 मार्च, 1977 को आपातकाल उठाने की घोषणा कर दी।

जयप्रकाश बाबू और आचार्य कृपलानी ने जनता सरकार का प्रथम प्रधानमन्त्री मोरारजी भाई को घोषित कर दिया। चौ० चरणसिंह को गृहमन्त्री नियुक्त किया गया। मोरारजी ने अपने मन्त्रिमण्डल में कई मन्त्रियों को शामिल करके उनको भिन्न-भिन्न विभाग सौंप दिये।

भादरा हनुमानगढ़ जिला राजस्थान मे भारत के पूर्व प्रधानमंत्री और किसान मसीहा चौधरी चरणसिंह जी की प्रतिमा का अनावरण किया गया हैं।

भादरा हनुमानगढ़ राजस्थान , चौधरी चरण सिंह मूर्ति स्थापना

3

चौधरी चरण सिंह का चुनावी इतिहास

चौधरी चरण सिंह का चुनावी इतिहास

स्वतंत्र भारत

https://www.jatland.com/w/
thumb.php?f=Chaudhari_Charan_Singh-2.jpg&width=200

चौधरी चरण सिंह

1952 में , वे स्वतन्त्र भारत के सबसे अधिक आबादी वाले राज्य उत्तर प्रदेश के राजस्व मंत्री बने । वे जमींदारी उन्मूलन और भूमि सुधार अधिनियम के प्रावधानों को लागू करने और लागू करने के लिए समर्पित थे, जिसके वे प्रमुख वास्तुकार थे। प्रमुख राजनीतिक वैज्ञानिकों द्वारा यह तर्क दिया गया है कि भारतीय लोकतंत्र की सफलता इस सुधार के सफल कार्यान्वयन में निहित है। दूसरी ओर, पाकिस्तान में ऐसे सुधार नहीं हुए, और सत्ता

कुछ शक्तिशाली जमींदारों या ज़मींदारों के बीच केंद्रित है, जो अपनी ज़मीन को अपनी निजी जागीर के रूप में चलाते हैं, और अपने प्रभाव का इस्तेमाल अपनी संपत्ति बढ़ाने के लिए करते हैं।

चरण सिंह ने सोवियत शैली के आर्थिक सुधारों पर नेहरू का विरोध किया। चरण सिंह का मानना था कि भारत में सहकारी कृषि सफल नहीं होगी। एक किसान का बेटा होने के नाते, चरण सिंह का मानना था कि किसान के लिए खेती करने के लिए स्वामित्व का अधिकार महत्वपूर्ण है। नेहरू की आर्थिक नीति की खुली आलोचना के कारण चरण सिंह का राजनीतिक करियर प्रभावित हुआ। 1950 के दशक में, भारत में नेहरू पर कोई सवाल नहीं उठाता था।

चौधरी चरण सिंह भारत की राष्ट्रीय कृषि गठबंधन प्रणाली के निर्माता बन गए। 1960 के दशक के अंत में जब वे उत्तर प्रदेश के मुख्यमंत्री थे, तब उन्होंने जाट-मुस्लिम राजनीतिक गठबंधन बनाया। वे 67-68 और फिर 70 में राज्य के मुख्यमंत्री बने।

चरण सिंह ने 1967 में कांग्रेस पार्टी छोड़ दी और अपनी खुद की राजनीतिक पार्टी बनाई। 1967 में और उसके बाद 1970 में वे दो बार उत्तर प्रदेश के मुख्यमंत्री रहे। 1975 में उन्हें फिर से जेल भेजा गया, लेकिन इस बार तत्कालीन भारतीय प्रधानमंत्री इंदिरा गाँधी ने । उन्होंने 'आंतरिक आपातकाल' की घोषणा की थी और अपने सभी राजनीतिक विरोधियों को जेल में डाल दिया था। आपातकाल हटाए जाने और लोकसभा के लिए चुनाव होने के बाद, भारतीय लोगों ने उन्हें वोट देकर बाहर कर दिया; और जनता पार्टी, जिसके चौधरी चरण सिंह एक वरिष्ठ नेता थे, सत्ता में आई।

वे एकरूप और समावेशी ग्रामीण लोगों के आदर्श के प्रति प्रतिबद्ध रहे। वे जाट सांस्कृतिक मुखरता और आर्य समाज आंदोलन की उपज थे और इसलिए उन्होंने जाति को एकता के बिंदु के रूप में इस्तेमाल नहीं किया। उनके अनुसार, जाटों के हित ग्रामीण आबादी के हितों के साथ जुड़े हुए हैं।

https://www.jatland.com/home/
File:Charan_Singh_with_President_Neelam_Sanjiva_Reddy_taking_
auth_of_vth_PM_of_India_on_28.7.1979.jpg

चरण सिंह राष्ट्रपति नीलम संजीव रेड्डी के साथ 28.7.1979 को भारत के पांचवें प्रधानमंत्री का कार्यभार संभालते हुए

1977 में, उन्होंने अपने किसान और कृषि आधारित भारतीय क्रांतिकारी पार्टी को मोरारजी देसाई की जनता पार्टी के साथ जोड़ दिया और देसाई की गठबंधन सरकार में गृह मंत्री (1977-78) और उप प्रधान मंत्री (1979) के रूप में कार्य किया। जुलाई 1979 में वे कांग्रेस के समर्थन से भारत के प्रधान मंत्री बने। लेकिन जब इंदिरा गांधी ने समर्थन वापस ले लिया, तो उन्होंने विश्वास मत का सामना किए बिना ही कुछ समय बाद इस्तीफा दे दिया। भारत के स्वतंत्रता दिवस (15 अगस्त, 1979) पर राष्ट्र के नाम उनका भाषण बहुत ही भविष्यसूचक था जिसमें उन्होंने पाकिस्तान की परमाणु महत्वाकांक्षा को भारत के लिए

एक बड़े खतरे के रूप में पहचाना। उन्होंने यह भी उल्लेख किया कि यदि भारत को विश्व अर्थव्यवस्था में प्रतिस्पर्धी बनना है तो भारतीय श्रम कानूनों को परिष्कृत करना होगा। उन्होंने इज़राइल के साथ उच्च स्तरीय राजनयिक संबंध भी खोले, जिन्हें 1980 के चुनावों के बाद सत्ता में आई इंदिरा गांधी की सरकार ने समाप्त कर दिया।

यह याद रखना चाहिए कि वह इस पद को प्राप्त करने वाले पहले किसान नेता (और पहले जाट) थे। 1989 में चौधरी देवी लाल के उप प्रधानमंत्री बनने के बाद ही किसी अन्य जाट ने राष्ट्रीय राजनीति में इतना ऊंचा पद प्राप्त किया और इतनी महत्वपूर्ण भूमिका निभाई, जितनी उन्होंने निभाई। हालांकि पश्चिमी उत्तर प्रदेश के जाट उन्हें अपना एकमात्र हितैषी मानते थे, फिर भी उन्हें केवल जाट नेता कहना अनुचित होगा। उन्हें एक ग्रामीण नेता के रूप में वर्णित किया जा सकता है, जिनका समर्थन आधार सभी ग्रामीण समुदायों से परे था।

चौधरी चरण सिंह का निधन 29 मई 1987 को दिल्ली में हुआ और उनका अंतिम संस्कार किसान घाट दिल्ली में किया गया । उनके परिवार में उनकी पत्नी गायत्री देवी , पांच बेटियाँ (सत्यवती/सत्या, वेदवती, ज्ञानवती, शारदा,सरोज) और एक बेटा अजीत सिंह हैं ।

राज्यसभा में चरण सिंह का चित्र

https://www.jatland.com/w/images/
8/8a/
Charan_Singh_Portrait_Rajyasabha.jpg

राज्यसभा में चौधरी चरण सिंह का चित्र

एक उत्साही देशभक्त, एक योग्य प्रशासक, एक चतुर राजनेता, भारत के किसानों के हितों के लिए लड़ने वाले चौधरी चरण सिंह बेदाग चरित्र, ईमानदारी और मानवतावादी प्रवृत्ति के व्यक्ति थे। उत्तर प्रदेश विधानसभा के एक लंबे समय तक सदस्य रहे, वे राज्य के मुख्यमंत्री बने। वे जनता पार्टी सरकार में उप प्रधानमंत्री थे। भारतीय क्रांति दल और लोक दल के संस्थापक, उन्होंने किसानों और कमजोर वर्गों के कल्याण के लिए निरंतर प्रयास किया। प्रधानमंत्री के रूप में, उन्होंने आम आदमी के कल्याण के लिए विभिन्न उपायों की शुरुआत करने का प्रयास किया।

ज़ेबा अमरोहावी द्वारा चित्रित इस चित्र का अनावरण 23 दिसंबर 1993 को भारत के तत्कालीन राष्ट्रपति डॉ. शंकर दयाल शर्मा ने किया था।

यह चित्र चौधरी चरण सिंह स्मारक समिति द्वारा दान किया गया था।

सरदार पटेल के बाद दूसरा फौलादी पुरुष चौ. चरणसिंह

सरदार पटेल भारत की एकता और अखण्डता के निर्माता थे। साढ़े चार वर्ष की वह अवधि जिसमें सरदार पटेल भारत के उपप्रधानमन्त्री व गृहमन्त्री रहे, एक राजनीतिज्ञ के नाते उनकी अनेक उपलब्धियों के लिए उल्लेखनीय है। उन्होंने लगभग 500 देशी रियासतों को भारत में मिलाकर देश की एकता और अखण्डता के निर्माता की उपाधि प्राप्त की। इसी कारण वह लोह पुरुष और सरदार की ख्याति अर्जित कर पाये। यद्यपि बारदोली सत्याग्रह के दौरान साहसिक नेतृत्व देने के कारण उन्हें सरदार की उपाधि मिली, परन्तु वे केवल बारदोली के सरदार न रहकर देश के सरदार कहलाए। किन्तु आश्चर्य इस बात का है कि जिसे इस देश का सरदार मान लिया गया उसे अपने से 14 वर्ष छोटे और प्रत्येक क्षेत्र में कम योग्यता व कुशलता वाले व्यक्ति पं. जवाहरलाल नेहरू का नेतृत्व स्वीकार करना पड़ा। यह महात्मा गांधी के एकपक्षीय निर्णय और नेहरू परिवार की भव्यता के सामने, किसान परिवार के पटेल के ऊपर थोपी गई राय थी। महात्मा जी ने अपने मस्तिष्क को संतुलित न बनाकर नेहरू के बड़प्पन के समक्ष स्वयं को समर्पित करते हुए सरदार पटेल जैसे कुशल व्यक्ति को नाजायज दबाकर नेहरू के हाथों देश को सौंप दिया, जिसका परिणाम आज देशवासी भोग रहे हैं। यदि संसद सदस्यों की राय ली जाती तो पटेल की बहुत मतों से विजय होती और वे प्रधानमन्त्री बनते।

चौ. चरणसिंह के साथ भी यही हुआ, चौधरी की सादगी, ईमानदारी और दृढ़ता से जो लोग कायल थे उन्होंने जयप्रकाश बाबू को दबाकर मोरारजी भाई का नाम उछाला। जयप्रकाश जी ने मोरारजी को देश का प्रधानमन्त्री नियुक्त कर दिया। इस तरह लोकतन्त्र की आज़ादी के बाद देश का नेतृत्व दूसरी बार एक पूंजीपतियों के रहनुमा के हाथों में सौंप दिया गया। चौ. चरणसिंह की भालोद के एम. पी. बड़ी संख्या में थे, उनके अतिरिक्त अन्य बहुत से एम. पी. उनकी ओर थे। चुनाव होने पर चौधरी साहब की विजय अवश्य होती और वे देश के प्रधानमन्त्री बनते। इस तरह देश का नक्शा दूसरा ही होता। चौधरी जी ने भी पटेल की भांति जयप्रकाश जी की बात मान ली। गांधी जी व जे. पी. दोनों की यह बहुत बड़ी गलती थी।

नेहरू जी सत्य को अंततः सत्य मान लिया करते थे और प्रतिद्वन्द्वी को सम्मान दिया करते थे किन्तु मोरारजी क्रूर एवं जिद्दी साबित हुए, जिनको इन्सानीयत छू तक नहीं गयी थी। यही कारण था कि उन्हें बेइज्जत होकर जल्द ही घर वापिस जाना पड़ा। इसके बावजूद भी चौधरी ने उनको सदैव सम्मान दिया। देश के उत्थान के प्रश्न पर चौधरी का मस्तिष्क जितना साफ था उतना भारतीय राजनीति में सरदार पटेल के अतिरिक्त किसी का नहीं माना जा सकता।

चौधरी साहब अपने चरित्र के बल पर ही वर्तमान व्यक्तित्व प्राप्त कर सके। समस्त जाट वीरों का इतिहासः दलीप सिंह अहलावत, पृष्ठान्त-959

गृहमन्त्रियों के व्यक्तित्व देखने के बाद ज्ञात होता है कि सरदार पटेल के बाद दूसरा लोह पुरुष यदि गृहमन्त्रालय में आया तो वह था चौधरी चरणसिंह। उनका व्यक्तित्व एक ऐसे लोह धातु से बना हुआ था जो अपनी अडिगता से टूट सकता था परन्तु झुकना पसन्द नहीं करता था। जिसमें अपने विचारों को रखने और उन पर अडिग रहने की क्षमता होगी, केवल वही कुशल प्रशासक हो सकता है।

सारे देश से जो चीत्कार सुनाई दिया वह एकमात्र यही था कि चौधरी साहब पटेल के बाद दूसरे आदमी हैं जो प्रशासनिक दूरदृष्टि में उनसे मेल खाते हैं। आपातकाल की लड़ाई के बाद यदि चौधरी चरणसिंह जैसा गृहमन्त्री न मिला होता तो स्थिति क्या होती, यह हमारी कल्पना से परे की बात है। चौधरी साहब की प्रसिद्धि एक ऐसे शक्तिशाली और दृढ़ प्रशासक के रूप में हो गई थी कि लोकतन्त्र के दुश्मन 30 वर्ष से सत्ता के अन्धकार में पले देश के शत्रु, पस्तहिम्मत हो गये। सारे विश्व की निगाहें भारत की ओर थीं। ईष्र्यालु लोग आशंका व्यक्त कर रहे थे कि नेहरू परिवार के शासन के बाद वहां शासन दे पाना किसी के वश की बात नहीं है, लेकिन चौधरी साहब ने वह आशंका निर्मूल कर दी।

आम लोगों की मान्यता है कि पं० नेहरू कुशल प्रशासक नहीं थे, चिंतक, विचारक, स्वप्नद्रष्टा अधिक थे। यही बात चौ० चरणसिंह के लिए भी कही जाती है कि जनता सरकार के प्रथम प्रधानमन्त्री मोरारजी न होकर चरणसिंह रहे होते तो इन तीन वर्षों में ही देश की तस्वीर बदली नजर आती। चौधरी साहब ने गृहमन्त्री के रूप में जिस दृढ़ता का परिचय देते हुए आपातकाल के कारनामों के लिए आयोगों की नियुक्ति की और इन्दिरा जी को जेल के सींकचों के दर्शन कराये, उसके बाद तो मानो उनका नाम शेर की भांति भयानकता के साथ लिया जाने लगा और लोग उन्हें विनोद में 'कमीशन सिंह' के नाम से सम्बोधित करने लगे थे। इससे पूर्व प्रत्येक भारतीय घनघोर निराशा के वातावरण में पड़ा सिसक रहा था। भय, आतंक और अनियमितता के जितने भी घिनोने रूप हो सकते थे वह सब श्रीमती इन्दिरा गांधी, संजय गांधी और उनकी चांडाल चौकड़ी ने देश के समक्ष प्रस्तुत कर दिए थे। पुलिस के आतंक से जनता भयभीत तथा तंग थी।

स्वार्थियों, आततायियों व लंपटों की जो निरंकुश फौज मां-बेटे ने मिलकर खड़ी की थी वह जनता सरकार के समक्ष एक गम्भीर चुनौती थी। इस भयाक्रांत स्थिति से देश को

बाहर निकाल कर एक स्वतन्त्र रूप में कानून के आधार पर जिस भारत की प्रतिष्ठा चौधरी साहब ने रखी, वह केवल इस देश के लिए नहीं वरन् जनतंत्रप्रेमी किसी भी देश के लिए एक अनुकरणीय उदाहरण है। तुरन्त बाद 8 राज्यों में विधान सभा भंग कर नए चुनाव कराने के लिए उन्होंने दूसरा महत्त्वपूर्ण लाभकारी निर्णय लिया था जिसके सारे विरोध, पार्टी के बाहर और अन्दर से होते रहे।

यदि सरदार पटेल को प्रधानमंत्री बनाया जाता तो आज देश का नक्शा दूसरा ही होता, देश के अधिकतर कठिन प्रश्न हल हो गये होते और जो कुछ विवाद विषय रह जाते वह अद्भुत परिणाम ग्रहण न करते, जैसे कि किये हुए हैं। उस समय में जो नए विवाद विषय जिनका निर्माण नेहरू

(पटेल व चरणसिंह दो फौलादी पुरुष "चौधरी चरणसिंह व्यक्तित्व एवं विचारधारा" पृ॰ 7-12 लेखक डा॰ के. एस. राणा)।

(जाट वीरों का इतिहास: दलीप सिंह अहलावत, पृष्ठान्त-960)

द्वारा किया गया, वह न होने पाते। पटेल हमको ऐसा प्रधानमन्त्री मिलता जिसका सम्बन्ध भूमि से था, जो अभ्यासी था तथा गरीबों एवं किसानों का आदर करता था। सरदार पटेल वास्तविक भारत को जानता था। (होमर ए, जैक (सम्पादक) 'दि गांधी रीडर', पृ॰ 128)।

चौ. चरणसिंह अपने भाषणों में कहा करते थे कि "महात्मा गांधी मेरे राजनैतिक गुरु थे परन्तु उनकी एक बड़ी भारी भूल यह थी कि उन्होंने सरदार पटेल को देश का प्रधानमंत्री न बनाकर नेहरू जी को बना दिया।"

23 मार्च 1977 को जनता पार्टी शासन स्थापित होने के बाद की घटनायें: प्रधानमन्त्री मोरारजी ने मन्त्रिमण्डल के गठन में अपने 7 केबिनेट मन्त्री लेकर तथा जनसंघ व भालोद को 3-3 स्थान देकर समानुपात के नियम को तोड़ दिया, फिर राज्यपालों और राजदूतों के चयन में घोर पक्षपात किया। इस प्रकार लोकदल घाटे में रह गया। सर्वाधिक लाभ संगठन कांग्रेस को मिला जबकि चौधरी साहब ने उत्तर भारत में टिकट वितरण के समय अपने को घाटे में रखकर भी अन्य घटकों को सन्तुष्ट किया था। फिर विधानसभाओं के मध्यावधि चुनाव और इंदिरा गांधी की गिरफ्तारी को लेकर भी चौधरी-देसाई विवाद खुलकर सामने आ गये।

गृहमन्त्री चौ. चरणसिंह ने उत्तर भारत के राज्यों में जून 1977 में मध्यावधि चुनाव कराये, जिनमें कांग्रेस की बुरी तरह हार हुई तथा जनता पार्टी का राज्य स्थापित हुआ। चौधरी साहब ने जनसंघ से समझौता करके मुख्यमन्त्रित्व पद निर्धारित कर दिये। लेकिन जब संगठन के चुनाव की बात की गई तो जनसंघ ने अपने आर. एस. एस. द्वारा अधिक सदस्यता बनाकर तथा पूंजीपतियों से चन्दा एकत्र कर सारे संगठन पर अपना शिकंजा कड़ा करने और नानाजी देशमुख को अध्यक्ष बना लेने की सारी योजना तैयार कर ली थी। इससे एक ओर चौ. चरणसिंह को उनकी नेकनियती पर अविश्वास पैदा हुआ वहीं

अध्यक्ष चन्द्रशेखर ने इसका लाभ उठाया और भारतीय लोकदल को अलग-थलग करने की योजनाओं पर विचार विनिमय राष्ट्रीय स्तर पर शुरु हो गया। चन्द्रशेखर का अध्यक्ष पद का कार्य पूर्णतया भालोद विरोधी बनता चला गया। किसी भी प्रदेश में, केवल हरयाणा को छोड़कर, चरणसिंह गुट का प्रदेश जनता अध्यक्ष नहीं बनाया गया, न ही चुनाव पेनल में भालोद को स्थान दिया गया। बंगाल, बिहार, राजस्थान में संगठन कांग्रेस, दिल्ली, पंजाब, मध्यप्रदेश में जनसंघ तथा शेष राज्यों में समाजवादी प्रदेश अध्यक्ष बनाये गये। जिला तदर्थ समितियों में जहां भालोद के मुख्य-मंत्री थे, जानबूझकर अव्यवस्था और अनुशासनहीनता फैलाकर अस्थिरता का वातावरण तैयार किया गया। प्रत्येक 6 माह बाद मुखमन्त्रियों को विश्वास का मत हासिल करने के निर्देश राष्ट्रीय पार्लिमेंटरी द्वारा दिये जा रहे थे। इस प्रकार इन समस्त कारणों से चौ. चरणसिंह परेशान थे किन्तु वे अन्तिम दम तक पार्टी की एकता को बनाये रखने के पक्षधर थे।

किसान शक्ति: 23 दिसम्बर, 1977 को चौ० चरणसिंह का 76वां जन्मदिवस मनाने हेतु बोट क्लब दिल्ली में किसानों का एक बड़ा सम्मेलन हुआ, जिसमें सारे भारत के कोने-कोने से आकर किसानों ने भाग लिया। इस अवसर पर किसानों की बड़ी भारी संख्या उपस्थित थी। श्रीमती इन्दिरा गांधी ने, जो (जाट वीरों का इतिहास: दलीप सिंह अहलावत, पृष्ठान्त-961) तिहाड़ जेल से छूटकर आई ही थी, इस बड़े भारी संख्या वाले किसान सम्मेलन को चौ. चरणसिंह की अत्यधिक सफलता बताया और कहा कि इससे प्रमाणित हो गया है कि चरणसिंह के साथ उत्तर भारत के सब किसान हैं। यह किसान सम्मेलन राजनैतिक नहीं था, बल्कि चौधरी साहब का जन्मदिन मनाने के लिए था। नानाजी देशमुख, जो कि चौ. चरणसिंह के नेतृत्व में किसानों के इतने बड़े संगठन को देखकर स्पष्ट रूप से उलट थे, ने इस सम्मेलन की अध्यक्षता की। अपने भाषण में उन्होंने इस अवसर पर कहा कि "चौधरी साहब भारत के किसानों के नेता हैं।"

विदेशमन्त्री श्री अटलबिहारी वाजपेयी ने भी किसान सम्मेलन को सम्बोधित किया। जनता पार्टी अध्यक्ष चन्द्रशेखर को भी निमन्त्रण दिया गया था किन्तु वह बहाना बनाकर इस सम्मेलन में नहीं आया। इसके बाद चन्द्रशेखर और चौधरी साहब के विचार अलग-अलग हो गये।

चौ. चरणसिंह के किसानों की उन्नति के लिए विचार: चौधरी साहब के अनुसार देश की आर्थिक दिशा में असफलता के दो बड़े कारण हैं - खेती बाड़ी और कारखानों के बीच आर्थिक खर्च का गलत बटवारा और बड़े-बड़े यन्त्र (मशीनें) स्थापित करने में धनराशि लगाना। अतः इसके लिए दो बड़े उपाय हैं - 1. बड़ी भारी मशीनों में धनराशि कम लगाई जाये। 2. कारखानों की बजाये खेती बाड़ी के लिए अधिक धनराशि लगाई जाए। किसानों की धीमी गति से उन्नति हुई है। चौधरी साहब ने देस का दौरा करने का निर्णय लिया जिसका तात्पर्य किसानों की आवश्यकता को बल देना तथा प्रान्तों में अखिल भारतीय किसान सम्मेलन की शाखायें स्थापित करना था।

उनका विवाद इस बात पर था कि स्वतन्त्रता प्राप्ति से आज तक ग्रामीण उन्नति मन्दगति से हुई है। आज तक भी 1,16,000 गांवों में पीने का पानी नहीं है। खेतों में काम करने वाले किसानों को शहरी क्लर्कों से घटिया इलाज दिया जाता है। आई. ए. एस. अफसर अधिक संख्या में शहरी हैं, जिनके कारण देहात में सामाजिक व आर्थिक पिछड़ापन है क्योंकि वे देहातियों की कठिनाइयों को समझते नहीं। केवल 14 प्रतिशत अफसर देहाती हैं। उन्होंने खेद प्रकट किया कि गांवों की विद्या, स्वास्थ्य, सड़कें और वाहनों की ओर ध्यान ही नहीं दिया गया है। यह बड़े शर्म की बात है कि गांवों में औरतों के लिए संडास का प्रबन्ध भी नहीं किया गया है। उन्होंने बताया कि अभी हाल में दिल्ली में यू. एन. कांफ्रेंस के लिए 16 करोड़ रुपये खर्च करने का प्रस्ताव पास किया गया था। इस राशि में से 1.83 करोड़ रुपया विज्ञान भवन, जहां पर कांफ्रेंस होनी थी, के रंगरोगन व उद्धार के लिए खर्च होना था। क्या यह धनराशि गांवों के नलकूपों के लिए नहीं लगाई जा सकती थी, जिनकी किसानों को सख्त जरूरत है?

23 दिसम्बर, 1978 को दूसरा किसान सम्मेलन: चौ॰ चरणसिंह अपने गृहमन्त्रालय का कार्य स्वतन्त्र रूप से करना चाहते थे, परन्तु प्रधानमन्त्री मोरारजी देसाई व उनका मन्त्रिमण्डल तथा चन्द्रशेखर उनके रास्ते में रोड़े अटकाते रहे। मोरारजी के इस विवाद से चौधरी साहब सदा बेचैन रहते थे। जून 1978 में चौधरी साहब को पक्षाघात का दौरा पड़ा। अतः वे इलाज के लिए दिल्ली के बड़े अस्पताल में दाखिल हो गये। इस समय मोरारजी ने चन्द्रशेखर से सांठ-गांठ करके राजनारायण व चौधरी साहब से त्याग-पत्र मांग लिए, बस पार्टी के (जाट वीरों का इतिहासः दलीप सिंह अहलावत, पृष्ठान्त-962) पतन का बीजारोपण आरम्भ हो गया। राजनारायण पर झूठा दोष लगाकर त्याग-पत्र मांग लिया और उसे जून 1978 में मन्त्रिमण्डल से बाहर कर दिया।

प्रधानमंत्री ने 26 जून, 1978 को प्रेस कांफ्रेंस में राजनारायण के जनता पार्टी से त्याग-पत्र के विषय में कहा कि यदि पहले वाले भालोद के अन्य मेम्बर भी अपना त्याग-पत्र दे दें तो भी मेरी सरकार की स्थिरता में कुछ अन्तर नहीं होगा (Blitz weekly, August 4, 1979)।

चौ. चरणसिंह ने 30 जून 1978 को अपने गृहमन्त्री पद से त्याग-पत्र दे दिया। मोरारजी ने अपने स्वार्थ के लिए चौधरी साहब को उनके पद से हटाकर उन पर एक घातक धक्का लगाया। वास्तव में उनका यह त्याग-पत्र नहीं था, बल्कि उनको नीचा दिखाना था। प्रधानमन्त्री ने चौधरी साहब को पत्र भेजकर त्याग-पत्र मांगा था, जिसमें चौधरी साहब पर मिथ्या व बनावटी आरोप लगाये गये थे। चौ. चरणसिंह इलाज के बाद अपनी धर्मपत्नी गायत्री देवी सहित सूरज कुण्ड में जाकर आराम करने लगे।

अनेक मन्त्रियों, राजनैतिक व विद्वानों के कहने पर भी प्रधानमन्त्री मोरारजी ने चौधरी साहब को वापिस अपने मन्त्रिमण्डल में नहीं लिया।

30 जून 1978 को चौ. चरणसिंह के मन्त्रिमण्डल से त्यागपत्र देने के बाद उनकी भारतीय लोकदल पार्टी, अन्य पार्टियों के नेता तथा भारतवर्ष के किसानों में बड़ा रोष हो गया।

मोरारजी पर दबाव डालने के लिए किसान रैली करने की तैयारियां होने लगीं। चौ. चरणसिंह के जन्मदिन पर 23 दिसम्बर 1978 को यह दूसरी बड़ी किसान रैली वोट क्लब पर सम्पन्न हुई, जिसमें सारे भारतवर्ष के प्रत्येक प्रांत से किसानों ने अपने खर्चे पर अपनी इच्छा से आकर भाग लिया तथा चौधरी साहब के 77वें जन्मदिन पर उनको 77 लाख रुपये की थैली भेंट की। यह एक ऐतिहासिक किसान रैली थी, जिससे यह प्रमाणित हो गया कि भारतवर्ष के किसान चौ॰ चरणसिंह को अपना वास्तविक नेता मान चुके हैं। इस रैली की संख्या का लगभग 40 लाख का अनुमान लगाया गया था। इस रैली पर समाचारपत्रों की व्याख्या इस प्रकार है -

The Guardian (Manchester, England); Peter Niesewand लिखता है कि "23 दिसम्बर, 1978 को चौ॰ चरणसिंह के 77वें जन्मदिन पर उनके सहायक किसानों की रैली दिल्ली में हुई, सबसे बड़ी थी।"

Far Eastern Economic Review (Hong Kong) लिखता है कि "23 दिसम्बर को चौ. चरणसिंह के सहायक किसानों की रैली की संख्या 10,00,000 अवश्य थी। इस किसान रैली से यह सिद्ध हो गया कि जैसे चौ. चरणसिंह के नेतृत्व में इतनी बड़ी संख्या किसानों की है, जिससे उनकी बड़ी प्रसिद्धि है। इस भांति का और कोई दूसरा नेता नहीं है।"

The Fortnight (New Delhi) ने लिखा कि "अब तक इतनी बड़ी रैली कोई नहीं हुई और इससे भारतीय राजनीति में एक अति आवश्यक संगठन की उत्पत्ति हुई।"

The Tribune (Chandigarh) ने इसको "संसार की सबसे बड़ी रैली" बताया।

The Sunday Statesman (Delhi) ने उसे "अति शांति वाली रैली" बताया।

23 दिसम्बर, 1978 की इस ऐतिहासिक रैली ने चौ. चरणसिंह को विश्व के रंगमंच पर एक (जाट वीरों का इतिहासः दलीप सिंह अहलावत, पृष्ठान्त-963) लोकप्रिय नेता और किसानों का 'मसीहा' के रूप में प्रसिद्ध कर दिया। इस जनशक्ति से भयभीत होकर ही मोरारजी देसाई व चन्द्रशेखर ने चौधरी साहब से मन्त्रिमण्डल में शामिल होने का बार-बार अनुरोध किया। वस्तुतः चौधरी साहब स्वयं मानसिक रूप से मन्त्रिमण्डल में जाने को तैयार न थे किन्तु उनके ऊपर पार्टी की एकता को बनाये रखने हेतु अत्यधिक दबाव पड़ रहा था, जिसके सामने झुकना पड़ा। यद्यपि इससे उन्हें घाटा उठाना पड़ा, क्योंकि वह मन्त्रिमण्डल में न जाकर, बाहर से किसान मजदूरों के लिए संघर्ष का मार्ग अपनाते तो शायद विश्व के पैमाने पर माओ-त्से-तुंग के बाद दूसरे महान् किसान संघर्ष के नेता कहलाते। यह टिप्पणी बी. बी. सी. लन्दन रेडियो के संवाददाता की है और मैं स्वयं भी इस बात से सहमत हूँ। चौ. चरणसिंह ने मन्त्रिमण्डल से 6 मास 24 दिन बाहर रहकर 24 जनवरी 1979 को उपप्रधानमन्त्री के रूप में शपथ ली और उन्हें वित्त विभाग भी सौंपा गया। बाबू जगजीवनराम को नं. 2 उपप्रधानमन्त्री बनाया। चौधरी साहब के उपप्रधानमन्त्री बनने के बाद संघर्ष का रूप बदल गया। वे मूकदर्शक बनकर बैठ गये और उनके सहायक नेता राजनारायण बाहर से साम्प्रदायिक दंगों में आर. एस. एस. की साजिश को बेनकाब करने खुले मंच पर आ गये।

मधुलिमये भी राजनारायण के साथ हो लिये। मधुजी अपने ढंग से एच. एन. बहुगुणा, जार्ज फर्नांडीज आदि को भी चरणसिंह के खेमे में ले आये। इसी दौरान प्रधानमन्त्री मोरारजी ने चन्द्रशेखर से सांठ-गांठ करके भालोद के तीन मुख्यमंत्री – चौ. देवीलाल, रामनरेश यादव और कर्पूरी ठाकुर - को उनके पद से हटा दिया। दूसरी ओर राजनारायण को अनुशासन कार्यवाही का ढ़ोंग रचकर कार्य समिति से भी पृथक् कर दिया गया। इतने प्रहारों के बाद भालोद घटक पूर्णतया क्रोध में पागल था। चौ. देवीलाल 9 जुलाई 1979 को चौ. चरणसिंह के निवास पर पहुंचे और वहां देवीलाल, कर्पूरी ठाकुर, श्यामनन्दन मिश्र, मधु लिमये ने गोपनीय बैठक कर चौधरी साहब को पार्टी छोड़ने के लिए तैयार कर लिया और समानान्तर जनता पार्टी का गठन कर मोरारजी का तख्ता पलटनी की योजना बनाकर अगुवाई करने के लिए राजनारायण को जिम्मेदारी सौंपी गई। 15 मन्त्रियों के त्यागपत्र प्राप्त कर लिए गए। इसी क्रम में 13 संसद सदस्यों ने 9 जुलाई को और अन्य सदस्यों ने 10 जुलाई 1979 ई. को त्यागपत्र दे दिए और विरोधी दल के नेता यशवन्तराव चव्हाण ने अविश्वास प्रस्ताव पेश कर दिया। अतः 11 जुलाई 1979 ई. को अन्य सांसदों से त्यागपत्र दिलाकर सरकार को अल्पमत में खड़ा कर दिया गया। 15 जुलाई तक त्यागपत्रों की संख्या 100 पर पहुंच गई और मोरारजी देसाई को त्यागपत्र देने पर बाध्य होना पड़ा। इस तरह मोरारजी 2 वर्ष 115 दिन प्रधानमन्त्री रहे और फिर मन्त्रिमण्डल में नहीं लिये गये। अन्त में चौधरी साहब भी बाहर आ गये और समानान्तर जनता पार्टी के सर्वसम्मति से नेता चुन लिए गए तथा समर्थन प्राप्त करके प्रधानमन्त्री बनने में भी सफल हुए।

चौ. चरण सिंह, नेपाल नरेश के साथ नई दिल्ली में दोपहर के भोजन पर – 21.09.1979

चौधरी चरण सिंह एवं नेपाल नरेश

4

राष्ट्रीय किसान दिवस (किसान दिवस)

राष्ट्रीय किसान दिवस (किसान दिवस)

किसान दिवस चौधरी चरण सिंह के सम्मान में मनाया जाता है, जो भारत के पांचवें प्रधानमंत्री थे। वे बहुत ही सरल स्वभाव के व्यक्ति थे और उन्होंने बहुत ही सादा जीवन जिया। प्रधानमंत्री के रूप में अपने कार्यकाल के दौरान, उन्होंने भारतीय किसानों के जीवन को बेहतर बनाने के लिए कई नीतियाँ शुरू कीं। चौधरी चरण सिंह के आकर्षक व्यक्तित्व और किसानों के पक्ष में विभिन्न लाभकारी नीतियों ने भारत के सभी किसानों को जमींदारों और साहूकारों के खिलाफ़ एकजुट किया। उन्होंने भारत के दूसरे प्रधानमंत्री द्वारा दिए गए प्रसिद्ध नारे 'जय जवान जय किसान' का पालन किया। चौधरी चरण सिंह एक बहुत ही सफल लेखक भी थे और उन्होंने किसानों और उनकी समस्याओं पर अपने विचारों को दर्शाते हुए कई किताबें लिखीं; उन्होंने किसानों के जीवन को बेहतर बनाने के लिए कई समाधान भी निकाले। भारत मुख्य रूप से गाँवों का देश है और गाँवों में रहने वाली अधिकांश आबादी किसान है और कृषि उनके लिए आय का मुख्य स्रोत है। 60 के दशक में पंजाब और हरियाणा में हुई हरित क्रांति ने देश की कृषि तस्वीर बदल दी। इससे उत्पादकता में वृद्धि हुई और इस प्रकार भारत विभिन्न कृषि-वस्तुओं में आत्मनिर्भर बन गया। किसान भारत की रीढ़ हैं। भूमि का देश भारत हर साल 23 दिसंबर को अपने देश के किसानों द्वारा किए गए महान कार्यों के सम्मान में राष्ट्रीय किसान दिवस मनाता है।नई दिल्ली में प्रसिद्ध "किसान घाट " उत्तर में किसान समुदायों से संबंधित मुद्दों से जुड़े चौधरी चरण सिंह की भागीदारी के कारण उन्हें समर्पित है।

चरण सिंह पर डाक टिकट

https://www.jatland.com/
w/images/9/
9b/
Charan_Singh_Stamp.jpg

भारतीय डाक विभाग ने 29/05/1990 को उन पर 1.00 रुपये मूल्य का एक स्मारक डाक टिकट जारी किया।

महामहिम राष्ट्रपति श्री नीलम संजीव रेड्डी - चौधरी चरणसिंह को देश के पाँचवे प्रधानमंत्री के रूप में शपथ दिलाते हुए। नई दिल्ली 28 जुलाई, 1979

चौधरी भारत देश के पांचवे प्रधानमंत्री के रूप में शपथ लेते हुए

5

भारत रत्न 2024

भारत रत्न 2024

भारत रत्न के सच्चे हकदार हैं चौधरी चरण सिंह

आचरण दिनांक 23 दिसम्बर 2021, सागर, पृष्ठ क्रमांक 4

देश के पूर्व प्रधानमंत्री चौधरी चरण सिंह की गिनती हमेशा एक ईमानदार राजनेता के तौर पर की जाती है। उन्होंने जीवन पर्यंत किसानों की सेवा को ही अपना धर्म माना और अपने अंतिम समय तक देश के गांव में रहने वाले किसानों, गरीबों, दलितों, पीड़ितों की सेवा में ही पूरी जिंदगी गुजारी। चौधरी चरण सिंह ने हमेशा यह साबित करने की कोशिश की थी कि किसानों को खुशहाल किए बिना देश का विकास नहीं हो सकता। उनकी नीति किसानों व गरीबों के जीवन स्तर को ऊपर उठाने की थी।

चौधरी चरण सिंह जैसे किसानों के बड़े नेता द्वारा किसानों के हित में किए गए कार्यों को देखते हुए वर्षों पूर्व ही उनको भारत रत्न सम्मान मिलना चाहिए था। मगर सरकारों की अनदेखी के चलते अभी तक उनको उचित सम्मान नहीं मिल पाया है। नरेंद्र मोदी सरकार को चौधरी चरण सिंह जैसे सच्चे बड़े वह सच्चे किसान नेता को भारत रत्न प्रदान कर सच्ची श्रद्धांजलि अर्पित करनी चाहिए। इससे देश के करोड़ों किसानों के साथ ही सरकार का भी सम्मान बढ़ेगा।

भारत रत्न 2024

https://www.jatland.com/w/
thumb.php?f=Bharat_Ratna.jpg&width=300

भारत रत्न 2024 अलंकरण समारोह प्रशस्ति पत्र पढ़ें

सत्यमेव जयते

भारत रत्न पुरस्कार-2024

अलंकरण समारोह

राष्ट्रपति भवन, दरबार हॉल

30 मार्च, 2024

देश का सर्वोच्च नागरिक पुरस्कार 'भारत रत्न' मानव प्रयास के किसी भी क्षेत्र में असाधारण सेवा/सर्वोच्च प्रदर्शन के लिए प्रदान किया जाता है।

भारत रत्न

चौधरी चरण सिंह (मरणोपरांत)

1. चौधरी चरण सिंह एक बहुमुखी व्यक्तित्व के धनी, एक उत्साही देशभक्त, एक योग्य प्रशासक, एक चतुर राजनेता और सबसे बढ़कर एक चरित्रवान, सत्यनिष्ठ और मानवतावादी प्रवृत्ति के व्यक्ति थे।

2. 23 दिसंबर 1902 को संयुक्त प्रांत (उत्तर प्रदेश) के मेरठ जिले के नूरपुर गांव में एक किसान परिवार में जन्मे चौधरी चरण सिंह ने अपनी प्राथमिक शिक्षा जानी खुर्द के नजदीकी गांव के स्कूल में और मैट्रिकुलेशन मेरठ से की। उन्होंने 1923 में विज्ञान में स्नातक की उपाधि प्राप्त की और आगरा कॉलेज, आगरा से मास्टर डिग्री प्राप्त की। उन्होंने 1926 में मेरठ कॉलेज, मेरठ से कानून की डिग्री प्राप्त की।

3. चौधरी चरण सिंह 1929 से 1939 तक गाजियाबाद टाउन कांग्रेस कमेटी के संस्थापक सदस्य थे। वे 1939 में मेरठ चले गए और 1939 से 1946 तक मेरठ जिला कांग्रेस कमेटी के कोषाध्यक्ष, महासचिव और अध्यक्ष के रूप में कार्य किया। वे महात्मा गांधी और महर्षि दयानंद की शिक्षाओं से बहुत प्रभावित थे। महात्मा गांधी के आह्वान पर वे स्वतंत्रता संग्राम में शामिल हुए और उन्हें क्रमशः 1930, 1940 और 1942 में तीन बार जेल की सजा सुनाई

गई।

4. चौधरी चरण सिंह 1937 में मेरठ जिले के गाजियाबाद-बागपत निर्वाचन क्षेत्र से संयुक्त प्रांत की विधान सभा के लिए पहली बार चुने गए थे। वे 1977 तक विधायक रहे। उन्होंने उत्तर प्रदेश में जमींदारी प्रथा के उन्मूलन में महत्वपूर्ण भूमिका निभाई। 1951 से 1967 के बीच, थोड़े समय को छोड़कर, उन्होंने राज्य मंत्रिपरिषद के सदस्य के रूप में महत्वपूर्ण विभागों को संभाला।

5.1967 के आम चुनावों के बाद, चौधरी चरण सिंह ने अपने 16 समर्थकों के साथ कांग्रेस छोड़ दी और जन कांग्रेस नामक एक समूह की स्थापना की। बाद में, पूरा विपक्ष एकजुट होकर संयुक्त विधायक दल (एसवीडी) का गठन किया। एसवीडी के नेता के रूप में, चौधरी चरण सिंह को 3 अप्रैल 1967 को उत्तर प्रदेश का मुख्यमंत्री नियुक्त किया गया। अंदरूनी कलह और कलह के कारण एसवीडी सरकार गिर गई और राज्य में राष्ट्रपति शासन लगा दिया गया। विधानसभा में बाद के घटनाक्रमों के दौरान, वे फरवरी 1970 में एक बार फिर मुख्यमंत्री बने।

6.चौधरी चरण सिंह 1977 में पहली बार जनता पार्टी के उम्मीदवार के रूप में लोकसभा के लिए चुने गए और श्री मोरारजी देसाई सरकार में गृह मंत्री नियुक्त किए गए। उन्होंने श्री राज नारायण को सरकार से हटाए जाने के विरोध में गृह मंत्री पद से इस्तीफा दे दिया। हालाँकि, उनके बिना सरकार का काम करना मुश्किल हो गया। उन्हें फिर से देसाई सरकार में शामिल किया गया और उन्हें वित्त विभाग के साथ उप प्रधान मंत्री नियुक्त किया गया।

7. जनता पार्टी में नए घटनाक्रम के कारण श्री मोरारजी देसाई ने 15 जुलाई 1979 को प्रधानमंत्री पद से इस्तीफा दे दिया। कई बार विचार-विमर्श के बाद तत्कालीन राष्ट्रपति डॉ. नीलम संजीव रेड्डी ने चौधरी चरण सिंह को सरकार बनाने के लिए आमंत्रित किया। उन्होंने 28 जुलाई 1979 को प्रधानमंत्री पद की शपथ ली।

8. चौधरी चरण सिंह भारतीय अर्थशास्त्र और नियोजन के महान विद्वान थे। उनकी पुस्तकें 'भारत की आर्थिक नीति - गांधीवादी खाका' और 'भारत का आर्थिक दुःस्वप्न - इसका कारण और उपचार' भारतीय कृषि विषय पर उत्कृष्ट कृतियाँ हैं। उनकी कुछ महत्वपूर्ण पुस्तकें हैं: 'ज़मींदारी उन्मूलन', 'सहकारी खेती का एक्स-रे', 'भारत की गरीबी और उसका समाधान', 'उत्तर प्रदेश में कृषि क्रांति' और 'उत्तर प्रदेश में भूमि सुधार और कुलक'। 1942 में उन्होंने बरेली सेंट्रल जेल में भारतीय शिष्टाचार पर एक अनूठी पुस्तक लिखी। यह पुस्तक बाद में 'शिष्टाचार' शीर्षक से प्रकाशित हुई। चौधरी चरण सिंह का निधन 29 मई 1987 को हुआ। कृषक समुदाय की बेहतरी के लिए उनके प्रयास के कारण नई दिल्ली में उनके स्मारक का नाम 'किसान घाट' रखा गया।

चौधरी चरण सिंह भारत सरकार द्वारा 'भारत रत्न' से सम्मानित

चौधरी चरण सिंह को दिनांक 9 फ़रवरी 2024 को देश के सर्वोच्च नागरिक सम्मान भारत रत्न से सम्मानित किया गया है। यह सम्मान सर्वोच्च राष्ट्रीय सेवा के लिए दिया

जाता है। आज भारत का किसान-कमेरा, मजदूर, देश का गांव-देहात सब खुश हैं, प्रफुल्लित हैं। आज का यह खास दिन चौधरी चरण सिंह जी के सिद्धांतों और आदर्शों पर चलने वाले देश के करोड़ों लोगों के लिए ऐसतिहासिक है। दशकों की मांग आज पूरी हुई है, चौधरी चरण सिंह जी को भारत सरकार द्वारा 'भारत रत्न' से सम्मानित किया जाना सम्पूर्ण भारत के लिए गौरव का पल है। इस अवसर पर राष्ट्रीय लोकदल के राष्ट्रीय अध्यक्ष माननीय चौधरी जयंत सिंह जी (राज्यसभा सांसद) माननीय भारत की राष्ट्रपति जी से राष्ट्रपति भवन में भारत रत्न प्राप्त करते हुए।

चौधरी चरण सिंह एवं श्री कोसीजिन (सोवियत रूस) दो प्रधानमंत्री मिलन

6

चौधरी चरण सिंह के नाम पर स्मारक

चौधरी चरण सिंह के नाम पर स्मारक

- कृषि अनुसंधान एवं विकास में पत्रकारिता में उत्कृष्टता के लिए चौधरी चरण सिंह पुरस्कार 2014: देश में कृषि अनुसंधान एवं विकास के क्षेत्र में पत्रकारिता में उत्कृष्ट योगदान को मान्यता देने के लिए पत्रकारों को ₹ 1.00 लाख नकद और प्रशस्ति पत्र के दो वार्षिक पुरस्कार दिए जाने हैं। दो पुरस्कार होंगे- एक-एक प्रिंट और एक इलेक्ट्रॉनिक मीडिया में। पत्रकार द्वारा किए गए योगदान का मूल्यांकन पिछले तीन वर्षों के दौरान भारत में हिंदी/अंग्रेजी समाचार पत्रों/पत्रिकाओं/पत्रिकाओं/इलेक्ट्रॉनिक मीडिया में उनके लेखों/सफल कहानियों के माध्यम से किया जाएगा।
- चौधरी चरण सिंह स्मारक किसान घाट, दिल्ली
- दिल्ली लोकसभा में चौधरी चरण सिंह का चित्र
- चरण सिंह विश्व विद्यालय, मेरठ
- चरण सिंह कॉलेज ऑफ़ एजुकेशन एंड टेक्नोलोजी, मेरठ
- लखनऊ हवाई अड्डे पर चौधरी चरण सिंह प्रतिमा, उत्तर प्रदेश
- चौ. चरण सिंह विश्वविद्यालय,मेरठ, उत्तर प्रदेश
- चौ. चरण सिंह इंटर कॉलेज भटोना, बुलंदशहर, उत्तर प्रदेश
- चौधरी चरण सिंह महाविद्यालय, पांडव नगर, बस्ती, उत्तर प्रदेश
- चौधरी चरण सिंह स्नातकोत्तर महाविद्यालय, इटावा, उत्तर प्रदेश
- चौ. चरण सिंह पार्क, डी-ब्लॉक, गोविंदपुरम, गाजियाबाद
- मध्य गंगा बैराज (चौधरी चरण सिंह बैराज) B00247
- चौधरी चरण सिंह पार्क, कुंदन नगर, जयपुर, राजस्थान 302029
- चौधरी चरण सिंह स्मारक नोखा , बीकानेर , राजस्थान

- चौधरी चरण सिंह छात्रावास, सिणधरी, बाड़मेर (राजस्थान)
- चौधरी चरण सिंह मार्ग,सीकर, राजस्थान
- चौधरी चरण सिंह कॉलोनी, सीकर, राजस्थान
- चरण सिंह (सी सी एस) हरियाणा कृषि विश्वविद्यालय , हिसार , हरियाणा
- चरण सिंह कॉलेज, रोहतास, बिहार
- चौधरी चरण सिंह पार्क, गांव सारंगपुर तहसील खुर्जा, जिला बुलंदशहर, उत्तर प्रदेश
- चौधरी चरण सिंह तिराहा सादाबाद , जिला हाथरस, उत्तर प्रदेश
- चौधरी चरण सिंह, कन्या छात्रावास, तिलक नगर बीकानेर, राजस्थान

महाराजा सूरजमल इंस्टीटयूट नई दिल्ली आधार शिला कार्यक्रम (12.12.1978)

चौधरी चरण सिंह माता पिता और पुत्र के साथ

7

चौधरी चरण सिंह द्वारा लिखित पुस्तकें

चौधरी चरण सिंह द्वारा लिखित पुस्तकें

चरण सिंह एक विपुल लेखक थे और उन्होंने कई किताबें लिखी थीं। उनमें से कुछ इस प्रकार हैं:

- *भारत की आर्थिक नीति - गांधीवादी खाका*
- *भारत का आर्थिक दुःस्वप्न - कारण और समाधान*
- *सहकारी खेती का एक्स-रे*

चौ. चरण सिंह के जीवन और कार्यों पर पुस्तकें

https://www.jatland.com/

w/

thumb.php?f=Ek_aur_Kabira.jpg&width=50

एक और कबीर (चौधरी चरणसिंह का जीवन चरित्र I), - चौधरी चरण सिंह का जीवन चरित्र, लेखक: राजेन्द्र कसवा , कलम प्रकाशन, जयपुर, 52, दूसरी मंजिल, न्यू पुरोहित जी का कतला, जयपुर, फोनः 560098, प्रथम संस्करण 1996

https://www.jatland.com/

w/

thumb.php?f=Dekh_Kabira_Roya.jpg&width=50

देख कबीरा रोया (चौधरी चरणसिंह का जीवन चरित्र II), लेखक: राजेन्द्र कसवा , प्रकाशकः लोकायत प्रकाशन, 883, लोधों की गली, मोती डूंगरी रोड, जयपुर-4, फ़ोनः

600912, प्रथम संस्करण 2000

https://www.jatland.com/

w/

thumb.php?f=Chaudhari_Charan_Singh_Smrati_Granth1.jpg&width=50

सृष्टि: एक आलोक पुरुष का - चौधरी चरण सिंह स्मृति-ग्रंथ, संपादक डॉ. किरण पाल सिंह, प्रकाशक: भारतीय राजभाषा विकास संस्थान, फ़ोन: 0135-2753845, आईएसबीएन 978-81-906127-5-3, प्रथम संस्करण 2010

चौधरी चरण सिंह - एक विचार एक चमत्कार, 1990, एस. के. प्रकाशक

लौहपुरुष चौधरी चरण सिंह की अमर कहानी , 1987, मधुर प्रकाशन, दिल्ली

भारत पर कैसे विजय प्राप्त की , भूमिका चौधरी चरण सिंह, 1983, किसान ट्रस्ट

नूर-ए-हिंद-चौधरी चरणसिंह (नूर-ए-हिंद - चौधरी चरण सिंह): लेखक: मनसुख रणवा

किसान मसीहा चौधरी चरणसिंह (Kisan Masiha Chaudhry Charan Singh): लेखक: डॉ. नत्थन सिंह

चरण सिंह (1902-87): टेरेंस जे. बायर्स द्वारा एक आकलन । एसओएएस, लंदन। 1988: "चरण सिंह (1902-87) को अक्सर 'भारत के किसानों के चैंपियन' के रूप में पहचाना जाता है। यह वर्णन एक सक्रिय राजनीतिज्ञ के रूप में उनके लंबे करियर को संदर्भित करता है। उनके लिखित कार्य कम ही जाने जाते हैं। इसका उल्लेख शायद ही कभी किया जाता है, और जब किया जाता है, तो स्वर (विशेष रूप से शहरी बुद्धिजीवियों का) खारिज करने वाला होता है। यहाँ, सबसे पहले, यह तर्क दिया जाता है कि चरण सिंह वास्तव में एक कुशल राजनीतिज्ञ थे, लेकिन उन्होंने पूरे किसानों के हितों का नहीं, बल्कि इसके अमीर और मध्यम वर्ग के हितों का सफलतापूर्वक प्रतिनिधित्व किया। दूसरे, यह सुझाव दिया जाता है कि उनका प्रकाशित कार्य आम तौर पर स्वीकार किए जाने से कहीं अधिक महत्वपूर्ण है; यह पूरी तरह से नव-लोकलुभावनवाद की व्यापक परंपरा में आता है; और यह कि वे असामान्य रूप से अमीर और मध्यम किसानों के एक सच्चे 'जैविक' बुद्धिजीवी थे। उनके राजनीतिक करियर और उनके विचारों दोनों को अब तक की तुलना में अधिक गंभीर ध्यान देने की आवश्यकता है; और इस तरह के ध्यान के लिए पर्याप्त वर्ग परिप्रेक्ष्य की आवश्यकता है।"

चरण सिंह (1902-1987): एक मूल्य : टेरेंस जे. बायर्स द्वारा। एस. ओ. ए. एस., लंदन। 1988 में लिखी गई ...."चरण सिंह (1902-1987) को निरंतर भारत के 'किसानों के हिमायती' के रूप में जाना जाता है। यह परिचय उनके लंबे लेखों के जीवन का संकेत है। और उनकी लेखनी की बहुत कम लोगों को जानकारी है । अव्वल तो उन कहानियों का ज़िक्र नहीं होता, यदि कभी भी होता है, तो उसका स्वर (विशेष रूप से शहरी बुद्धिजीवियों की दृष्टि में) आश्चर्यजनक होता है । इस लेख में तर्क दिया गया है कि, सबसे पहले, चरण सिंह वास्तव में में एक दयालुतापूर्ण तथ्य था; लेकिन उन्होंने समुदाय के किसान वर्ग के

लोगों का प्रतिनिधित्व नहीं किया, केवल धनी और मध्यम वर्ग के किसानों का प्रतिनिधित्व किया। दूसरा, मेरा यह मानना है कि उनके प्रकाशित लेखन में, जितना अमूमन समझा गया है, उससे कहीं अधिक महत्वपूर्ण है। है और सही मायनों में वह नव-लोकतंत्रवाद की व्यापक परंपरा के अंतर्गत आता है। वह असामान्य रूप से धनी और मध्यम तबके के किसानों के एक सच्चे 'जैविक' बुद्धजीवी थे। उनके राजनीतिक जीवन और उनके विचारों को अधिक अप्रत्याशित से ध्यान देने की आवश्यकता है है, और यह पर्याप्त वर्गीय परिप्रेक्ष्य के अंतर्गत किया जाना चाहिए। "

जातीयता का अभिशाप और चौधरी चरणसिंह (Jātīyatā kā Abhisāp aur Chaudhry Charan Singh): लेखक: डॉ. नत्थन सिंह

https://www.jatland.com/

w/

thumb.php?f=Charan_Singh_Aur_Congress_Rajniti.jpg&width=50

चरण सिंह और कांग्रेस राजनीति : एक भारतीय राजनीतिक जीवन , 1937 से 1961 तक : (हिंदी) पेपरबैक – 1 जनवरी 2017: एक भारतीय राजनीतिक जीवन: चरण सिंह और कांग्रेस की राजनीति, 1937 से 1961 तक, उस समय की राजनीति में चरण सिंह की भूमिका पर केंद्रित है, साथ ही उस समय के प्रमुख मुद्दों, विवादों और घटनाक्रमों पर एक व्यापक परिप्रेक्ष्य प्रदान करती है। यह पुस्तक चरण सिंह की राजनीतिक फाइलों के व्यक्तिगत संग्रह के सावधानीपूर्वक अध्ययन के साथ-साथ राजनेताओं, सार्वजनिक हस्तियों और स्थानीय लोगों के साथ व्यापक साक्षात्कारों का परिणाम है। यह उस अवधि के प्रमुख मुद्दों और घटनाओं का विवरण प्रदान करता है, जिसमें हिंदू-मुस्लिम संबंध, तेजी से औद्योगिकीकरण के नेहरूवादी लक्ष्य और कृषि पर प्राथमिक ध्यान देने वालों की इच्छाओं के बीच संघर्ष, कानून और व्यवस्था के मुद्दे, राजनीति में भ्रष्टाचार और अपराध का उदय, आधुनिकीकरण समाज में जाति और स्थिति का स्थान और युग की व्यापक गुटीय राजनीति विशेषता शामिल है। यह पुस्तक एक महत्वपूर्ण राजनीतिज्ञ की जीवनी से कहीं अधिक है; यह स्वतंत्रता-पूर्व और स्वतंत्रता-पश्चात के आरंभिक युग की समस्याओं, आंदोलनों और राजनीतिक संघर्षों का विश्लेषण भी है। यह पुस्तक उतरी भारत की राजनीति: 1937 से 1987 पर बहु-खंडीय पुस्तक का प्रथम खंड है।

चौधरी चरण सिंह और कांग्रेस राजनीति : एक भारतीय राजनीतिक जीवन 1937 से 1961 तक : लेखक - पाल.आर. विश्व विख्यात राजनीति-शास्त्री प्रोफेसर पॉल ब्रास की रची चौधरी चरण सिंह की जीवनी के पहले खंड को पढ़ें और इस महान आत्मा के जीवन से प्रेरणा प्राप्त करें। प्रोफेसर पॉल ब्रास ने हिंदुस्तान की राजनीति और समाज का पिछले 55 वर्षों में अध्ययन किया, 18 से अधिक पुस्तकें लिखीं और सौ से अधिक लेख लिखे। प्रो. पीतल का कहना है कि चरण सिंह आजादी के बाद भारत के सबसे ईमानदार और प्रभावी नेता ही नहीं थे, उनकी ग्रामीण और कृषि पर आधारित आर्थिक और सामाजिक विकास

की नीति तथा सोच हिंदुस्तान के लिए सही थी। इस जीवनी का एक और विशेष महत्व है - हिंदुस्तान में पहली बार एक अमेरिकी, विश्व विख्यात राजनीति-शास्त्र की अंग्रेजी में लिखित आध्यात्मिक पुस्तक का हिंदी में अनुवाद किया गया है। इसका श्रेय प्रकाशन संस्था 'सेज' को जाता है, जिसने 2 साल की मेहनत के फल स्वरूप इस खंड को कायम रखा। यह पुस्तक केवल 500 रूपये के मूल्य की है, जो हिंदी भाषी जनता, विशेष तौर पर विद्यार्थियों और बुद्धिजीवियों के लिए उपयोगी है।

https://www.jatland.com/

w/

thumb.php?f=Krishak_Loktantra_Ke_Pakshadhar.jpg&width=100

कृषक लोकतंत्र के पक्षधर

लेखक: मधु लिमये

'मधु जी', लोहिया ट्रस्ट, लखनऊ, प्रकाशन ~19गूँगता-गढ. पृष्ठ3

मधु लिमयेः जन्म 01 मई 1922 मृत्यु 08 जनवरी 1995 । भारतीय कवि और समाजवादी आंदोलन के नेता एक थे। भारत की समाजवादी राजनीति के प्रतिनिधि नेता मधु लिमये ने चार दशक तक देश की राजनीति को कई तरीकों से प्रभावित किया है। वह प्रखर वक्ता और सिद्धांतकार थे। उदार राजनीतिक स्वार्थ के समय ही स्वीकार्य देने वाली शांतरात्मा की आवाज़ के दौर में मधु लिमये लोकतंत्रए अदंबरहीनता और स्वच्छ सार्वजनिक जीवन के पहरेदार बन गए थे। मधु लिमये ने दुनिया को बताया कि संसद में बहस कैसे होती है। उन्होंने कभी सांसद होने की पेंशन नहीं ली और न ही पूर्व सांसद होने की सुविधाएं लीं। मधु लिमये 1990 और 1991 के बीच चौधरी चरण सिंह के लोक दल के महासचिव थे।

मुख्यमंत्री चौधरी चरणसिंह राज्यपाल एवं अपने सहयोगी मंत्रियों के साथ

Enter Caption

मुख्यमंत्री कार्यकाल, अपने सहयोगियों के साथ

8

चौधरी चरण सिंह का संक्षिप्त जीवन इतिहास

चौधरी चरण सिंह का संक्षिप्त जीवन इतिहास

चौधरी चरण सिंह

चरण सिंह का संक्षिप्त जीवन इतिहास

चरण सिंह का संक्षिप्त जीवन इतिहास, चरण सिंह अभिलेखागार द्वारा प्रकाशित

चरण सिंह अभिलेखागार द्वारा प्रकाशित चरण सिंह का यह संक्षिप्त जीवन इतिहास पाठक को स्वामी दयानंद और मोहनदास गांधी के सिंह पर पड़ने वाले शुरुआती प्रभावों,

स्वतंत्रता संग्राम में उनके समर्पण, उत्तर प्रदेश और उसके बाद दिल्ली में उनके लंबे राजनीतिक जीवन और भारत के विकास के लिए एक जटिल, परिष्कृत और सुसंगत रणनीति के साथ ग्रामीण भारत के एक जैविक बुद्धिजीवी के रूप में उनके स्थायी महत्व के बारे में बताता है, जो स्वतंत्रता के बाद की सभी सरकारों से अलग है। सिंह के जीवन का विस्तृत घटनाक्रम चालीस के दशक से लेकर अस्सी के दशक के मध्य तक भारत में राजनीति की एक आकर्षक झलक है।

सिंह गांधीवादी शैली में सादगी, सदाचार और नैतिकता के व्यक्ति थे, उनके ईमानदार चरित्र और ईमानदारी को सभी ने पहचाना। इसने उन्हें एक मजबूत प्रशासक, देश के कानून के रक्षक के रूप में प्रतिष्ठा दिलाई। वह छोटे उत्पादकों और छोटे उपभोक्ताओं के एक मौलिक लोकतांत्रिक समाज में विश्वास करते थे, जो न तो समाजवादी और न ही पूंजीवादी प्रणाली में एक साथ आते थे, बल्कि एक ऐसी प्रणाली थी जो गरीबी, बेरोजगारी, असमानता, जाति और भ्रष्टाचार की विशिष्ट भारतीय समस्याओं को संबोधित करती थी। इनमें से प्रत्येक मुद्दा आज भी जटिल बना हुआ है, और उनके समाधान उनके सुधार और अंतिम उन्मूलन के लिए नए और प्रासंगिक हैं।

असाधारण क्षमता वाले विद्वान, सिंह ने भारत की राजनीतिक अर्थव्यवस्था में गांवों और कृषि की केंद्रीयता के अपने विश्वास पर अंग्रेजी में कई किताबें, राजनीतिक पुस्तिकाएं और कई लेख लिखे, जो आज के भारत के लिए और भी अधिक प्रासंगिक हैं, क्योंकि हम कृषि संकट से जूझ रहे हैं और हमारी 67% आबादी गांवों में रहती है। उनका पहला प्रकाशन 1948 में उत्तर प्रदेश में जमींदारी उन्मूलन और भूमि सुधार समिति की 611-पृष्ठ की रिपोर्ट थी। उन्होंने अन्य पुस्तकों के अलावा, जमींदारी उन्मूलन: दो विकल्प (1947), संयुक्त खेती का एक्स-रेड: समस्या और उसका समाधान (1959), भारत की गरीबी और उसका समाधान (1964), भारत की आर्थिक नीति: गांधीवादी खाका (1978) और भारत का आर्थिक दुःस्वप्न: इसका कारण और उपचार (1981) भी लिखा।

चरण सिंह का राजनीतिक जीवन और आर्थिक विचार भारत और दुनिया के शेष कृषि समाजों के राजनीतिक और आर्थिक विकास के लिए बहुत व्यापक मुद्दों में प्रवेश-बिंदु प्रदान करते हैं। उनका राजनीतिक जीवन इस मुद्दे को उठाता है कि क्या 20वीं सदी में एक विकासशील देश में एक वास्तविक कृषि आंदोलन को एक व्यवहार्य और सतत राजनीतिक शक्ति के रूप में बनाया जा सकता है या नहीं। उनके आर्थिक विचार और उनके राजनीतिक कार्यक्रम इस सवाल को उठाते हैं कि क्या यह संभव है कि औद्योगीकरण के लिए भारी दबावों के सामने समकालीन कृषि समाजों के आर्थिक विकास के लिए एक व्यवहार्य वैकल्पिक रणनीति अपनाई जा सकती है या नहीं। अंत में, किसान स्वामित्व की प्रणाली के संरक्षण और स्थिरीकरण के लिए उनके विशिष्ट प्रस्ताव एक बार फिर आधुनिक समय के प्रमुख सामाजिक मुद्दों में से एक को उठाते हैं, अर्थात्, क्या छोटे खेतों पर आधारित कृषि आर्थिक व्यवस्था को कृषि के बड़े पैमाने पर व्यावसायीकरण या किसी

प्रकार के सामूहिकीकरण के लिए प्रतिस्पर्धी दबावों के खिलाफ बनाए रखा जा सकता है।

" ब्रास, पॉल. इकोनॉमिक एंड पॉलिटिकल वीकली, 25 सितंबर 1993. चौधरी चरण सिंह: एक भारतीय राजनीतिक जीवन.

सीएसए

https://www.charansingh.org/

https://www.facebook.com/charansingharchives/

अब चरण सिंह का जीवन इतिहास अंग्रेजी में अमेज़न पर खरीदें: https://www.amazon.in/dp/9387280411?ref=myi_title_dp

नोट : हमें अपने पाठकों को यह बताते हुए बहुत दुख हो रहा है कि भारतीय समाज और राजनीति के जाने-माने अमेरिकी विद्वान प्रो. पॉल आर. ब्रास का 31 मई 2022 को निधन हो गया। वे 85 वर्ष के थे। पॉल ने भारत के बारे में अपना अकादमिक अध्ययन 1961 में शुरू किया था, जब वे पहली बार चौधरी चरण सिंह से मिले थे, जो उस समय उत्तर प्रदेश के गृह और कृषि मंत्री थे। इसके बाद, अगले 3 दशकों के दौरान, उन्होंने चौधरी साहब के साथ एक घनिष्ठ बौद्धिक और व्यक्तिगत संबंध बनाया। इस जुड़ाव के परिणामस्वरूप पॉल की एक मौलिक रचना, चरण सिंह की तीन खंडों वाली जीवनी (2011 और 2014 के बीच) सामने आई। पॉल चरण सिंह अभिलेखागार के लिए एक मित्र, समर्थक और प्रेरणा थे।

हमें पॉल की याद आएगी।

मुख्यमंत्री चौधरी चरणसिंह शपथ ग्रहण के बाद राजभवन से विधान भवन पैदल जाते हुए

विधान सभा भवन पैदल जाते हुए

चौधरी चरणसिंह तथा श्रीमती गायत्री देवी

चौधरी चरण सिंह तथा श्रीमती गायत्री देवी

9

चौधरी चरण सिंह द्वारा चयनित कृतियों का सारांश

चौधरी चरण सिंह द्वारा चयनित कृतियों का सारांश

https://www.amazon.in/dp/B08RWN68CS

चौधरी चरण सिंह की चुनी हुई कृतियों का सारांश (145 पृष्ठ) में सिंह द्वारा 1947 और 1986 के बीच लिखी गई 6 प्रमुख पुस्तकों का सारांश शामिल है। पहली बार, यह सारांश सिंह के 1920 के दशक में उनकी युवावस्था से लेकर भारत के स्वतंत्रता संग्राम के दौरान ब्रिटिश जेलों में उनके कई बार कारावास के दौरान और फिर 1980 के दशक में उत्तर प्रदेश और दिल्ली में कई सरकारों में विधायक और मंत्री के रूप में उनके लंबे कार्यकाल तक के गहन और व्यापक अध्ययन को सामने लाता है। इन पुस्तकों ने उनके 6 दशकों के लंबे सार्वजनिक जीवन में उनके आर्थिक और राजनीतिक विचारों को आकार दिया। सारांश ने प्रत्येक पुस्तक की व्याख्यात्मक ग्रंथ सूची को बड़ी मेहनत से फिर से बनाया है, साथ ही तत्कालीन संयुक्त प्रांत में आगरा विश्वविद्यालय में इतिहास में सिंह की प्रारंभिक परास्नातक शिक्षा की उत्पत्ति का पता लगाया है।

सारांश चरण सिंह द्वारा लिखित 6 पुस्तकों का एक पुस्तकालय सेट है, जो चरण सिंह द्वारा व्यापक चयनित कार्यों का एक सहायक खंड है। सिंह के बारे में एक व्यापक परिचय, जिनके विचार अभी भी कृषि प्रधान भारत के लिए प्रासंगिक हैं, यह सारांश नीति निर्माताओं, राजनेताओं, शिक्षाविदों और भारत की राजनीतिक अर्थव्यवस्था, विकास अध्ययन और गांधीवादी अनुयायियों के छात्रों के लिए बहुत उपयोगी है।

"वह [चरण सिंह] असाधारण व्यक्ति थे ... 1947 से 1986 के बीच लिखित कार्य का एक बड़ा संग्रह तैयार करने में, जिसमें सुसंगत और विस्तृत विचार शामिल थे, जिसमें ग्रामीण भारत की प्रकृति और ग्रामीण भारत के लिए सबसे बेहतर मार्ग की एक दृष्टि शामिल थी।

वह वास्तव में एक उत्पादक बुद्धिजीवी थे, जिन्होंने अपने लेखन में विश्लेषण और नुस्खे का एक शक्तिशाली मिश्रण पेश किया। ... तीसरा, उनके पास बौद्धिक गतिविधि और विचारों को व्यक्त करने की सुविधा के साथ राजनीतिक कार्रवाई की क्षमता को संयोजित करने की एक विशेष विशिष्टता थी।"

बायर्स, टेरेंस चरण सिंह (1902-87): एक आकलन। जर्नल ऑफ पीजेंट स्टडीज, 15:2, 139-189। 1988

"जबकि रूस ने एक दर्जन से अधिक कृषि बुद्धिजीवी पैदा किए, और चीन ने भी कुछ पैदा किए, सिंह स्वतंत्र भारत के एकमात्र ऐसे व्यक्ति हो सकते हैं।"

खिलनानी, सुनील. अवतार: 50 जिंदगियों में भारत, चरण सिंह - एक साझा कारण. रैंडम पेंगुइन हाउस, 2016. पृ. 564

सस्नेह

हर्ष सिंह लोहित चरण सिंह अभिलेखागार --- सीएसए https://www.charansingh.org/   https://www.facebook.com/ charansingharchives/

चरण सिंह की चुनिंदा कृतियाँ

https://www.amazon.in/dp/B08F4J91PR

इस संग्रह सेट में सिंह की 6 प्रमुख कृतियाँ और मूल अंग्रेजी में इनमें से प्रत्येक पुस्तक का आसानी से पढ़ा जा सकने वाला सारांश शामिल है। यह सेट निजी और सार्वजनिक पुस्तकालयों के लिए एक आदर्श अधिग्रहण है और अर्थशास्त्र, राजनीतिक अर्थव्यवस्था, गांधीवादी अध्ययन, सामान्य रूप से शिक्षाविदों, सामाजिक और राजनीतिक कार्यकर्ताओं, राजनेताओं और नीति निर्माताओं के छात्रों के लिए विशेष रूप से उपयोगी है।

चरण सिंह ने गांधीवादी राजनीतिक अर्थव्यवस्था का प्रस्ताव रखा - कम औद्योगिक, अधिक हस्तनिर्मित और आत्मनिर्भर स्थानीय अर्थव्यवस्था - पाठक इस संग्रह सेट के माध्यम से खुद को फिर से जान सकते हैं। उन्होंने जमींदारी उन्मूलन (1947), संयुक्त खेती एक्स-रेड (1959), भारत की गरीबी और उसका समाधान (1964), भारत की आर्थिक नीति: गांधीवादी खाका (1978), भारत का आर्थिक दुःस्वप्न (1981) और यूपी में भूमि सुधार और कुलक (1986) लिखी। 7वीं पुस्तक (चयनित कार्यों का सारांश) इन 6 पुस्तकों में से प्रत्येक का आसानी से पढ़ा जा सकने वाला सारांश प्रदान करती है, और मूल पाठों के लिए एक उत्कृष्ट संगत है।

ये सभी पुस्तकें भारत की राजनीतिक अर्थव्यवस्था में गांवों, कृषि और हाथ से बने स्थानीय उद्योगों की केंद्रीयता की वकालत करती हैं। सिंह छोटे उत्पादकों और छोटे उपभोक्ताओं के लोकतांत्रिक समाज में गहराई से विश्वास करते थे, जो एक ऐसी प्रणाली में एक साथ आए जो न तो पूंजीवादी हो और न ही साम्यवादी, बल्कि एक ऐसी प्रणाली हो जो

समग्र रूप से गरीबी, बेरोजगारी, असमानता, जाति और भ्रष्टाचार जैसी विशिष्ट भारतीय समस्याओं को संबोधित करती हो। इनमें से प्रत्येक मुद्दा आज भी जटिल बना हुआ है, और उनके समाधान उनके सुधार और अंतिम उन्मूलन के लिए नए और प्रासंगिक हैं।

सस्नेह

हर्ष सिंह लोहित

चरण सिंह अभिलेखागार

सीएसए

https://www.charansingh.org/

https://www.facebook.com/charansingharchives/

भारत की आर्थिक नीति: गांधीवादी खाका

भारत की आर्थिक नीति: गांधीवादी खाका

https://www.amazon.in/dp/B08RYKY94R

1978 में प्रकाशित, जब चरण सिंह केंद्रीय गृह मंत्री और जनता पार्टी की आर्थिक नीति पर कैबिनेट समिति के अध्यक्ष थे, भारत की आर्थिक नीति: गांधीवादी खाका भारत के विकास के लिए एक वैकल्पिक मॉडल प्रस्तुत करता है। यह पुस्तक भारत को नीचे से ऊपर तक बनाने के लिए सिंह के सिद्धांतों का एक संक्षिप्त सूत्रीकरण है। सिंह जवाहरलाल नेहरू की आर्थिक नीति रूपरेखा और बाद में मोहनदास गांधी के भारत के गांव को केंद्र में रखने के दृष्टिकोण को अस्वीकार करने की आलोचना करते हैं। वह भारत के भूगोल, जनसंख्या, जनसांख्यिकी और लोकतांत्रिक मान्यताओं के साथ सामंजस्य रखते हुए, गांधीवादी तर्ज पर एक मौलिक रूप से नई नीति खाका प्रस्तुत करते हैं।

उनकी आर्थिक नीति उच्च कृषि उत्पादन, भूमि पर और पूंजी द्वारा रोजगार को अधिकतम करने, आय में असमानताओं को कम करने और शोषण से श्रमिकों की सुरक्षा के माध्यम से गरीबी, बेरोजगारी और धन में असमानताओं की 'तीन बुराइयों' को लक्षित करती है। सिंह का खाका औद्योगीकरण और इसके ज्यादातर शहरी लाभार्थियों को कृषि और गांव पर मिलने वाले विशेषाधिकारों को उलटने और शहरी-अभिजात्य नियोजन में पूरी तरह से बदलाव की सिफारिश करता है, जिसका जमीनी हकीकत से बहुत कम संपर्क था।

सिंह इस बात पर जोर देते हैं कि वे औद्योगीकरण के खिलाफ नहीं हैं, बल्कि भारत के गांवों की तुलना में इसे प्राथमिकता दिए जाने के खिलाफ हैं। वे मशीनीकरण का विरोध करते हैं जो मानव श्रम की जगह लेता है, जिससे भारत अत्यधिक संपन्न है, साथ ही कुछ लोगों के हाथों में आर्थिक शक्ति के संकेन्द्रण का भी विरोध करते हैं। वे विदेशी प्रौद्योगिकी और पूंजी से अलग होने का आग्रह करते हैं, जिस पर अब तक विकास के सभी प्रयास आधारित थे। उनका गांधीवादी नुस्खा श्रम-गहन तकनीकों और छोटे पैमाने पर विकेन्द्रित उत्पादन का व्यापक अनुप्रयोग है, जो अधिकांश भाग के लिए, सभी शोषक पूंजीवादी या अधिनायकवादी

कम्युनिस्ट प्रणालियों के बजाय स्वरोजगार को बढ़ावा देने वाले लोकतंत्र पर आधारित हैं।

सस्नेह

हर्ष सिंह लोहित

चरण सिंह अभिलेखागार

सीएसए

https://www.charansingh.org/

https://www.facebook.com/charansingharchives/

भारत का आर्थिक दुःस्वप्न

भारत का आर्थिक दुःस्वप्न

https://www.amazon.in/dp/B08RXB3VR4

चरण सिंह की आखिरी प्रमुख कृति, भारत का आर्थिक दुःस्वप्नः इसका कारण और उपचार, 1981 में प्रकाशित हुई थी। इसने 1947 में स्वतंत्रता के बाद से भारत द्वारा अपनाए गए असंतुलित पूंजी-प्रधान, औद्योगिक और शहरी-पक्षपाती विकास पथ की सिंह की लंबे समय से चली आ रही आलोचना को अद्यतन किया। सिंह ने अपने सामान्य व्यवस्थित तरीके से भारत में बढ़ती गरीबी, कुपोषण, बेरोजगारी, ऋणग्रस्तता और आय असमानता पर विनाशकारी आंकड़ों को एक साथ रखा। उन्होंने चेतावनी दी है कि अगर राष्ट्रीय प्राथमिकताएं ग्रामीण भारत में रहने वाले विशाल बहुमत को संबोधित करने के लिए नहीं बदली गईं तो भविष्य अंधकारमय हो जाएगा।

सिंह हमें भारत में भूमि व्यवस्था, कृषि की उपेक्षा, किसानों के शोषण और शहरी अभिजात वर्ग की प्राथमिकताओं द्वारा गांव के वंचना के बारे में बताते हैं। वह गांधी और नेहरू द्वारा परिकल्पित विकास के विपरीत पैटर्न और समाजवाद की सोच के कारण समाज में आई बुराइयों, जिसमें एक अक्षम सार्वजनिक क्षेत्र भी शामिल है, की तुलना करते हैं। वह कुछ व्यापारिक परिवारों के हाथों में आर्थिक शक्ति के संकेन्द्रण, बढ़ती आय असमानताओं और बेरोजगारी की भी निंदा करते हैं।

सिंह राष्ट्रव्यापी स्वरोजगार के हिमायती हैं, दूसरे देशों में प्रचलित साम्यवाद या पूंजीवाद पर आधारित मॉडल को त्यागकर, एक आत्मनिर्भर और लोकतांत्रिक राष्ट्र के आधार के रूप में। सिंह ने नेहरूवादी दृष्टिकोण की जगह गांधीवादी दृष्टिकोण को अपनाने के लिए समाधान साझा किए हैं: गांव, कृषि और ग्रामीण रोजगार पर ध्यान केंद्रित करना। वे जीडीपी में वृद्धि पर रोजगार को प्राथमिकता देने के पक्ष में तर्क देते हैं; उत्पादन की श्रम-गहन तकनीकों पर आधारित विकेंद्रीकृत औद्योगीकरण; छोटे खेत किसान अर्थव्यवस्था को मजबूत करना और कृषि के मशीनीकरण को श्रम से विस्थापित होने से बचाना; शिक्षा, चिकित्सा सुविधाओं, स्वच्छता, नागरिक सुविधाओं के लिए ग्रामीण क्षेत्रों में सामाजिक और आर्थिक बुनियादी ढांचे में निवेश बढ़ाना ताकि शहरों की मलिन बस्तियों में पलायन को

नाटकीय रूप से कम किया जा सके।

सस्नेह

हर्ष सिंह लोहित

चरण सिंह अभिलेखागार

सीएसए

https://www.charansingh.org/

https://www.facebook.com/charansingharchives/

एक नेता की नैतिकता

6 रुपए और 25 पैसे की कहानी

1967 में उत्तर प्रदेश के मुख्यमंत्री चौधरी चरण सिंह और हरिद्वार के रेजीडेंट कमिश्नर चंद्रशेखर द्विवेदी के बीच बैठक हुई।

गौरव द्विवेदी द्वारा वर्णित

"यह कहानी 1967 की है, जब चौधरी चरण सिंह उत्तर प्रदेश के मुख्यमंत्री थे और मेरे पिता हरिद्वार में रेजिडेंट मजिस्ट्रेट के पद पर तैनात थे। हरिद्वार तब तक जिला नहीं बना था, इसलिए रेजिडेंट मजिस्ट्रेट वहां सबसे वरिष्ठ अधिकारी होता था। मेरे दिवंगत पिता चंद्रशेखर द्विवेदी उत्तर प्रदेश कैडर के आईएएस अधिकारी थे, जो 1956 के पीसीएस बैच से थे और जिन्हें आईएएस में पदोन्नत किया गया था। वह एक मेहनती, ईमानदार और स्पष्टवादी अधिकारी थे। आज भी जब मैं उनके समकालीनों से उनकी शानदार प्रतिष्ठा और कानून-व्यवस्था के प्रति उनके दृष्टिकोण के बारे में बात करता हूँ तो मेरा दिल खुश हो जाता है।

मुख्यमंत्री को पहले से तय समय पर दिन में हरिद्वार पहुंचना था, लेकिन कुछ कारणों से उन्हें देरी हो गई। वे उस रात बहुत देर से हरिद्वार पहुंचे। उस समय गंगा नदी के किनारे डैम बंगला था जो रेजीडेंट मजिस्ट्रेट का आवास था। उसके ठीक बगल में एक और बंगला था जो सरकारी गेस्ट हाउस या 'सर्किट हाउस' था। उस रात मुख्यमंत्री सर्किट हाउस में रुके। किसी भी सरकारी अधिकारी को नहीं पता था कि उस दिन मुख्यमंत्री उपवास पर हैं, उन्हें बहुत देर से पता चला इसलिए मेरे पिता ने घर से दूध और फल का भोजन मंगवाया। मुख्यमंत्री का दौरा दो दिनों का था, वे अपने आधिकारिक कार्यक्रमों में व्यस्त रहे जिसमें सहारनपुर के कमिश्नर और अपने राजनीतिक दल के कार्यकर्ताओं से मिलना शामिल था।

मेरे पिता ने हमें बताया कि चरण सिंह की एक अच्छी बात यह थी कि उनकी प्रशासनिक क्षमता बहुत अच्छी थी। वे छोटी-छोटी बातों पर भी पैनी नज़र रखते थे। जब उनके क्षेत्र में काम उनके मानकों के अनुसार नहीं होता था, तो वे अधिकारियों को फटकार लगाते थे। वे कहते थे कि आपके जिले में ऐसा नहीं हो रहा है, आपको यह करना चाहिए, मैं मुख्यमंत्री के तौर पर आपसे ज़्यादा जानता हूँ कि क्या चल रहा है, वगैरह-वगैरह। हालाँकि, वे अच्छे

और ईमानदार अधिकारियों को पुरस्कृत करने और उनकी सराहना करने के मामले में भी बहुत सजग थे। चरण सिंह का प्राथमिक उद्देश्य प्रशासनिक दृष्टिकोण से राज्य की भलाई, जनता के लिए जो अच्छा है उसका क्रियान्वयन, एक अधिकारी का कर्तव्य, उसका धर्म, अपनी ज़िम्मेदारियों को निभाने के लिए अधिकारी को क्या करना चाहिए, जिसमें ज़मीन पर सतर्क और जानकार होना शामिल है।

खैर, चरण सिंह का दौरा दो दिनों में पूरा हो गया और वह अपने प्रथम श्रेणी के केबिन में थे, जबकि ट्रेन हरिद्वार स्टेशन से रवाना होने के लिए इंतजार कर रही थी और उन्होंने रेजिडेंट मजिस्ट्रेट को उनके पास भेजने के लिए कहा। मेरे पिता चरण सिंह के पास पहुंचे जो अपने केबिन में अकेले थे, उन्हें नमस्ते के साथ शुभकामनाएं दीं और उन्हें सामने वाली सीट पर बैठने के लिए कहा गया। उन्होंने पहले से ही छह रुपये और पच्चीस पैसे का बना हुआ चेक निकाला, चेक पर चंद्रशेखर द्विवेदी लिखा और मेरे पिता को दे दिया। उन्होंने कहा कि आरएम साहब, कृपया इसे रख लें। मेरे पिता स्पष्ट रूप से बहुत हैरान थे कि मुख्यमंत्री उन्हें चेक दे रहे थे, उन्होंने पूछा कि यह किस लिए है। चरण सिंह ने कहा, "मैं उस दिन रात में आया था और डाक बंगले में रुका था और मुझे बताया गया था कि आपके घर से व्यक्तिगत आधार पर फल और दूध भेजा गया था मेरे पिता ने कहा, "नहीं सर, इसकी कोई ज़रूरत नहीं है, मेरा मतलब है कि मैं एक ब्राह्मण हूँ इसलिए मैं उपवास के महत्व को पूरी तरह समझता हूँ, आप उस रात बहुत देर से आए थे और किसी को नहीं पता था कि उस दिन आपका उपवास है, इसलिए यह सिर्फ़ एक इशारा था, मेरा घर बगल में ही है, इसलिए जो भी मैं तुरंत व्यवस्था कर सकता था, मैंने किया।" चरण सिंह ने कहा, "आपने जो किया, आधी रात को मेरे उपवास के महत्व को समझने के लिए आपकी विचारशीलता की मैं सराहना करता हूँ, लेकिन आपको बस यह चेक लेना होगा।"

आखिर वे मुख्यमंत्री थे, उन्हें मना करना संभव नहीं था, और पिताजी ने चेक स्वीकार कर लिया। मुख्यमंत्री ने हरिद्वार और उससे जुड़े मुद्दों पर कुछ सवाल पूछे और पिताजी ने उन्हें उचित जवाब दिए। मुख्यमंत्री चले गए, ट्रेन अपनी राह पर चल पड़ी।

मेरे पिता ने वह चेक कभी जमा नहीं किया।

जनवरी 2016 में उनकी मृत्यु हो गई और इतने सालों तक उन्होंने उस चेक को संभाल कर रखा, शायद एक प्रशंसा, एक यादगार चीज, याद रखने के लिए; उन्होंने कभी भी उस चेक को बैंक में पेश नहीं किया। कुछ दिनों बाद चरण सिंह ने मेरे पिता का तबादला लखनऊ कर दिया और उन्हें एक जिम्मेदार पद पर नियुक्त कर दिया क्योंकि उन्हें लगा कि यहाँ एक अच्छा प्रशासनिक अधिकारी है, वह ईमानदारी से काम करता है। चरण सिंह ने वैसे भी मेरे पिता की प्रतिष्ठा की जाँच खुद ही कर ली थी।

इस प्रकरण के माध्यम से मैं एक मुख्यमंत्री के चरित्र और दृढ़ विश्वास को सामने लाना चाहता हूं, जहां चरण सिंह जैसे व्यक्ति ने, जिसने किसी अधिकारी से कुछ फल और दूध खाया था, इस कार्य के लिए पैसे दिए।"

स्रोतः हर्ष सिंह लोहित, चरण सिंह अभिलेखागार

चरण सिंह (1902-1987): एक आकलन

चरण सिंह (1902-1987): एक आकलन
टेरेंस जे बायर्स, लंदन विश्वविद्यालय, 1988

https://www.charansingh.org/archives/charan-singh-1902-1987-assessment-terence-j-byres-university-london-1988

1988 टेरेंस जे. बायर्स चरण सिंह (1902-1987) एक आकलन.pdf

टेरेंस बायर्स

लंदन विश्वविद्यालय के स्कूल ऑफ ओरिएंटल एंड अफ्रीकन स्टडीज के आर्थिक और राजनीतिक अध्ययन विभाग में मार्क्सवादी शिक्षाविद और किसान अध्ययन के विद्वान टेरेंस बायर्स ने 1988 में जर्नल ऑफ पीजेंट स्टडीज, 15:2, 139-189 में यह अच्छी तरह से शोध किया हुआ पेपर प्रकाशित किया। बायर्स का आश्चर्यजनक रूप से सटीक और विस्तृत शोध और विश्लेषण भारतीय राजनीतिक अर्थव्यवस्था के बारे में उनके ज्ञान और प्राथमिक और माध्यमिक सामग्री के उनके व्यावहारिक अध्ययन को दर्शाता है। 1987 में चरण सिंह के निधन के तुरंत बाद प्रकाशित होने पर यह पेपर भारत में व्यापक रूप से छपा और वितरित किया गया, और आज तक चरण सिंह की मौलिक मार्क्सवादी आलोचना बनी हुई है।

चरण सिंह की उपलब्धियों को मान्यता देते हुए तथा उनकी वर्गीय निष्ठाओं की पहचान करते हुए लेखक ने चरण सिंह के एक ऐसे पहलू को सामने लाया है जिसे अब तक स्वीकार नहीं किया गया था, वह था "धनी और मध्यम किसानों का 'जैविक बुद्धिजीवी'।" यह चरण सिंह की अद्वितीय बौद्धिक क्षमताओं की एक दुर्लभ स्वीकृति थी, जिसके बारे में आज भी शिक्षित अभिजात वर्ग के बहुत कम लोग जानते हैं।

सीएसए का एक मुख्य उद्देश्य चरण सिंह की बुद्धिमत्ता और उनके प्रकाशनों को उजागर करना है, जिसे बायर्स ने स्पष्ट रूप से अपने मार्क्सवादी रुख को प्रभावी ढंग से आगे बढ़ाते हुए किया है। चरण सिंह की पुस्तकें और भारत की राजनीतिक अर्थव्यवस्था पर उनके विचार किसी भी देश में, न केवल भारत में, बल्कि किसी भी जमीनी स्तर के राजनीतिज्ञ के लिए अद्वितीय हैं। बहुत कम राजनेता ऐसे होते हैं जो जमीनी स्तर की राजनीति के उतार-चढ़ाव में डूबे रहने के साथ-साथ अपने चुने हुए लोगों का प्रभावी प्रतिनिधि और किसी भी स्तर का विद्वान दोनों होने में सक्षम होते हैं। चरण सिंह एक बेहद ईमानदार और कुशल प्रशासक थे।

बायर्स ने शायद चरण सिंह द्वारा लिखी गई पुस्तकों के अलावा बहुत कुछ नहीं पढ़ा, हालांकि वे उन कुछ विद्वानों में से एक थे (भारत या विदेश में) जिन्होंने ग्रंथसूची में प्राथमिक सामग्री की पूरी प्रभावशाली सूची पढ़ी थी। हालांकि, अगर उन्होंने और पढ़ा होता,

तो उन्हें कई जगहें मिल जातीं, जहां चरण सिंह ने भूमि सुधार पर अपने विचार बताए थे: जमींदारी प्रथा का उन्मूलन बनाम भूमि पुनर्वितरण; गांव की अर्थव्यवस्था और कृषि के विकास के प्रति उनका दृष्टिकोण; और ग्रामीण जीवन में जाति और उसकी कुरूप अभिव्यक्तियों के प्रति उनका उग्र विरोध।

चरण सिंह को अक्सर भारतीय कम्युनिस्टों द्वारा कुलक कहा जाता था - बेशक, अपमानजनक रूप से - और उन्हें खुद उनसे कोई लगाव नहीं था। वास्तव में, अगर कुछ भी हो, तो वह अपनी राजनीति में पूरी तरह से कम्युनिस्ट विरोधी थे, हालांकि वह भारतीय कम्युनिस्ट नेताओं - जैसे हरकिशन सिंह सुरजीत - के स्पार्टन जीवन और सरल जीवन की प्रशंसा करते थे। इसका मतलब यह बिल्कुल नहीं है कि वह पूंजीवादी थे, न ही वह कभी समाजवादी थे। उदाहरण के लिए, उन्होंने सार्वजनिक क्षेत्र की सुस्ती और भ्रष्टाचार का विरोध किया और चाहते थे कि इसे निजी क्षेत्र द्वारा संभाला जाए, लेकिन उन्होंने बड़े पूंजीपतियों और पूंजीवाद के विकास में निहित अत्यधिक असमानता का भी उतना ही विरोध किया। वह नौकरशाही या वास्तव में संगठित श्रम के मित्र नहीं थे क्योंकि वह उन्हें अपने वर्ग के विशेषाधिकार प्राप्त और लाड़-प्यार से पाले गए अभिजात वर्ग के रूप में देखते थे।

चरण सिंह ने ऐसे समाधान चुने जो उन्हें भारतीय परिस्थितियों के लिए सबसे उपयुक्त लगे, जो उनके हिसाब से ग्रामीण और गांव आधारित थे। गांधीवादी विचारों ने उन पर बहुत प्रभाव डाला और वहां भी नव-पूंजीवादी वर्ग ने उन पर 'पिछड़ा' कहकर हमला किया।

इस संक्षिप्त परिचय में बायर्स पेपर और वर्ग दृष्टिकोण पर बहस करने से कोई खास फायदा नहीं है, क्योंकि चरण सिंह ने खुद कई जगहों पर ये जवाब दिए हैं और अपनी पूरी ज़िंदगी निचली जातियों के खिलाफ़ पक्षपात के आरोपों से लड़ते रहे हैं। यह कहना कि गाँव में मध्यम और उच्च जातियों द्वारा निम्न जातियों के खिलाफ़ कोई पक्षपात नहीं है, हास्यास्पद है, लेकिन हमारी शापित जाति व्यवस्था ऐसी है कि सबसे निचले तबके के भीतर भी पदानुक्रम है।

हर कोई नीचे गिराता है, और एक अच्छे निगम की तरह ही चापलूसी करता है। जमीनी स्तर की राजनीति में सफल होने के लिए एक नेता को सभी जातियों को साथ लेकर चलना पड़ता है, लेकिन यह चरण सिंह का इतिहास है, जिन्होंने 1970 के दशक में उत्तर भारत में 'अन्य पिछड़ी जातियों' को एकजुट करने की शुरुआत की और उन्हें भारतीय राष्ट्रीय कांग्रेस से दूर कर दिया, जिसने कांग्रेस को आज इस दयनीय स्थिति में ला खड़ा किया है। चरण सिंह निस्संदेह गाँव में सभी जातियों को साथ लेकर चलना चाहते थे, लेकिन वह जितना चाहते थे, उतना नहीं कर पाए, यह जाति व्यवस्था का ही नतीजा था और किसानों - सीमांत, छोटे और मध्यम - के साथ उनकी असाधारण सफलता की कीमत थी।

1988 टेरेंस जे. बायर्स चरण सिंह (1902-1987) एक आकलन.pdf

हर्ष सिंह लोहित चरण सिंह अभिलेखागार --- सीएसए https://www.charansingh.org/ https://www.facebook.com/ charansingharchives/

चौधरी चरण सिंह 15 अगस्त 1979 , लाल किले पर ध्वजारोहण किए लिए जाते हुए

10

चौधरी चरण सिंह और उत्तर प्रदेश में हरित क्रांति: एक बातचीत

चौधरी चरण सिंह और उत्तर प्रदेश में हरित क्रांति: एक बातचीत

अमेरिका के पेन्सिलवेनिया विश्वविद्यालय के इतिहासकार प्रो. प्रकाश कुमार द्वारा एक दुर्लभ विषय - चौधरी चरण सिंह और हरित क्रांति पर उनके विचार पर अंग्रेजी में एक बातचीत यूट्यूब पर उपलब्ध है - https://youtu.be/x9vkskOpcfs ।

हर्ष लोहित ने प्रकाश से मुलाकात की और अभिलेखागार के दृष्टिकोण को साझा किया, साथ ही बहुत सारी पठन सामग्री भी साझा की। अभिलेखागार चरण सिंह के विचारों और जीवन पर शिक्षाविदों के साथ जुड़ना जारी रखता है। यह इस विषय पर एक बहुत ही उपयोगी बातचीत है।

जमींदारी उन्मूलन

https://www.jatland.com/w/
thumb.php?f=Abolition_of_Zamindari_Charan_Singh.jpg&width=200

जमींदारी उन्मूलन

https://www.amazon.in/dp/B08RX8Q82P

1947 में प्रकाशित, जब चरण सिंह उत्तर प्रदेश में भारतीय राष्ट्रीय कांग्रेस की जमींदारी उन्मूलन और भूमि सुधार समिति (ZALRC) के सदस्य थे, जमींदारी उन्मूलन: दो विकल्प सिंह के मामले और जमींदारी को समाप्त करने के तरीके का विवरण देते हैं। वास्तव में, 1950 के दशक में राजस्व मंत्री के रूप में वे उत्तर प्रदेश में जमींदारी के अंत के मुख्य वास्तुकार बने।

सिंह ने भूमि स्वामित्व प्रणाली, भारतीय किसान की मानसिकता और दुनिया भर के साहित्य के बारे में अपने व्यापक ज्ञान का उपयोग करके भारत में उपलब्ध ज़मींदारी प्रथा को हटाने के विकल्पों की पहचान की है। वह नीचे से ऊपर तक एक समाधान प्रस्तावित करते हैं, जिसमें उन्होंने स्व-खेती करने वाले छोटे किसानों और विकेन्द्रित ग्राम उद्योग को एक आर्थिक नीति की आधारशिला के रूप में प्रस्तुत किया है जो नवजात भारतीय राष्ट्र की समस्याओं के लिए अद्वितीय रूप से उपयुक्त है।

सिंह का दृष्टिकोण, जो किसान मालिक-खेतीकर्ताओं की प्रधानता पर आधारित है, सोवियत रूस में प्रचलित मार्क्सवादी मॉडल के बिल्कुल विपरीत है और उस समय भारत में बौद्धिक और राजनीतिक हलकों में लोकप्रिय था। लोकतांत्रिक भारतीय भविष्य के प्रति उनकी प्रतिबद्धता पूर्ण है, और एक समतामूलक समाज की तलाश में वे भूमि के गहन उपयोग के आधार पर क्रांतिकारी भूमि सुधार और भारतीय कृषि के पुनर्गठन की सिफारिश करते हैं, साथ ही श्रम को बढ़ाने वाली छोटी-छोटी मशीनों पर जोर देते हैं, जिससे लाखों लोगों

को रोजगार मिलता है।

सस्नेह

हर्ष सिंह लोहित चरण सिंह अभिलेखागार --- सीएसए https://www.charansingh.org/ https://www.facebook.com/ charansingharchives/

संयुक्त खेती का एक्स-रे

https://www.jatland.com/w/ thumb.php?f=Charan_Singh_- _Joint_Farming_X- rayed.jpg&width=200

संयुक्त खेती का एक्स-रे

https://www.amazon.in/dp/B08T6L9R1M

जनवरी 1959 में भारतीय राष्ट्रीय कांग्रेस के नागपुर प्रस्ताव में भारत की कृषि नीति के रूप में संयुक्त खेती को अपनाने के विरोध में लिखी गई पुस्तक, जो सामूहिक/सहकारी खेती के पक्ष में जवाहरलाल नेहरू द्वारा चलाए गए जोरदार प्रचार का परिणाम थी, ज्वाइंट फार्मिंग एक्स-रेड में चरण सिंह के उस राजनीतिक दल से बौद्धिक अलगाव को दर्शाया गया है, जिसकी उन्होंने 35 वर्षों तक सेवा की थी।

सितंबर 1959 में प्रकाशित, यह कृषि उत्पादकता बढ़ाने के साधन के रूप में संयुक्त खेती की एक विनाशकारी आलोचना है। सिंह इसे विविध भूगोल, सीमित भूमि और पूंजी, एक जटिल सामाजिक संरचना, एक विशाल आबादी और लोकतांत्रिक सिद्धांतों के प्रति प्रतिबद्धता के आधार पर भारतीय ग्रामीण इलाकों के लिए अनुपयुक्त पाते हैं। वह कई महाद्वीपों और कई विषयों से असाधारण मात्रा में साक्ष्य भी पेश करते हैं ताकि सामूहिकता

द्वारा कृषि उत्पादकता पर पड़ने वाले कहर की तस्वीर पेश की जा सके, जिसमें वह साम्यवादी दुनिया भर में सामूहिक खेतों की विफलता का पूर्वानुमान लगाते हैं।

उनकी वैकल्पिक दृष्टि भूमि को पूंजी उत्पादन में सीमित कारक के रूप में पहचानती है, और टिकाऊ पूंजी निर्माण के लिए उद्योग नहीं, बल्कि कृषि को प्राथमिकता देती है। पुस्तक स्वतंत्र छोटे मालिक-खेतीकर्ताओं, विकेंद्रीकृत ग्राम उद्योगों, गहन खेती और जनसंख्या नियंत्रण को भारत के लिए समाधान के रूप में दर्शाती है। सिंह ने नीचे से ऊपर तक निर्मित एक नए भारत के लिए एक ठोस योजना पेश की है, जो नेहरूवादी शीर्ष-नीचे की योजना के विपरीत है, जो विदेशी मॉडलों की नकल करती है जो उसकी प्रतिभा और सीमाओं के अनुकूल नहीं हैं, जिन्हें सिंह ने उन लोगों द्वारा बनाया था जो खुद देश की जमीनी हकीकत से अलग-थलग थे।

सस्नेह

हर्ष सिंह लोहित

चरण सिंह अभिलेखागार --- सीएसए https://www.charansingh.org/ https://www.facebook.com/charansingharchives/

उत्तर प्रदेश में भूमि सुधार और कुलक

उत्तर प्रदेश में भूमि सुधार और कुलक

https://www.amazon.in/dp/B08RXBJCPD

1987 में उनके निधन से एक वर्ष पहले प्रकाशित चरण सिंह की अंतिम कृति, उत्तर प्रदेश में भूमि सुधार और कुलक, तीन दशकों (1936-66) से अधिक समय तक छोटे खेतों के पक्ष में सिंह के अथक संघर्ष और भू-संपदा अभिजात वर्ग के तीव्र विरोध के बावजूद जमींदारी उन्मूलन के लिए उनके संघर्ष का वृत्तांत प्रस्तुत करती है।

1946 में संसदीय सचिव और बाद में 1952 में उत्तर प्रदेश (यूपी) में राजस्व मंत्री के रूप में, उन्होंने जमींदारी प्रथा को समाप्त करने के लिए आंदोलन का नेतृत्व किया, जिसका मुख्यमंत्री गोविंद बल्लभ पंत ने पूरा समर्थन किया। सिंह 1951 के जमींदारी उन्मूलन और भूमि सुधार (ZALR) अधिनियम का हवाला देते हैं, जिसे उन्होंने शोध करके, लिखकर कानून में ढाला और लागू किया, जो उनके राजनीतिक जीवन की सबसे गौरवपूर्ण उपलब्धि है। यूपी में भूमि स्वामित्व कानूनों के जटिल सेट के बारे में उनका अद्वितीय ज्ञान राजनीतिक स्पेक्ट्रम में विरोधियों के दृढ़ हमलों को रोकने में सहायक था।

ZALR अधिनियम ने छोटे पट्टेदार किसानों को उनके द्वारा जोती गई भूमि पर स्थायी और अविभाज्य अधिकार प्रदान किए; और चकबंदी अधिनियम (सिंह द्वारा 1953 में फिर से तैयार और कानून के रूप में पारित) के साथ मिलकर यह सुनिश्चित किया कि वे लोकतंत्र और उच्च कृषि उत्पादकता के लिए एक गढ़ बनें। वह दर्शाता है कि यह कानून शहरी लालच, भ्रष्टाचार और जमींदारों और उनके ग्रामीण सहयोगियों द्वारा भड़काए गए कानूनी तोड़फोड़

के खिलाफ ग्रामीण और दलितों के हितों की रक्षा करने के लिए किस हद तक आगे बढ़ा।

उनके लेखन में भूमि सुधारों के बारे में काश्तकारों के दृष्टिकोण की गहरी समझ के साथ-साथ भारतीय ग्रामीण इलाकों के मनोविज्ञान और लोकाचार की गहन समझ भी है। सिंह ने माना कि उनके समकालीन राजनीतिक लोगों में इस सहानुभूति की कमी है, चाहे वे पूंजीवादी हों, समाजवादी हों या साम्यवादी हों, और जिन्हें वे असली कुलक होने का आरोप वापस देते हैं।

सस्नेह

हर्ष सिंह लोहित

चरण सिंह अभिलेखागार

सीएसए

https://www.charansingh.org/

https://www.facebook.com/charansingharchives/

मुख्य

उत्तर प्रदेश मुख्यमंत्री (1970) बनने के बाद स्वागत

11
चौधरी चरण सिंह अभिलेखागार द्वारा प्रकाशित प्रकाशनों की सूची

चौधरी चरण सिंह अभिलेखागार द्वारा प्रकाशित प्रकाशनों की सूची

चरण सिंह का जन्म 23 दिसंबर 1902 को तत्कालीन संयुक्त प्रांत (उत्तर प्रदेश) के मेरठ जिले में एक अनपढ़ काश्तकार की झोपड़ी में हुआ था। उनकी मानसिक दृढ़ता और बौद्धिक क्षमता को बचपन में ही पहचान लिया गया था और उन्होंने आगरा कॉलेज से बीएससी, इतिहास में एमए और एलएलबी की डिग्री हासिल की। वे 27 साल की उम्र में ब्रिटिश शासन से भारत को मुक्त कराने के संघर्ष में भारतीय राष्ट्रीय कांग्रेस में शामिल हो गए और राष्ट्रीय आंदोलन में भाग लेने के कारण 1930, 1940 और 1942 में जेल गए। वे 1936 से 1974 तक उत्तर प्रदेश विधानसभा के सदस्य रहे और 1946 से 1967 तक सभी कांग्रेस सरकारों में मंत्री रहे, जिससे उन्हें एक साफ-सुथरे और स्पष्ट सोच वाले प्रशासक और देश के कानून के रक्षक के रूप में प्रतिष्ठा मिली। सिंह 1967 में और फिर 1970 में राज्य के पहले गैर-कांग्रेसी मुख्यमंत्री थे, उसके बाद 1977 में वे केंद्रीय सरकार में गृह और फिर वित्त मंत्री के रूप में कैबिनेट मंत्री बने। यह यात्रा 1979 में समाप्त हुई, जब उन्हें भारत का प्रधानमंत्री बनाया गया। 70 के दशक और 80 के दशक की शुरुआत में वे भारतीय राजनीति में प्रमुख राजनीतिक महत्व के व्यक्ति बने रहे और 29 मई 1987 को उनका निधन हो गया।

चरण सिंह अभिलेखागार (CSA) की स्थापना 23 दिसंबर 2015 को चरण सिंह की बौद्धिक विरासत को दस्तावेज करने के लिए की गई थी (www.charansingh.org पर जाएँ)। CSA उनके जीवन और बौद्धिकता पर उपलब्ध व्यापक सामग्री को सार्वजनिक रूप

से साझा और व्याख्या करता है। यह चरण सिंह की नैतिक जीवन जीने की प्रतिबद्धता, भारतीय विकास विमर्श और राजनीति में कृषि और ग्रामीण क्षेत्रों के प्रति उनकी प्रतिबद्धता, ग्रामीण भारत में गैर-कृषि रोजगार सृजन में उनके आजीवन विश्वास को उजागर करता है, जो धर्म या जाति के स्थान पर साझा आर्थिक हितों के समुदाय के आधार पर आजीविका, भूमि सुधार और सामाजिक न्याय के लिए उपयुक्त समाधान है। CSA चरण सिंह द्वारा और उनके बारे में लिखी गई पुस्तकों को प्रकाशित करता है, जिनका विवरण निम्नलिखित पृष्ठों में दिया गया है। प्रश्न? कृपया यशवीर सिंह को 9810403866 पर कॉल करें या info@charansingh.org पर ईमेल करें

चरण सिंह द्वारा प्रकाशित पुस्तकों की सूची अभिलेखागारः 15 अगस्त 2022

- चरण सिंह की चुनिंदा कृतियाँ
- चयनित कार्यों का सारांश
- जमींदारी उन्मूलन
- संयुक्त खेती का एक्स-रे
- भारत की गरीबी और उसका समाधान
- भारत की आर्थिक नीति
- भारत का आर्थिक दुःस्वप्न
- उत्तर प्रदेश में भूमि सुधार और कुलक
- चरण सिंहः संक्षिप्त जीवन इतिहास
- चरण सिंह एक संक्षिप्त जीवनी
- :(मैं)
- विशिष्ट रचनाएँ
- एक ऐतिहासिक सिंहनाद
- आर्थिक विकास के प्रश्न और बौद्धिक

चरण सिंह की चुनिंदा कृतियाँ

चरण सिंह अभिलेखागार ने 2020 में 'चरण सिंह की चुनिंदा कृतियाँ' प्रकाशित कीं। इस संग्रह सेट में सिंह की 6 प्रमुख कृतियाँ और मूल अंग्रेजी में इनमें से प्रत्येक पुस्तक का आसानी से पढ़ा जा सकने वाला सारांश शामिल है। सीएसए ने इन पुस्तकों को उन लोगों की स्मृति को समर्पित किया है, जिन्होंने गांधीजी के स्वराज में शांतिपूर्ण आध्यात्मिक, राजनीतिक और सामाजिक क्रांति के रूप में भारत के लिए एक नई सुबह की तलाश की थी।

यह सेट निजी और सार्वजनिक पुस्तकालयों के लिए एक आदर्श वस्तु है तथा यह अर्थशास्त्र, राजनीतिक अर्थव्यवस्था, गांधीवादी अध्ययन के विद्यार्थियों, सामान्य रूप से शिक्षाविदों, सामाजिक और राजनीतिक कार्यकर्ताओं, राजनेताओं और नीति निर्माताओं के

लिए विशेष रूप से उपयोगी है।

चरण सिंह के विचारों की समसामयिकता हमें बताती है कि आज़ादी के बाद से भारत में कितना कम बदलाव आया है, जबकि हम कृषि संकट से जूझ रहे हैं, जहाँ हमारी 47% गरीब आबादी गैर-लाभकारी कृषि आजीविका में लगी हुई है। जब 2020 में कोविड ने मानवीय गतिविधियों के केंद्र पर हमला किया, तो शहरी, उत्तर-औद्योगिक शोषणकारी ढांचे की बदसूरत अंदरूनी परतें पूरी तरह से उजागर हो गईं, क्योंकि हमारे ग्रामीण भाई-बहन शहरों की झुग्गियों से भागकर अपने गाँवों की ओर चले गए, जहाँ से वे जीविकोपार्जन के लिए पलायन कर गए थे। सिंह की आदर्श दुनिया में, ग्रामीण भारत के पुनरुद्धार ने उन मेगासिटीज़ की जगह ले ली होगी जो बन रहे हैं और ये पारिस्थितिक रूप से अस्थिर जीवन की पूंजी सिंक नहीं बनेंगे।

2021 में प्रवेश करते ही, अपनी उपज की खरीद से संबंधित तीन कानूनों को निरस्त करने के लिए किसानों का आंदोलन कृषि जीवन शैली के लिए संघर्ष में बदल गया है। विडंबना यह है कि जिस एपीएमसी कानून को बनाए रखने के लिए पंजाब के किसान लड़ रहे हैं, उसे 1937 में सर छोटू राम ने पारित किया था, जिसके निर्माण में सिंह की ऐतिहासिक भूमिका थी।

चरण सिंह ने गांधीवादी राजनीतिक अर्थव्यवस्था का प्रस्ताव रखा - कम औद्योगिक, अधिक हस्तनिर्मित और आत्मनिर्भर स्थानीय अर्थव्यवस्था - पाठक इस संग्रह सेट के माध्यम से खुद को फिर से जान सकते हैं। उन्होंने जमींदारी उन्मूलन (1947), संयुक्त खेती एक्स-रेड (1959), भारत की गरीबी और उसका समाधान (1964), भारत की आर्थिक नीति: गांधीवादी खाका (1978), भारत का आर्थिक दुःस्वप्न (1981) और यूपी में भूमि सुधार और कुलक (1986) लिखी। 7वीं पुस्तक (चयनित कार्यों का सारांश) इन 6 पुस्तकों में से प्रत्येक का आसानी से पढ़ा जा सकने वाला सारांश प्रदान करती है, और मूल पाठों के लिए एक उत्कृष्ट संगत है।

इनके अलावा, सिंह ने भारत की राजनीतिक अर्थव्यवस्था और नियोजन में गांवों और कृषि की केंद्रीयता की आवश्यकता पर कई किताबें, पुस्तिकाएं और सैकड़ों लेख लिखे। उनके विचारों ने भारत में कम औद्योगिक, अधिक हस्तनिर्मित और आत्मनिर्भर ग्रामीण और स्थानीय अर्थव्यवस्थाओं का प्रस्ताव रखा।

ये सभी पुस्तकें भारत की राजनीतिक अर्थव्यवस्था में गांवों, कृषि और हाथ से बने स्थानीय उद्योगों की केंद्रीयता की वकालत करती हैं। सिंह छोटे उत्पादकों और छोटे उपभोक्ताओं के लोकतांत्रिक समाज में गहराई से विश्वास करते थे, जो एक ऐसी प्रणाली में एक साथ आए जो न तो पूंजीवादी हो और न ही साम्यवादी, बल्कि एक ऐसी प्रणाली हो जो समग्र रूप से गरीबी, बेरोजगारी, असमानता, जाति और भ्रष्टाचार जैसी विशिष्ट भारतीय समस्याओं को संबोधित करती हो। इनमें से प्रत्येक मुद्दा आज भी जटिल बना हुआ है, और उनके समाधान उनके सुधार और अंतिम उन्मूलन के लिए नए और प्रासंगिक हैं।

चयनित कार्यों का सारांश

चरण सिंह का जन्म 23 दिसंबर 1902 को संयुक्त प्रांत (उत्तर प्रदेश) के मेरठ जिले में एक अनपढ़ काश्तकार की झोपड़ी में हुआ था। उनकी मानसिक दृढ़ता और क्षमता को जीवन में ही पहचान लिया गया था और उन्होंने आगरा कॉलेज से बीएससी, इतिहास में एमए और एलएलबी की डिग्री हासिल की। वे 27 साल की उम्र में ब्रिटिश शासन से भारत को मुक्त कराने के संघर्ष में भारतीय राष्ट्रीय कांग्रेस में शामिल हो गए और राष्ट्रीय आंदोलन में भाग लेने के लिए 1930, 1940 और 1942 में जेल गए। वे 1936 से 1974 तक उत्तर प्रदेश विधानसभा के सदस्य रहे और 1946 से 1967 तक सभी कांग्रेस सरकारों में मंत्री रहे, जिससे उन्हें एक कुशल, ईमानदार और स्पष्ट सोच वाले प्रशासक के रूप में ख्याति मिली। सिंह 1967 में और फिर 1970 में राज्य के पहले गैर-कांग्रेसी मुख्यमंत्री थे, इससे पहले 1977-78 में वे केंद्रीय गृह मंत्री और बाद में वित्त मंत्री रहे। यह यात्रा 1979 में पूरी हुई जब वे भारत के प्रधानमंत्री बने। 70 के दशक और 80 के दशक की शुरुआत में वे भारतीय राजनीति में एक प्रमुख राजनीतिक महत्व वाले व्यक्ति बने रहे, जब तक कि 29 मई 1987 को उनका निधन नहीं हो गया।

चरण सिंह ने भारत की राजनीतिक अर्थव्यवस्था में गांव और कृषि की केंद्रीयता पर कई किताबें, राजनीतिक पर्चे, घोषणापत्र और सैकड़ों लेख लिखे। इनमें से कई विचार आज के भारत के लिए प्रासंगिक हैं, क्योंकि हम कृषि संकट से जूझ रहे हैं, जिसमें हमारी 67% गरीब आबादी गांवों में रहती है और 47% लोग अलाभकारी कृषि आजीविका में लगे हुए हैं। उन्होंने 1948 में उत्तर प्रदेश में जमींदारी उन्मूलन और भूमि सुधार समिति की 611-पृष्ठ की रिपोर्ट लिखने में मदद की और जमींदारी उन्मूलन (1947), संयुक्त खेती एक्स-रेड (1959), भारत की गरीबी और उसका समाधान (1964), भारत की आर्थिक नीति (1978) भारत का आर्थिक दुःस्वप्न (1981) और उत्तर प्रदेश में भूमि सुधार और कुलक (1986) नामक पुस्तकें भी लिखीं।

जमींदारी उन्मूलन

1947 में प्रकाशित, जब चरण सिंह उत्तर प्रदेश में भारतीय राष्ट्रीय कांग्रेस की जमींदारी उन्मूलन और भूमि सुधार समिति (ZALRC) के सदस्य थे, जमींदारी उन्मूलन: दो विकल्प सिंह के मामले और जमींदारी को समाप्त करने के तरीके का विवरण देते हैं। वास्तव में, 1950 के दशक में राजस्व मंत्री के रूप में वे उत्तर प्रदेश में जमींदारी के अंत के मुख्य वास्तुकार बने।

सिंह ने भूमि स्वामित्व प्रणाली, भारतीय किसान की मानसिकता और दुनिया भर के साहित्य के बारे में अपने व्यापक ज्ञान का उपयोग करके भारत में उपलब्ध ज़मींदारी प्रथा को हटाने के विकल्पों की पहचान की है। वह नीचे से ऊपर तक एक समाधान प्रस्तावित करते हैं, जिसमें उन्होंने स्व-खेती करने वाले छोटे किसानों और विकेन्द्रित ग्राम उद्योग को एक आर्थिक नीति की आधारशिला के रूप में प्रस्तुत किया है जो नवजात भारतीय राष्ट्र की

समस्याओं के लिए अद्वितीय रूप से उपयुक्त है।

सिंह का दृष्टिकोण, जो किसान मालिक-खेतीकर्ताओं की प्रधानता पर आधारित है, सोवियत रूस में प्रचलित मार्क्सवादी मॉडल के बिल्कुल विपरीत है और उस समय भारत में बौद्धिक और राजनीतिक हलकों में लोकप्रिय था। लोकतांत्रिक भारतीय भविष्य के प्रति उनकी प्रतिबद्धता पूर्ण है, और एक समतामूलक समाज की तलाश में वे भूमि के गहन उपयोग के आधार पर क्रांतिकारी भूमि सुधार और भारतीय कृषि के पुनर्गठन की सिफारिश करते हैं, साथ ही श्रम को बढ़ाने वाली छोटी-छोटी मशीनों पर जोर देते हैं, जिससे लाखों लोगों को रोजगार मिलता है।

संयुक्त खेती का एक्स-रे

जनवरी 1959 में भारतीय राष्ट्रीय कांग्रेस के नागपुर प्रस्ताव में भारत की कृषि नीति के रूप में संयुक्त खेती को अपनाने के विरोध में लिखी गई पुस्तक, जो सामूहिक/सहकारी खेती के पक्ष में जवाहरलाल नेहरू द्वारा किए गए जोरदार प्रचार का परिणाम थी, ज्वाइंट फार्मिंग एक्स-रेड में चरण सिंह के उस राजनीतिक दल से बौद्धिक अलगाव को दर्शाया गया है, जिसकी उन्होंने 35 वर्षों तक सेवा की थी।

सितंबर 1959 में प्रकाशित, यह कृषि उत्पादकता बढ़ाने के साधन के रूप में संयुक्त खेती की एक विनाशकारी आलोचना है। सिंह इसे विविध भूगोल, सीमित भूमि और पूंजी, एक जटिल सामाजिक संरचना, एक विशाल आबादी और लोकतांत्रिक सिद्धांतों के प्रति प्रतिबद्धता के आधार पर भारतीय ग्रामीण इलाकों के लिए अनुपयुक्त पाते हैं। वह कई महाद्वीपों और कई विषयों से असाधारण मात्रा में साक्ष्य भी पेश करते हैं ताकि सामूहिकता द्वारा कृषि उत्पादकता पर पड़ने वाले कहर की तस्वीर पेश की जा सके, जिसमें वह साम्यवादी दुनिया भर में सामूहिक खेतों की विफलता का पूर्वानुमान लगाते हैं।

उनकी वैकल्पिक दृष्टि भूमि को पूंजी उत्पादन में सीमित कारक के रूप में पहचानती है, और टिकाऊ पूंजी निर्माण के लिए उद्योग नहीं, बल्कि कृषि को प्राथमिकता देती है। पुस्तक स्वतंत्र छोटे मालिक-खेतीकर्ताओं, विकेंद्रीकृत ग्राम उद्योगों, गहन खेती और जनसंख्या नियंत्रण को भारत के लिए समाधान के रूप में दर्शाती है। सिंह ने नीचे से ऊपर तक निर्मित एक नए भारत के लिए एक ठोस योजना पेश की है, जो नेहरूवादी शीर्ष-नीचे की योजना के विपरीत है, जो विदेशी मॉडलों की नकल करती है जो उसकी प्रतिभा और सीमाओं के अनुकूल नहीं हैं, जिन्हें सिंह ने उन लोगों द्वारा बनाया था जो खुद देश की जमीनी हकीकत से अलग-थलग थे।

भारत की गरीबी और उसका समाधान

1964 में प्रकाशित, भारत की गरीबी और उसका समाधान चरण सिंह की सबसे महत्वपूर्ण कृति है। यह मुख्य रूप से कृषि प्रधान समाज की आवश्यकता पर उनकी स्पष्ट वैचारिक स्थिति को सामने रखती है, जिसमें सामाजिक, आर्थिक, राजनीतिक और पारिस्थितिक कारणों से कृषि को प्राथमिकता दी जानी चाहिए।

अपनी 1959 की पुस्तक ज्वाइंट फार्मिंग एक्स-रेड (जो भारतीय राष्ट्रीय कांग्रेस द्वारा भारत की कृषि नीति के रूप में बड़े पैमाने पर सहकारी खेती को अपनाने के विरोध में लिखी गई थी) का अद्यतन संस्करण प्रस्तुत करते हुए सिंह ने अद्यतन आंकड़ों और तालिकाओं के साथ संयुक्त खेती की अपनी विनाशकारी आलोचना को बल दिया है।

सिंह ने दोहराया कि किसान स्वामित्व की प्रणाली भारत के आर्थिक और सामाजिक विकास के लिए सबसे उपयुक्त है, जिसमें छोटे खेत लोकतंत्र की रक्षा करते हैं, और औद्योगीकरण के बिल्कुल विपरीत एक निश्चित जीवन शैली का आधार भी हैं। सिंह ने भारत के निचले स्तर के आर्थिक विकास के लिए एक वैकल्पिक मॉडल का विवरण दिया है जो विकेंद्रीकृत ग्राम उद्योगों, कृषि आत्मनिर्भरता और गांवों में रहने वाले अधिकांश भारतीयों की बढ़ी हुई क्रय शक्ति पर आधारित है।

भारत की आर्थिक नीति

1978 में प्रकाशित, जब चरण सिंह केंद्रीय गृह मंत्री और जनता पार्टी की आर्थिक नीति पर कैबिनेट समिति के अध्यक्ष थे, भारत की आर्थिक नीति: गांधीवादी खाका भारत के विकास के लिए एक वैकल्पिक मॉडल प्रस्तुत करता है। यह आसानी से पढ़ी जाने वाली पुस्तक भारत को नीचे से ऊपर तक बनाने के लिए सिंह के सिद्धांतों का एक संक्षिप्त सूत्रीकरण है। सिंह जवाहरलाल नेहरू की आर्थिक नीति रूपरेखा और बाद में मोहनदास गांधी के भारत के गांव को केंद्र में रखने के दृष्टिकोण को अस्वीकार करने की आलोचना करते हैं। वह भारत के भूगोल, जनसंख्या, जनसांख्यिकी और लोकतांत्रिक मान्यताओं के साथ सामंजस्य रखते हुए, गांधीवादी तर्ज पर एक मौलिक रूप से नई नीति खाका प्रस्तुत करते हैं।

उनकी आर्थिक नीति उच्च कृषि उत्पादन, भूमि पर और पूंजी द्वारा रोजगार को अधिकतम करने, आय में असमानताओं को कम करने और शोषण से श्रमिकों की सुरक्षा के माध्यम से गरीबी, बेरोजगारी और धन में असमानताओं की 'तीन बुराइयों' को लक्षित करती है। सिंह का खाका औद्योगीकरण और इसके ज्यादातर शहरी लाभार्थियों को कृषि और गांव पर मिलने वाले विशेषाधिकारों को उलटने और शहरी-अभिजात्य नियोजन में पूरी तरह से बदलाव की सिफारिश करता है, जिसका जमीनी हकीकत से बहुत कम संपर्क था।

सिंह इस बात पर जोर देते हैं कि वे औद्योगीकरण के खिलाफ नहीं हैं, बल्कि भारत के गांवों की तुलना में इसे प्राथमिकता दिए जाने के खिलाफ हैं। वे मशीनीकरण का विरोध करते हैं जो मानव श्रम की जगह लेता है, जिससे भारत अत्यधिक संपन्न है, साथ ही कुछ लोगों के हाथों में आर्थिक शक्ति के संकेन्द्रण का भी विरोध करते हैं। वे विदेशी प्रौद्योगिकी और पूंजी से अलग होने का आग्रह करते हैं, जिस पर अब तक विकास के सभी प्रयास आधारित थे। उनका गांधीवादी नुस्खा श्रम-गहन तकनीकों और छोटे पैमाने पर विकेन्द्रित उत्पादन का व्यापक अनुप्रयोग है, जो अधिकांश भाग के लिए, सभी शोषक पूंजीवादी या अधिनायकवादी कम्युनिस्ट प्रणालियों के बजाय स्वरोजगार को जन्म देने वाले लोकतंत्र पर आधारित हैं।

भारत का आर्थिक दुःस्वप्न

चरण सिंह की आखिरी प्रमुख कृति, भारत का आर्थिक दुःस्वप्न: इसका कारण और उपचार, 1981 में प्रकाशित हुई थी। इसने 1947 में स्वतंत्रता के बाद से भारत द्वारा अपनाए गए असंतुलित पूंजी-प्रधान, औद्योगिक और शहरी-पक्षपाती विकास पथ की सिंह की लंबे समय से चली आ रही आलोचना को अद्यतन किया। सिंह ने अपने सामान्य व्यवस्थित तरीके से भारत में बढ़ती गरीबी, कुपोषण, बेरोजगारी, ऋणग्रस्तता और आय असमानता पर विनाशकारी आंकड़ों को एक साथ रखा। उन्होंने चेतावनी दी है कि अगर राष्ट्रीय प्राथमिकताएं ग्रामीण भारत में रहने वाले विशाल बहुमत को संबोधित करने के लिए नहीं बदली गईं तो भविष्य अंधकारमय हो जाएगा।

सिंह हमें भारत में भूमि व्यवस्था, कृषि की उपेक्षा, किसानों के शोषण और शहरी अभिजात वर्ग की प्राथमिकताओं द्वारा गांव के वंचना के बारे में बताते हैं। वह गांधी और नेहरू द्वारा परिकल्पित विकास के विपरीत पैटर्न और समाजवाद की सोच के कारण समाज में आई बुराइयों, जिसमें एक अक्षम सार्वजनिक क्षेत्र भी शामिल है, की तुलना करते हैं। वह कुछ व्यापारिक परिवारों के हाथों में आर्थिक शक्ति के संकेन्द्रण, बढ़ती आय असमानताओं और बेरोजगारी की भी निंदा करते हैं।

सिंह राष्ट्रव्यापी स्वरोजगार के हिमायती हैं, दूसरे देशों में प्रचलित साम्यवाद या पूंजीवाद पर आधारित मॉडल को त्यागकर, एक आत्मनिर्भर और लोकतांत्रिक राष्ट्र के आधार के रूप में। सिंह ने नेहरूवादी दृष्टिकोण की जगह गांधीवादी दृष्टिकोण को अपनाने वाले समाधान साझा किए हैं: गांव, कृषि और ग्रामीण रोजगार पर ध्यान केंद्रित करना। वे जीडीपी में वृद्धि पर रोजगार को प्राथमिकता देने के पक्ष में तर्क देते हैं; उत्पादन की श्रम-गहन तकनीकों पर आधारित विकेंद्रीकृत औद्योगीकरण; छोटे खेत किसान अर्थव्यवस्था को मजबूत करना और कृषि के मशीनीकरण को श्रम से विस्थापित होने से बचाना; शिक्षा, चिकित्सा सुविधाओं, स्वच्छता, नागरिक सुविधाओं के लिए ग्रामीण क्षेत्रों में सामाजिक और आर्थिक बुनियादी ढांचे में निवेश बढ़ाना ताकि शहरों की मलिन बस्तियों में पलायन को नाटकीय रूप से कम किया जा सके।

उत्तर प्रदेश में भूमि सुधार और कुलक

1987 में उनके निधन से एक वर्ष पहले प्रकाशित चरण सिंह की अंतिम कृति, उत्तर प्रदेश में भूमि सुधार और कुलक, तीन दशकों (1936-66) से अधिक समय तक छोटे खेतों के पक्ष में सिंह के अथक संघर्ष और भू-संपदा अभिजात वर्ग के तीव्र विरोध के बावजूद जमींदारी उन्मूलन के लिए उनके संघर्ष का वृत्तांत प्रस्तुत करती है।

1946 में संसदीय सचिव और बाद में 1952 में उत्तर प्रदेश (यूपी) में राजस्व मंत्री के रूप में, उन्होंने जमींदारी प्रथा को समाप्त करने के लिए आंदोलन का नेतृत्व किया, जिसका मुख्यमंत्री गोविंद बल्लभ पंत ने पूरा समर्थन किया। सिंह 1951 के जमींदारी उन्मूलन और भूमि सुधार (ZALR) अधिनियम का हवाला देते हैं, जिसे उन्होंने शोध करके,

लिखकर कानून में ढाला और लागू किया, जो उनके राजनीतिक जीवन की सबसे गौरवपूर्ण उपलब्धि है। यूपी में भूमि स्वामित्व कानूनों के जटिल सेट के बारे में उनका अद्वितीय ज्ञान राजनीतिक स्पेक्ट्रम में विरोधियों के दृढ़ हमलों को रोकने में सहायक था।

ZALR अधिनियम ने छोटे पट्टेदार किसानों को उनके द्वारा जोती गई भूमि पर स्थायी और अविभाज्य अधिकार प्रदान किए; और चकबंदी अधिनियम (सिंह द्वारा 1953 में फिर से तैयार और कानून के रूप में पारित) के साथ मिलकर यह सुनिश्चित किया कि वे लोकतंत्र और उच्च कृषि उत्पादकता के लिए एक गढ़ बनें। वह दर्शाता है कि यह कानून शहरी लालच, भ्रष्टाचार और जमींदारों और उनके ग्रामीण सहयोगियों द्वारा भड़काए गए कानूनी तोड़फोड़ के खिलाफ ग्रामीण और दलितों के हितों की रक्षा करने के लिए किस हद तक आगे बढ़ा।

उनके लेखन में भूमि सुधारों के बारे में काश्तकारों के दृष्टिकोण की गहरी समझ के साथ-साथ भारतीय ग्रामीण इलाकों के मनोविज्ञान और लोकाचार की गहन समझ भी है। सिंह ने माना कि उनके समकालीन राजनीतिक लोगों में इस सहानुभूति की कमी है, चाहे वे पूंजीवादी हों, समाजवादी हों या साम्यवादी हों, और जिन्हें वे असली कुलक होने का आरोप वापस देते हैं।

चरण सिंह: संक्षिप्त जीवन इतिहास

चरण सिंह का यह संक्षिप्त जीवन इतिहास पाठक को स्वामी दयानंद और महात्मा गांधी के सिंह पर पड़ने वाले शुरुआती प्रभावों, स्वतंत्रता संग्राम में उनके समर्पण, उत्तर प्रदेश और दिल्ली में उनके लंबे राजनीतिक जीवन और भारत के विकास के लिए एक जटिल, परिष्कृत और सुसंगत रणनीति के साथ ग्रामीण भारत के एक जैविक बुद्धिजीवी के रूप में उनके स्थायी महत्व के बारे में बताता है, जो स्वतंत्रता के बाद की सभी सरकारों से अलग है। सिंह के जीवन का विस्तृत घटनाक्रम चालीस के दशक से लेकर अस्सी के दशक के मध्य तक भारत की राजनीति की एक आकर्षक झलक है।

सिंह गांधीवादी शैली में सादगी, सदाचार और नैतिकता के व्यक्ति थे, उनके ईमानदार चरित्र और ईमानदारी को सभी ने पहचाना। इसने उन्हें एक मजबूत प्रशासक, देश के कानून के रक्षक के रूप में प्रतिष्ठा दिलाई। वह छोटे उत्पादकों और छोटे उपभोक्ताओं के एक मौलिक लोकतांत्रिक समाज में विश्वास करते थे, जो न तो समाजवादी और न ही पूंजीवादी प्रणाली में एक साथ आते थे, बल्कि एक ऐसी प्रणाली थी जो गरीबी, बेरोजगारी, असमानता, जाति और भ्रष्टाचार की विशिष्ट भारतीय समस्याओं को संबोधित करती थी। इनमें से प्रत्येक मुद्दा आज भी जटिल बना हुआ है, और उनके समाधान उनके सुधार और अंतिम उन्मूलन के लिए नए और प्रासंगिक हैं।

असाधारण क्षमता वाले विद्वान, सिंह ने भारत की राजनीतिक अर्थव्यवस्था में गांवों और कृषि की केंद्रीयता के अपने विश्वास पर अंग्रेजी में कई किताबें, राजनीतिक पुस्तिकाएं और कई लेख लिखे, जो आज के भारत के लिए और भी अधिक प्रासंगिक हैं, क्योंकि हम कृषि संकट से जूझ रहे हैं और हमारी 67% आबादी गांवों में रहती है। उनका पहला

प्रकाशन 1948 में उत्तर प्रदेश में जमींदारी उन्मूलन और भूमि सुधार समिति की 611-पृष्ठ की रिपोर्ट थी। उन्होंने अन्य पुस्तकों के अलावा, जमींदारी उन्मूलन: दो विकल्प (1947), संयुक्त खेती का एक्स-रेड: समस्या और उसका समाधान (1959), भारत की गरीबी और उसका समाधान (1964), भारत की आर्थिक नीति: गांधीवादी खाका (1978) और भारत का आर्थिक दुःस्वप्न: इसका कारण और उपचार (1981) भी लिखा।

चौधरी चरण सिंह , लाल बहादुर शास्त्री एवं अन्य

12

नेहरू स्मारक संग्रहालय एवं पुस्तकालय के साथ साक्षात्कार

नेहरू स्मारक संग्रहालय एवं पुस्तकालय के साथ साक्षात्कार

https://charansingh.org/archives/interview-nehru-memorial-museum-and-library

मूल रूप से हिन्दी में तथा पहली बार अंग्रेजी में अनुवादित।

चौधरी चरण सिंह के साथ यह साक्षात्कार नेहरू स्मारक संग्रहालय एवं पुस्तकालय की 'मौखिक इतिहास साक्षात्कार' परियोजना का एक हिस्सा है, जिसे 1972 में श्री श्यामलाल मनचंदा द्वारा शुरू किया गया था।

यह साक्षात्कार 10 फरवरी 1972 को लखनऊ, उत्तर प्रदेश में हुआ था, जब चरण सिंह भारतीय क्रांति दल (बीकेडी) के अध्यक्ष थे और यूपी राज्य विधानसभा में विपक्ष के नेता थे। यह चरण सिंह के दुर्लभ साक्षात्कारों में से एक है जिसमें उन्होंने अपने शुरुआती जीवन में आर्य समाज के प्रभावों, गाजियाबाद शहर में एक वकील के रूप में अपने शुरुआती करियर, त्यागी समुदाय के प्रभाव, 1937 और 1946 के चुनावों, भारत छोड़ो आंदोलन, स्वतंत्रता के बाद कांग्रेस की स्थिति, 1937 में यूपी में कांग्रेस सरकार की नीतियों पर उनकी टिप्पणियाँ, भूमि हदबंदी, आचार्य नरेंद्र देव, रफी अहमद किदवई, सरदार पटेल, गोविंद बल्लभ पंत और अन्य नेताओं से जुड़ी अपनी यादों के बारे में बात की है।

चौधरी चरण सिंह साक्षात्कार लखनऊ 10 फरवरी 1972

https://www.jatland.com/
w/
thumb.php?f=Chaudhary_Charan_Singh_Interview.jpg&width=100

चौधरी चरण सिंह साक्षात्कार लखनऊ 10 फरवरी 1972

https://www.amazon.in/dp/8196262523

यह ऐतिहासिक साक्षात्कार हमें नेहरू स्मारक संग्रहालय एवं पुस्तकालय (एनएमएमएल), दिल्ली के दूरदर्शी मौखिक इतिहास कार्यक्रम के माध्यम से उपलब्ध हुआ है। चौधरी चरण सिंह अपने प्रारंभिक जीवन की यादें साझा करते हैं और स्वामी दयानंद सरस्वती तथा महात्मा गांधी के चरित्र और कार्यक्रमों के स्थायी प्रभावों को साझा करते हैं; 1930 से भारतीय राष्ट्रीय कांग्रेस के साथ उनका लंबा और गहरा जुड़ाव जब उन्होंने पहली बार मेरठ जिला कांग्रेस कमेटी का नेतृत्व किया; औपनिवेशिक ब्रिटेन से स्वतंत्रता के लिए लंबे अहिंसक संघर्ष में उनकी भागीदारी जिसमें कई बार कारावास भी शामिल है; 1930 के दशक में गाजियाबाद में एक युवा वकील के रूप में उनका करियर; 1947 में स्वतंत्रता के तुरंत बाद कांग्रेसियों के चरित्र और नैतिकता के पतन पर उनके विचार; उत्तर प्रदेश में प्रशासन की खराब स्थिति; सरकार में उनका अनुभव और जवाहरलाल नेहरू, वल्लभभाई पटेल और गोविंद बल्लभ पंत सहित राष्ट्रीय और क्षेत्रीय राजनीतिक नेताओं के बारे में उनकी यादें।

सस्नेह

हर्ष सिंह लोहित चरण सिंह अभिलेखागार --- सीएसए
https://www.charansingh.org/   https://www.facebook.com/
charansingharchives/

13

चौधरी चरण सिंह अभिलेखागार के प्रकाशन

चौधरी चरण सिंह अभिलेखागार के प्रकाशन

दिसंबर 2015 में चौधरी चरण सिंह अभिलेखागार की स्थापना के बाद से, हमने चौधरी चरण सिंह के जीवन और बौद्धिक विरासत के इर्द-गिर्द कई प्रकाशनों की पहचान की है, जिनमें से कई आज भी भारत के लिए प्रासंगिक हैं। प्रारंभिक प्रकाशन में हमें 5 साल लगे: उनके द्वारा लिखी गई 6 प्रमुख पुस्तकों की पहचान, मूल संस्करणों को इकट्ठा करना, प्रत्येक को फिर से टाइप करना और अच्छी तरह से प्रूफ करना; विद्वानों द्वारा ग्रंथसूची और संदर्भों की जाँच और प्रमाणीकरण। इन पुस्तकों को फिर से डिज़ाइन किया गया, टाइप किया गया और एक सेट के रूप में मुद्रित किया गया। इसके साथ ही, हमने विस्तृत अध्ययन के बाद इन 6 पुस्तकों में से प्रत्येक का सारांश तैयार किया और चयनित कार्यों का सारांश प्रकाशित किया। इन 7 पुस्तकों को 2020 में पुस्तकालयों के लिए 'चरण सिंह की चयनित कृतियाँ' के एक व्यापक सेट के हिस्से के रूप में प्रकाशित किया गया था।

https://www.jatland.com/
w/
thumb.php?f=Charan_Singh_Archive_Publication-1.jpg&width=150

सीएसए के पास अब 16 प्रकाशन हैं जो भारत में अमेज़न पर उपलब्ध हैं, जिनमें सबसे हाल ही में प्रोफेसर पॉल ब्रास की चौधरी चरण सिंह की जीवनी 'एन इंडियन पॉलिटिकल लाइफ' के हिंदी अनुवाद के 2 खंड शामिल हैं। सुसान ब्रास ने हमें इन्हें प्रकाशित करने और वितरित करने की अनुमति दी है।

https://www.jatland.com/
w/
thumb.php?f=Charan_Singh_Archive_Publication-2.png&width=150

हम नेहरू स्मारक संग्रहालय और पुस्तकालय में 1992 से चौधरी चरण सिंह के परिवार द्वारा दान की गई 200,000 से अधिक पन्ने की अभिलेखीय सामग्री से लगातार प्रकाशन करने का प्रस्ताव रखते हैं। कुछ योजनाएँ चल रही हैं: 1979 में जनता पार्टी के विघटन पर एक अप्रकाशित पांडुलिपि; हिंदी में उनके जीवन पर लिखी गई प्रामाणिक पुस्तकें; ऑल इंडिया रेडियो, प्रिंट मीडिया से उनके सार्वजनिक भाषणों का एक संग्रह, साथ ही उत्तर प्रदेश विधान सभा में उनके समृद्ध संग्रह से; उनके मौखिक और लिखित साक्षात्कारों पर एक और; मीडिया में हिंदी और अंग्रेजी में उनके द्वारा लिखे गए दर्जनों लेखों पर एक; और उनके द्वारा स्थापित राजनीतिक दलों के सुविचारित घोषणापत्र। प्रत्येक पुस्तक में, हम उनके जीवन से जुड़ी तस्वीरें जोड़ने की योजना बना रहे हैं।

हम इन प्रकाशनों को खरीदकर तथा अपने नेटवर्क में लोगों के साथ साझा करके आपके सहयोग की आशा करते हैं।

शुभकामना सहित

हर्ष सिंह लोहित
चरण सिंह अभिलेखागार
--- सीएसए https://www.charansingh.org/ https://www.facebook.com/charansingharchives/

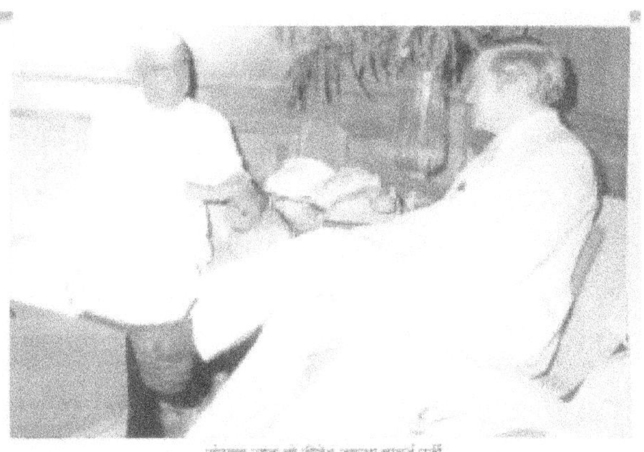

चौधरी चरण सिंह एवं संयुक्त राष्ट्र के सीनेट सदस्य चार्ल्स

14

चौधरी चरणसिंह का वर्षवार जीवन-वृत

चौधरी चरणसिंह का वर्षवार जीवन-वृत

1902: उत्तरप्रदेश राज्य के मेरठ जिले के नूरपुर ग्राम में 23 दिसम्बर 1902 को पिता श्री मीरसिंह और माता श्रीमती नेत्रकौर के घर जन्म हुआ।

1919: गवर्नमेन्ट कालिज मेरठ में दाखिल कराया गया। आपने वहां से 1919 में मैट्रिक परीक्षा उत्तीर्ण की. *1921: गवर्नमेन्ट कालिज मेरठ से इण्टर परीक्षा पास की।

1923: आगरा कालेज-आगरा से विज्ञान में स्नातक की उपाधि प्राप्त की।

1925: आगरा कालेज-आगरा से इतिहास विषय में एम. ए. की उपाधि प्राप्त की।

1925: हरियाणा प्रान्त के जिला सोनीपत में ग्राम कुण्डलगढ़ी में एक प्रतिष्ठित जटराणा गोत्र के जाट परिवार में चौ. गंगारामजी की पुत्री गायत्री देवी के साथ 4 जून 1925 को चौ. चरणसिंह का विवाह।

1926: विधि स्नातक की उपाधि प्राप्त की।

1928: गाजियाबाद में वकालत आरम्भ की।

1929: राष्ट्रीय कांग्रेस में शामिल, गाजियाबाद कांग्रेस कमिटी की स्थापना, आर्य समाज के सभापति चुने गए।

1929 - 1939: गाजियाबाद नगर कांग्रेस कमेटी के सदस्य रहे।

1930: गोपीनाथ 'अमन' के साथ 5 अप्रैल को नमक सत्याग्रह में शामिल हो गये और एक बड़े समुदाय का नेतृत्व करते हुये पकड़े गये। यह आपकी प्रथम जेल यात्रा थी जिसमें 6 माह की सजा हुई।

1932: मेरठ जिला बोर्ड के अध्यक्ष।

1936: विधान मंडल के गैर सरकारी सदस्य के रूप से उत्तर प्रदेश के राजनैतिक रंगमंच पर उतरे। चौ. चरणसिंह अपने कार्य तथा लग्नशीलता एवं लोकप्रियता के कारण सन् 1936, 1946, 1952, 1957, 1962, 1968, 1974 में लगातार छपरौली से विधानसभा के लिए चुने

गये।

1937: छपरौली क्षेत्र से उ. प्र. विधान सभा (प्रांतीय धारा सभा) के लिए विधायक निर्वाचित। ऋण निर्मोचन विधायक पारित करवाया, किसान ऋण मुक्त, खेत नीलामी से बचे।

1939: गाजियाबाद से मेरठ आ गये. वहां जिला बोर्ड के चेयरमैन चुन लिये गये।

1939 - 1948: मेरठ जिला कांग्रेस कमेटी के कोषाध्यक्ष, महामन्त्री व अध्यक्ष पदों पर रहकर कार्य किया। उस समय आपकी जिले की राजनीति पर धाक थी। अतः पं. गोविन्द वल्लभ पंत के सम्पर्क में आये और उनके काफी नजदीक आ गये। चौधरी साहब ने सन् 1939 में ऋण विमोचन विधेयक पास कराया, जिससे किसानों के खेतों की नीलामी बच गई और सरकार के ऋणों से किसानों को मुक्ति मिली. दिसम्बर 1939 में आपने भूमि उपयोग बिल तैयार किया।

1940: 28 अक्तूबर 1940 को किसानों के एक जत्थे के साथ जिलाधीश निवास पर धरना दिया जिसमें आपको गिरफ्तार किया गया और डेढ़ वर्ष के कारावास की सजा दी तथा जुर्माना किया गया।

1942: अंग्रेज भारत छोड़ो आंदोलन में स्वतन्त्रता प्राप्ति में सक्रिय योगदान दिया, जिसके कारण आपको 8 अगस्त 1942 में 2 वर्ष की सजा मिली।

1944: सन् 1944 में जेल से छोड़ दिया गया। सन् 1944 में चौधरी साहब के भाई श्यामसिंह व भांजे गोविन्दसिंह को बम केस में गिरफ्तार कर लिया गया। अदालत में मुकदमा चला जिसमें गोविन्दसिंह रिहा हो गया और श्यामसिंह को पांच वर्ष के कठोर कारावास की सजा मिली।

1946: सन् 1946 में पुनः धारा सभाओं में निर्वाचन के बाद मुख्यमंत्री पं० गोविन्द वल्लभ पंत ने श्री चन्द्रभान गुप्त, सुचेता कृपलानी, लालबहादुर शास्त्री के साथ चौ. चरणसिंह को भी सचिव बनाया। 1946 से अखिल भारतीय कांग्रेस कमेटी के सदस्य रहे. चौ० चरणसिंह अपने कार्य तथा लग्नशीलता एवं लोकप्रियता के कारण सन् 1936, 1946, 1952, 1957, 1962, 1968, 1974 में लगातार छपरौली से विधानसभा के लिए चुने गये।

1946-1951: स्टेट पार्लियामेन्ट्री बोर्ड के सदस्य रहे।

1949: मंडी बिल पारित करवाया।

1948-1956: प्रान्तीय कांग्रेस पार्टी के जनरल सेक्रेटरी रहे।

1951: गिविंद बल्लभ पंत मंत्री मंडल में प्रथम बार सूचना व न्याय तथा कृषि मंत्री के रूप में मंत्रीमण्डल में आने का अवसर प्राप्त हुआ।

1952: छपरौली से विधानसभा के लिए चुने गये। 1952 में कृषि एवं राजस्व मन्त्री बनाये गए। 1952 में "जमींदारी उन्मूलन अधिनियम" पास कराने में सफल हुए।

1953: प्रदेश के 28,000 पटवारी जो मालगुजारी प्रशासन की आवश्यक कड़ी थे, वेतन वृद्धि तथा अन्य सुविधाओं के लिये आन्दोलन कर रहे थे। चौ. चरणसिंह ने उन्हें सलाह दी

कि जनहित में कुछ समय के लिए आन्दोलन वापिस ले लें या त्यागपत्र दे दें. सभी पटवारियों ने सामूहिक रूप से त्यागपत्र दे दिया। चौधरी जी ने स्थिति से निपटने के लिए त्यागपत्र स्वीकार कर लिये और 'लेखपाल' नाम से नयी नियुक्तियां कर दीं जिसके लिए उन्हें अनेकों विरोधों का सामना करना पड़ा। किन्तु इसका परिणाम यह हुआ कि आगामी 13 वर्ष तक प्रदेश में कोई सरकारी कर्मचारी हड़ताल पर नहीं गया।

1954: संपूर्णा नन्द मंत्री मंडल में राजस्व एवं परिवहन मंत्री, कानून संग्रह में भूमि संरक्षण अधिनियम को शामिल किया तथा कानपुर के राजकीय कृषि महाविद्यालय के दो वर्ष के स्नाकोतर पाठ्यक्रम में एक पृथक् विषय के रूप में शुरु कर चौधरी साहब पुनः देश के अगुआ बने।

1955: जनवरी 1955 से मार्च 1957 तक मंत्री माल व परिवहन विभाग बने।

1957: छपरौली से विधानसभा के लिए चुने गये. राजस्व एवं परिवहन मंत्री ।

1958: अप्रेल से नवम्बर तक मंत्री माल व वित्त विभाग बने। वित्त विभाग संभालने पर आप ने सार्वजनिक धन की बर्बादी को रोकने के कारगर उपाय किए। खाद्यान्न व्यापारियों पर लगाये जाने वाले विक्रय की पुरानी प्रणाली को पूर्णतया संशोधित किया। नवम्बर से अप्रेल 1959 तक मंत्री माल, सिंचाई व विद्युत विभाग रहे।

1959: चन्द्रभानु गुप्त मंत्रीमण्डल में राजस्व एवं परिवहन मंत्री बनाये गए। 1959 में नागपुर में आयोजित कांग्रेस अधिवेशन में नेहरू जी से किसानों के हित में संघर्ष कर बैठे तथा सहकारी खेती प्रस्ताव को पास न होने दिया। वापिस आकर त्यागपत्र दे दिया. लगभग डेढ़ वर्ष तक मंत्रीमण्डल से पृथक् रहे।

1960: उत्तरप्रदेश में दिसंबर 1960 से मार्च 1962 तक पुलिस या गृह, कृषि व पशु पालन मंत्री बने।

1962: छपरौली से विधानसभा के लिए चुने गये, 1962 में सुचेता कृपलानी मंत्रिमण्डल में कृषि तथा वन मन्त्री बने। आपने वन विभाग में रहकर वनभूमि पर अनधिकृत कब्जे सख्ती से रोके और बेदखली कानून सरल किया।

1963: अक्तूबर 1963 से मई 1965 तक मंत्री कृषि, पशुपालन, वन विभाग रहे।

1965: मई 1965 से फरवरी 1966 तक मंत्री वन विभाग रहे।

1966: मंत्री स्वायत शासन व वन विभाग रहे. स्थानीय निकाय प्रभारी रहे।

1967: कांग्रेस की किसान विरोधी नीतियों के कारण कांग्रेस से सन् 1967 में त्यागपत्र दे दिया, अपने एक नये दल जन कांग्रेस की स्थापना की, 3 अप्रैल 1967 को उत्तर प्रदेश के मुख्यमन्त्री बने।

1968: छपरौली से विधानसभा के लिए चुने गये. दलों की आपसी खींचातानी से तंग आकर अपना तथा मंत्रीमण्डल का त्यागपत्र राज्यपाल को 17 फरवरी 1968 को प्रस्तुत करते हुए नये चुनाव कराये जाने की सिफारिश की।

1969: मध्यावधि चुनाव कराये गये उससे पूर्व ही आपने जन कांग्रेस से भारतीय क्रांति दल (BKD) नामक संगठन को जन्म दिया और आपकी प्रतिभा के संबल पर ही इस दल को विधान सभा में 101 स्थान प्राप्त हुए। मध्यवर्ती चुनाव के बाद पुनः सन् 1969 में उत्तर प्रदेश के मुख्य मंत्री बने।

1970: चौ. चरणसिंह ने अपने भारतीय क्रान्ति दल (BKD) के साथ इन्दिरा कांग्रेस को मिलाकर उत्तरप्रदेश में संयुक्त मन्त्रिमण्डल बनाया जिसके आप मुख्यमन्त्री थे। 1 अक्तूबर को मुख्य मंत्री पद से त्याग पत्र।

1974: छपरौली से विधानसभा के लिए चुने गये। 29 अगस्त को भारतीय लोकदल का गठन।

1975-1977: सभी दलों के एकीकरण सम्बन्धी चौधरी साहब के प्रस्ताव के लिए सभी दलों की बैठक बुलाई जाने वाली थी तभी 25 जून 1975 को प्रधानमंत्री श्रीमती इंदिरा गांधी ने आपातकाल की घोषणा कर दी और इस प्रयास को एक बार झकझोर दिया। इंदिरा गांधी सरकार ने चौ. चरणसिंह को 25 जून रात्रि, 1975 को तिहाड़ जेल में बन्द कर दिया। मार्च 1976 में चौ. साहब को रिहा कर दिया गया। कैद से छूटने पर चौधरी साहब ने इंदिरा की तानाशाही सरकार के विरुद्ध अपना कार्य जोरों से चालू किया। आपने 23 मार्च 1976 को विपक्षी नेता के तौर पर उत्तरप्रदेश विधान सभा में गड़गड़ाहट उत्पन्न करने वाला भाषण दिया, जिससे कांग्रेसियों का दिल दहल गया। इस भाषण को प्रजातन्त्र के प्रेमी सदा याद रखेंगे. 23 मार्च, 1977 को जनता पार्टी शासन की स्थापना हुई और कांग्रेस का विकल्प देश के सामने आया। इन्दिरा गांधी ने 21 मार्च, 1977 को आपातकाल उठाने की घोषणा कर दी।

1977: पहली बार बागपत क्षेत्र से लोकसभा के लिए चुने गये तथा अन्तिम समय तक इसी क्षेत्र से चुने जाते रहे। गृहमन्त्री चौ. चरणसिंह ने उत्तर भारत के राज्यों में जून 1977 में मध्यावधि चुनाव कराये, जिनमें कांग्रेस की बुरी तरह हार हुई तथा जनता पार्टी का राज्य स्थापित हुआ।

1977-1978: केन्द्र में गृहमंत्री, वित्तमंत्री तथा वरिष्ठ उपप्रधानमंत्री रहे. 23 दिसम्बर, 1977 को चौ० चरणसिंह का 76वां जन्मदिवस मनाने हेतु बोट क्लब दिल्ली में किसानों का एक बड़ा सम्मेलन हुआ, जिसमें सारे भारत के कोने-कोने से आकर किसानों ने भाग लिया. इस अवसर पर किसानों की बड़ी भारी संख्या उपस्थित थी।

1978: 30 जून को प्रधान मंत्री मोरारजी देसाई से मतभेद के कारण त्याग पत्र, 23 दिसम्बर, 1978 को दूसरा किसान सम्मेलन बुलाया गया, यह एक ऐतिहासिक किसान रैली थी, जिससे यह प्रमाणित हो गया कि भारतवर्ष के किसान चौ. चरणसिंह को अपना वास्तविक नेता मान चुके हैं. इस रैली की संख्या का लगभग 40 लाख का अनुमान लगाया गया था।

1979: 24 जनवरी को जनता पार्टी सरकार में उप-प्रधानमंत्री एवं वित मंत्री पद पर नियुक्त, 28 जुलाई 1979 को केन्द्र में आपके नेतृत्व में साझा सरकार ने शपथ ग्रहण की,

इन्दिरा कांग्रेस ने समर्थन किया और इस प्रकार चौधरी साहब देश के पांचवें प्रधानमंत्री बने। 20 अगस्त को इन्दिरा कांग्रेस द्वारा समर्थन वापस, चरण सिंह सरकार गिर गई। राष्ट्रपति की सलाह पर प्रधान मंत्री बने रहे।

1980: लोकसभा के चुनाव 4 जनवरी 1980 को हुए, तबतक आप देश के कार्यकारी प्रधानमन्त्री रहे। इस चुनाव में इन्दिरा कांग्रेस पार्टी की भारी जीत हुई तथा श्रीमती इन्दिरा गांधी दोबारा देश की प्रधानमन्त्री बनी. चौ० चरणसिंह की लोकदल पार्टी देश में दूसरे नम्बर पर विजयी रही। स्वयं चौधरी साहब बागपत क्षेत्र से भारी मतों से विजयी रहे।

1984: हेमवतीनन्दन बहुगुणा अपनी पार्टी के साथियों समेत चौ. चरणसिंह के लोक दल में मिल गये। पार्टी का नाम बदलकर दलित मजदूर किसान पार्टी रखा गया जिसके अध्यक्ष चौ. चरणसिंह तथा उपाध्यक्ष चौ० देवीलाल व मीर कासिम नियुक्त किये गये। 24 दिसम्बर 1984 को देश में लोकसभा के आम चुनाव हुये। चौ. चरणसिंह की दलित मजदूर किसान पार्टी की बुरी तरह से हार हुई. |चौ० चरणसिंह बागपत क्षेत्र से विजयी हुए। इस चुनाव के बाद चौ. साहब ने अपनी पार्टी का नाम लोकदल ही रख लिया।

1985: 29 नवम्बर को चौ. चरणसिंह दुर्भाग्य से पक्षाघात (लकवा) के शिकार हुए और उनकी शारीरिक असमर्थता बढ़ती चली गई।

1986: 14 मार्च को इलाज के लिए अमरीका के मेरी लैंड राज्य के जान हापकिंस इंस्टीट्यूट ऑफ मेडिकल साइन्स में भर्ती।

1987: 29 मई 1987 को भारतवर्ष के किसानों के मसीहा तथा संसार के चोटी के राजनैतिक नेताओं की गणना वाले महान् नेता चौ. चरणसिंह का प्रातः 2.25 पर नई दिल्ली में स्वर्गवास हो गया दाह संस्कार के स्थान का नाम किसान घाट रखा गया।

15

गरीबों का मसीहा

गरीबों का मसीहा

व्यक्ति जाति या धर्म से नहीं गुणों से महान होता है, इन गुणों के कारण ही चौधरी जी गरीबों के मसीहा कहलाएं उन्होंने जितने कार्य किए उनमें प्राथमिकता वाले कार्य जो गरीबों के लिए वरदान सिद्ध हुए है-सर्वप्रथम आपने 1928 में किसान के मुकदमों के फैसले करवाकर उनको आपस में लडने के बजाय आपसी बातचीत द्वारा सूलझाने को साकार प्रयास किया। सन् 1939 में ऋण विमोचक विधेयक पास करवाकर किसानों के खेतों की निलामी बचवायी और सरकारी ऋणों से मुक्ति दिलायी। हम आज आरक्षण प्राप्ति पर खुशियां मना रहे। आपने 1939 में ही किसान सन्तान का सरकारी नौकरियों में 50 फिसदी आरक्षण दिलाने का लेख लिखा था परन्तु तथाकथित राष्ट्रवादी कांग्रेसियों के विरोध के कारण इसमें सफलता नहीं मिल पाई। इससे स्पष्ट हो जाता है कि वह किसानों के सच्चे हितैषी थे।

सन् 1939 में अपाने किसानों को इजाफा-लगान व बेदखली के अभिशाप से मुक्ति दिलाने हेतु "भूमि उपयोग बिल" का मसौदा तैयार करवाया और 1952 में जमींदारी उन्मूलन अधिनियम पास करवाकर एक प्रशंसनीय कार्य किया।

आपने किसानों की प्रगति हेतु जो कार्य किए हैं वे एक अनूठी मिशाल है जो आज तक कोई किसान नेता नहीं कर पाया है और भविष्य में ऐसे हितैषी की उम्मीद नहीं के बराबर है।

आपने किसानों के साथ-साथ छात्र समाज में अनुशासनहीनता को बिना लाठी गोली के मिटाया सरकारी अधिकारियों से रिश्वतखोरी मिटाने, प्रशासन में कमखर्ची व कुशलता लाने और देश की गरीबी व बेकारी हटाने के लिए अनुपम उदाहरण प्रस्तुत किया था। इसी कारण से सन् 1977 में चीनी के भाव 3 रू. किलो होना अनूठी मिशाल हैं इन्हीं सभी बातों से आपका व्यक्तितव, चिंतन की दशा व नीति देश की सेवा करने का अभूतपूर्व प्रयास था।

राजनैतिक जववन आपने 1926 में गाजियाबाद में वकालत का कार्य प्रसिद्ध कांग्रेसी नेता व कवि श्री गोपीनाथ (अमन) के साथ शुरू किया था। इस दौरान 1930 में आपको व 'अमन'

साहब को नमक बनाने के आरोप में गिरफ्तार करके मेरठ जेल में भेज दिया गया। जेल से छूटने के बाद 1932 में आपको मेरठ जिला बोर्ड का अध्यक्ष बनाया गया। देश में इस समय व्यक्तिगत सत्याग्रह का दौर चल रहा था इस आन्दोलन के लिए किसानों को सक्रीय करने हेतु आपको जिला सत्याग्रह समिति का मंत्री बनाया गया। इसी दौरान आपको 28 अक्टूबर 1940 में फिर बन्दी बना लिया गया व डेढ वर्ष की सजा व जुर्माना किया गया।

अगस्त 1942 में भारत सुरक्षा अधिनियम के अन्तर्गत पुनः गिरफ्तार किया गया व नवम्बर 1943 में रिहा किया गयां इसी समय के दौरान 1929 से 1939 तक नगर कांग्रेस समिति, गाजियाबाद के सदस्य एवं 1939 से 1948 तक जिला कांग्रेस अध्यक्ष पद पर कार्य किया। इसी क्रम में आप 1937 में उत्तर प्रदेश छपरोली क्षेत्र से विधानसभा सदस्य निर्वाचित किए गए और 1946 में श्रीमान् गोविन्द वल्लभ पंथ मंत्री मण्डल से संसदीय सचिव बने।

सन् 1952 में डॉ. सम्पूर्णानन्द के मंत्री मण्डल में राजस्व व कृषि मंत्री बनाए गए थे। सन् 1957 में उत्तर प्रदेश सरकार में राजस्व व परिवहन मंत्री बनें सन् 1959 में प्रधानमंत्री जवाहरलाल नेहरू जी के द्वारा सहकार्य की नीति की कडी आलोचना करने पर आपने अप्रैल माह में मंत्री मण्डल से इस्तिफा दे दिया। सन् 1960 से 1965 तक उत्तर प्रदेश में कृषि व वन मंत्री के पद पर कार्य किया। सन् 1967 में कांग्रेस मंत्री मण्डल से इस्तिफा देकर विपक्ष से संयुक्त विधायक दल के नेता बने और 3 अप्रैल 1967 को नए मंत्री मण्डल को गठन कर उत्तर प्रदेश के मुख्यमंत्री का पद भार संभालां 1968 में भारतीय क्रांतिकारी दल का नेतृत्व किया।

सन् 1969 में उत्तर प्रदेश में विधानसभा के मध्यावधि चुनावों में 98 सीटों पर विजय प्राप्त करके 1970 में पुनः उत्तर प्रदेश के मुख्यमंत्री पद की शपथ ली और 1974 में 29 अगस्त को लोकदल का गठन किया। 1975 में इमरजेंसी के दौरान आपको गिरफ्तार करके जेल भेज दिया गया। 1977 में जनतापार्टी के गठन में मुख्य भूमिका निभाकर लोकसभा के लिए प्रथम बार निर्वाचित हुए और जनता पार्टी सरकार में आप गृहमंत्री बने। 30 जून 1978 को प्रधानमंत्री मोरारजी देसाई के साथ मतभेद होने के कारण मंत्री मण्डल से त्याग पत्र दे दिया। 23 दिसम्बर 1978 को दिल्ली के वोट क्लब पर आज तक की सबसे विशाल ऐतिहासिक रैली का आयोजन किया गया।

1979 को जनतपार्टी सरकार में उपप्रधानमंत्री व वितमंत्री का कार्य संभालां जुलाई 1979 को अपाने अपने अनुयायी सांसदो सहित पाटी्र से सामूहिक त्यागपत्र दे दिया। इससे देसाई जी की सरकार गिर गई। आप 28 जुलाई 1979 को नौ सदस्यीय प्रधानमंत्री पद की शपथ लेकर देश के पांचवे प्रधानमंत्री बने और जाट जाति का नाम रोशन करके उसका गौरव बढाया। 20 अगस्त 1979 को कांग्रेस सरकार द्वारा अपना समर्थन वापिस लेने के कारण सरकार गिर गई और लोकसभा भंग कर दी गई। सन् 1980 में आपने एक नई पार्टी दलित मजदूर किसान पार्टी का गठन किया। जिसे 1985 में लोकदल में परिवर्तित कर दिया।

29 नवम्बर 1985 को आप बीमार हो गए और 14 माच्र 1986 को अमेरिका के मैरिलैन्ड

राज्य के जॉन होवकिंस ईस्टीट्यूट ऑफ मेडिसन में इलाज करवाने केन्द्र सरकार के व्यय पर गए। 29 मई 1987 की रात्रि को 2.25 बजे आप इस संसार से विदा हो गएं आफ निधन से समूचा भारत अन्धकार के गर्त में समा गया और विभिन्न राजनेताओं, कवियों व प्रबुद्धजीवियों के द्वारा आपको सच्चे मन से श्रद्धांजलियां दी गई।

गरीबों के मसीहा-1: चौधरी चरण सिंह जा का जो अपना नाई था (जो उनकी दाढ़ी बनाता था) उसकी बेटी की शादी थी , उस समय चौधरी साहब उतर प्रदेश के मुख्यमंत्री थे, उस नाई ने आकर चौधरी साहब को बताया था कि अगले महीने उसकी बेटी की शादी है और उसके पास शादी के लिए पैसे नहीं हैं, उसे कुछ कर्जा चाहिये तो चौधरी साहब ने उसे कर्जा देने से मना कर दिया और कहा कि तुझे कर्जे की क्या जरुरत है तेरी बेटी की शादी हो जाएगी और तेरे ऊपर किसी का भी कर्जा नहीं होगा, तू एक काम कर अपनी बेटी की शादी की तैयारी कर, एक काम जरुर करना आस पास के इलाके में जितने भी अच्छे और सामाजिक इंसान है और अपने गाँव के सभी आदमियों को न्योता जरुर दे देना, शादी का सारा सामान दुकान से उधार ले ले, अगर कोई मना करता है तो मुझे बता देना, बस फिर क्या था नाई ने ऐसा ही किया, सभी दुकानदारों को पता था कि ये चौधरी साहब का नाई है तो पैसे मारने का कोई सवाल नहीं है और सबने सामान उधार दे दिया, उसने अपने सभी गाँव वालों को और आसपास के इलाके में सभी अच्छे और सामाजिक व्यक्तियों को अपनी बेटी की शादी का आमंत्रण दे दिया, जिस दिन नाई की बेटी की शादी थी उस दिन चौधरी साहब ने क्या काम किया उस नाई के घर के बाहर दरवाजे पर कुर्सी डलवाकर बैठ गए, फिर क्या था जिसने भी सुनाकि आज वहां चौधरी साहब भी है तो सब उस नाई के यहाँ पहुंचे, किसी ने कुछ खाया या नहीं खाया लेकिन सभी गाँव वालों ने और आसपास के इलाके वालों ने भी वहां आकर कन्यादान किया..... सबने ज्यादा से ज्यादा कन्यादान किया, उस नाई की लड़की की शादी में इतना कन्यादान आया कि नाई ने सब दुकानदारों का हिसाब चुकता कर दिया और उससे ज्यादा पैसे उस नाई के पास बच भी गए, इसलिए ही तो आजतक सभी उन्हें किसानों और गरीबों का मसीहा कहते हैं....., चौधरी साहब ने जितना गरीबों और किसानों के लिए किया है ना तो आज तक कोई कर पाया है और ना कोई कर पायेगा...... ये बात मेरे दादा जी मुझे सुनाते थे !

गरीबों के मसीहा-2:

विचार और आचरण में कोई भेद न रखने वाले थे:- चौधरी साहब 1961 में जब उतर प्रदेश के गृहमंत्री थे ! एक दिन उनकी मीटिंग समाप्त होने के बाद जब सारे मंत्री अपनी अपनी गाडियों में बैठकर जा रहे थे ! जब चौधरी साहब अपनी कर में बैठने को हुए तो उन्होंने देखा कि एक सिपाही के हाथ से खून बह रहा है, जो शायद किसी मंत्री की कार के दरवाजे में आ गया था ! चौधरी साहब कार में बैठते - बैठते रुक गए और आदेश दिया कि सिपाही को उनकी कार से तुरंत डॉक्टर के पास ले जाया जाये !

जब वहां खड़े और लोगों ने चौधरी साहब से कहा कि आपको विलम्ब हो जायेगा ! तब चौधरी साहब ने कहा कि वह किसी अन्य के साथ बैठकर चले जायेंगे ! इस घटना का जिक्र

1961 में उनके सचिव रहे श्री तिलक राम शर्मा की पुस्तक "माईडेज विद चौधरी चरण सिंह" (My days with Chaudhary Charan Singh) में भी है !

70 स्वपनद्रष्टा जिन्होंने भारत को परिभाषित किया

2017-सितंबर-25 इंडिया टुडे '70 स्वपनद्रष्टा जिन्होंने भारत को परिभाषित किया'

भारत की आज़ादी की ७०वीं वर्षगांठ पर अंग्रेजी साप्ताहिक "इंडिया टुडे" ने 25 सितंबर 2017 को एक विशेष अंक प्रकाशित किया: "70 स्वपनद्रष्टा जिन्होंने भारत को परिभाषित किया" .... चरण सिंह इन महान भारतीयों में से एक चुने गए । भारत के किसान और ग्रामीण भाई-बहन यह सुन के गर्वित होंगे, और होना भी चाहिए ।

दु:ख की बात यह है की आज भी गांव और कृषि को केवल सहानिभूति दिया जाती है, पूँजी नहीं ।वादे दिए जाते हैं, निवेश नहीं । और हमारे ग्रामीण भाई-बहन जो राजनैतिक सत्ता प्राप्त कर लेते हैं, वो जल्द ही शहर के हो जाते हैं ।

एक ही थे चरण सिंह, जो कभी कृषि, छोटे किसान, हथकरघा श्रमिक और गाओं के गरीब जनता को जीवन भर नहीं भूले । अमर रहेगी उनकी अलग सोच - एक नया समुदाय का निर्माण जो गांव, ग्रामीण और कृषि को अपनाये, और जाति, धर्म तथा क्षेत्र की सोच को हमेशे पीछे छोड़ दे ।

16

प्रजातन्त्र भारत का पहला किसान प्रधानमन्त्री

प्रजातन्त्र भारत का पहला किसान प्रधानमन्त्री

महामहिम राष्ट्रपति श्री नीलम संजीव रेड्डी द्वारा चौधरी चरण सिंह को सरकार बनाने का न्योता दिया, 20.7.1979

जनता पार्टी के प्रधानमंत्री मोरारजी देसाई ने अल्पमत होने के कारण 15 जुलाई 1979 को अपना त्यागपत्र देना पड़ा। अब इस पार्टी का दूसरा नेता चुनने की दौड़-धूप शुरु हो गई। राष्ट्रपति संजीव रेड्डी ने कांग्रेस के नेता वाई. बी. चव्हाण को अपना बहुमत सिद्ध करने को कहा परन्तु वह असफल रहा। अब मैदान में चौ. चरणसिंह व मोरारजी देसाई थे जो पार्टी के नेता बनने के प्रयत्न

जाट वीरों का इतिहास: दलीप सिंह अहलावत, पृष्ठान्त-964

कर रहे थे। दोनों ने अपने-अपने लोकसभा सदस्यों की सूची राष्ट्रपति को दी। राष्ट्रपति ने उन सदस्यों से पूछकर अच्छी तरह से जांच करके पता लगाया कि मोरारजी के साथ 236 सदस्य थे जबकि चौ. चरणसिंह के साथ 262 थे, जिनमें इन्दिरा कांग्रेस के 72 सदस्य भी शामिल थे। श्रीमती इन्दिरा ने इस अवसर पर चौधरी साहब का बिना शर्त साथ दिया परन्तु यह कहकर कि मेरी पार्टी का कोई सदस्य आपके मन्त्रिमण्डल में शामिल नहीं होगा। लोकसभा के 538 सदस्यों की संख्या में चौ० चरणसिंह का बहुमत न था जो कि 270 तो होना ही चाहिये था।

चूंकि चौ० चरणसिंह के सदस्यों की संख्या अधिक थी इसीलिए राष्ट्रपति ने उनको 28 जुलाई 1979, बृहस्पतिवार को 5.35 सायंकाल, प्रधानमंत्री पद की शपथ दिला दी। साथ ही उनको राष्ट्रपति ने यह आदेश भी दिया कि वे अगस्त 1979 के तीसरे सप्ताह में लोकसभा में अपना बहुमत सिद्ध करेंगे।

प्रधानमंत्री की शपथ लेकर चौ० चरणसिंह नं० 1 सफदरजंग रोड कोठी में आ गये। उन्होंने अपना मन्त्रिमण्डल बनाया।

महामहिम राष्ट्रपति श्री नीलम संजीव रेड्डी चौधरी चरणसिंह को देश के 5वें प्रधान मंत्री के रूप में शपथ दिलाते हुये, 28.7.1979

प्रधानमन्त्री चौ. चरणसिंह का राष्ट्र के नाम रेडियो द्वारा पहला भाषण: 28 जुलाई 1979 को प्रधानमन्त्री चौ. चरणसिंह ने राष्ट्र के नाम अपना भाषण दिया जिसमें अपनी सरकार की नीति का विस्तार से ब्यौरा दिया। संक्षिप्त में कुछ अंश निम्न प्रकार से हैं - "गरीबी, बेरोजगारी और आय व धन सम्पत्ति के अन्तर को दूर करने को पहल दी जायेगी। छोटे उद्योग धन्धों को बढ़ावा दिया जायेगा। जरूरी कारखानों को रखा जायेगा तथा आवश्यकता के अनुसार उनको देहात में भी स्थापित किया जायेगा। तमाम पिछड़ी जातियों, गरीब वर्ग, अल्पसंख्यक और हरिजन तथा जनजातियों की रक्षा तथा उन्नति की जायेगी।"

चौधरी साहब ने कहा कि मैं आपका (जनता) सेवक हूं। मैं और मेरी सरकार राष्ट्र हित में ईमानदारी व धर्मनिष्ठा से कार्य करेगी। देहात व किसानों की उन्नति की जायेगी आदि-आदि।

स्वतन्त्रता दिवस पर प्रधानमन्त्री चौ. चरणसिंह का भाषण: 15 अगस्त 1979 को प्रधानमंत्री चौ. चरणसिंह ने दिल्ली लालकिले पर राष्ट्रीय पताका फहराई और लालकिले की दीवार पर से राष्ट्र को अपना भाषण दिया। इस अवसर पर कई लाख आदमी लाल किले के सामने उपस्थित थे। उनके लम्बे भाषण के कुछ अंश निम्न प्रकार से हैं -

आज हम अपनी स्वतन्त्रता का 32वां वार्षिकोत्सव मना रहे हैं। इस दिन महात्मा गांधी और अन्य नेताओं के बलिदान के कारण, 200 वर्ष से चला आ रहा ब्रिटिश शासन का अन्त हुआ तथा देश को आजादी मिली। इस अवसर पर हम राष्ट्रपिता एवं अन्य देशभक्तों को श्रद्धांजलि देते हैं।

आज देश के सामने अनेक समस्यायें हैं जिनमें सबसे गम्भीर गरीबी है। संसार के 125 देशों में से गरीबी में हमारा 111वां नम्बर है, अतः 110 देश हमारे देश से अधिक धनाढ्य हैं। तीन वर्ष पूर्व हमारा स्थान 104वां था, आज 111वां है। इसका अर्थ हम और भी गरीब हो गये हैं। दूसरी समस्या बेरोजगारी है जो बढ़ती जा रही है। तीसरी समस्या अमीर और गरीब की खाई बढ़ती जा रही है। चीजों की कीमतें बढ़ती जा रही हैं। इसी तरह अन्य कई समस्याओं का वर्णन किया और बताया कि हमने यह मसले हल करने हैं। हमारा पड़ौसी देश पाकिस्तान जो हमारा ही अंग था,

(जाट वीरों का इतिहास: दलीप सिंह अहलावत, पृष्ठान्त-965)

अणु बम बनाने का प्रयत्न कर रहा है, जैसे कि हमको सूचना मिली है। वह किसके विरुद्ध बना रहा है? चीन से उसकी मित्रता है, रूस से उसका कोई झगड़ा नहीं, अफगानिस्तान एक छोटा देश है और उसके साथ भी उसका कोई झगड़ा नहीं है। अतः यह साफ है कि वह यह अणु बम हमारे देश भारत के विरुद्ध बना रहा है। हमारा निर्णय है कि हम अणु बम नहीं बनायेंगे और न ही हम इस दौड़ में भाग लेंगे। लेकिन यदि पाकिस्तान

अणु बम बनाना जारी रखेगा तो हमको भी मजबूर होकर अपना इस ओर पुनर्विचार करना होगा।

प्रधान मंत्री चौधरी चरणसिंह ने लालकिला जाने से पहले राजघाट पर श्रद्धा सुमन अर्पित किए, 30.7.1979

नोट - लालकिले पर राष्ट्रीय झण्डा फहराने से पहले प्रधानमन्त्री चौ० चरणसिंह राजघाट पर गये और वहां राष्ट्रपिता महात्मा गांधी की समाधि पर फूलमालायें चढ़ाकर उनको श्रद्धांजलि अर्पित की।

चौ. चरणसिंह व उनके मन्त्रिमण्डल का त्यागपत्र: सोमवार 20 अगस्त 1979 को प्रधानमन्त्री चौ० चरणसिंह को लोकसभा में अपना बहुमत सिद्ध करना था। शनिवार 8 अगस्त को श्री राजनारायण के साथ बातचीत में इन्दिरा गांधी व संजय गांधी ने चौ. चरणसिंह को सहायता देने हेतु अपना अविश्वास प्रकट कर दिया। संजय गांधी ने यह साफ तौर से कह दिया कि इस नई सरकार के, मेरी माता व इसकी पार्टी के साथ गलत व्यवहार से मैं अप्रसन्न हूं। इन्दिरा गांधी की कांग्रेस का हाव-भाव भी चौ. साहब के विरुद्ध था। उनका आम मत यह था कि जब तक नई सरकार इन्दिरा के साथ शान्ति भाव न बना ले तब तक उनकी सहायता का कोई जिम्मा नहीं है। (तात्पर्य, इन्दिरा व संजय के आरोपों की जांच बन्द करना था)। इसी समय चौ. चरणसिंह किसी प्रकार का इन्दिरा गांधी से समझौता न करने के लिए और भी दृढ़ होते जा रहे थे। बीजू पटनायक और एच. एन. बहुगुणा ने रविवार की शाम तथा रात चौधरी साहब को इन्दिरा से मदद लेने के लिए, समझाने में लगा दी। राज नारायण भी इस हक में था कि पूरा बहुमत का विश्वास लिया जाए। परन्तु जाट वज्र बना रहा। इन्दिरा जी ने फोन पर बात करनी चाही किन्तु चौधरी ने ऐसा भी न किया। इन्दिरा कांग्रेस के 72 एम. पी. थे।

कमलापति त्रिपाठी, सी. एम. स्टीफन, बी. पी. मौर्य, एस. एन. मिश्रा, देवीलाल, बनारसीदास आदि नेता भी समझौता प्रयासों में जुटे रहे किन्तु खाली हाथ वापिस आये। चौधरी साहब का एक ही उत्तर था - "सिद्धांतों से समझौता नहीं कर सकता, विश्वास मत से पूर्व वार्ता करना तो झुकना और आत्मसमर्पण करना है, अतः मैं वार्ता नहीं करूंगा वरन् त्यागपत्र दे सकता हूं।" सोमवार 20 अगस्त को सुबह 9-30 बजे चौ. चरणसिंह के निवास स्थान पर बीजू पटनायक का टेलीफोन आया जिसने बताया कि इन्दिरा गांधी ने सरकार के विरुद्ध अपना वोट देने का निर्णय लिया है। इस समय बहुगुणा और एस. एन. मिश्रा चौधरी साहब के साथ थे।

उसी समय चौधरी साहब ने अपना त्यागपत्र लिखना शुरु कर दिया। सोमवार को सुबह 10 बजे मन्त्रिमण्डल की बैठक बुलाई गई। एक प्रस्ताव पास करके चौ. चरणसिंह को यह अधिकार दिया गया कि वह मन्त्रिमण्डल के त्यागपत्र राष्ट्रपति को प्रस्तुत कर दे तथा लोकसभा भंग करके मध्यावधि चुनाव की घोषणा करें। तब चौधरी साहब, जो 24 दिन प्रधानमन्त्री पद पर रहे, राष्ट्रपति भवन में गये और 10-30 बजे त्यागपत्र राष्ट्रपति को

सौंप दिये। राष्ट्रपति के साथ 10 मिनट बात करके चौधरी साहब अपने निवास स्थान पर आ गये, संसद भवन में नहीं गए। संसद (जाट वीरों का इतिहासः दलीप सिंह अहलावत, पृष्ठान्त-966) भवन में सब सदस्य पहुंचे हुए थे और देखने वालों की बड़ी संख्या थी। चौधरी चरणसिंह व उसके मन्त्रिमण्डल का इन्तजार हो रहा था। उधर राष्ट्रपति ने मन्त्रिमण्डल का त्यागपत्र स्वीकार करके लोकसभा को भंग कर दिया और मध्यवर्ती चुनाव के आदेश जारी कर दिए। लोकसभा के स्पीकर ने यह सूचना संसद में सुना दी। राजनारायण ने बड़ी प्रसन्नता से वहां भारी भीड़ में सुनाया कि "चौ. चरणसिंह की हार नहीं, परन्तु जीत हुई है।"

एस. एन. मिश्र ने कहा कि "चौ. चरणसिंह के त्यागपत्र से यह प्रमाणित हो गया कि केवल वही एक शुद्ध और प्रजातन्त्रीय प्रधानमन्त्री है जो देश में कुछ ही ऐसे हुए हैं।"

समस्त परिस्थितियों पर जो प्रकाश डाला गया है उससे यह बात स्पष्ट हो जाती है कि जनता पार्टी विघटन के लिए चौ० चरणसिंह नहीं, वरन् मोरारजी देसाई एवं उनकी कुटिल मण्डली दोषी थी।

इस तरह जनता पार्टी की सरकार का राज्य 23 मार्च 1977 से 20 अगस्त 1979 तक लगभग 2½ वर्ष तक रहकर समाप्त हो गया।

दिसम्बर 1977 में जब आप भारत के गृहमन्त्री थे, उसी समय आपको महर्षि दयानन्द सरस्वती की उत्तराधिकारिणी परोपकारिणी सभा अजमेर का सर्वसम्मति से तीन वर्ष के लिए प्रधान चुना गया। इससे पूर्व आप 1947 ई. से अनेक वर्ष तक भारतवर्षीय आर्यकुमार परिषद् अजमेर के भी प्रधान रहे।

लोकसभा भंग होने के बाद की घटनायें: चौ० चरणसिंह 20 अगस्त 1979 से लोकसभा के चुनाव तक, जो कि 4 जनवरी 1980 को हुए, देश के कार्यकारी प्रधानमन्त्री रहे। इस चुनाव में इन्दिरा कांग्रेस पार्टी की भारी जीत हुई तथा श्रीमती इन्दिरा गांधी दोबारा देश की प्रधानमन्त्री बनी। चौ. चरणसिंह की लोकदल पार्टी देश में दूसरे नम्बर पर विजयी रही। स्वयं चौधरी साहब बागपत क्षेत्र से भारी मतों से विजयी रहे। चौ. देवीलाल सोनीपत संसदीय क्षेत्र से जीतकर एम. पी. बने।

31 अक्तूबर 1984 को प्रधानमन्त्री श्रीमती इन्दिरा गांधी की अपनी ही कोठी में उसी के दो सिख अंगरक्षकों ने गोलियां मारकर हत्या कर दी। उस दिन इन्दिरा जी के पुत्र राजीव गांधी जी को राष्ट्रपति ज्ञानी जैलसिंह द्वारा प्रधानमन्त्री पद की शपथ दिला दी गई।

सन् 1984 में हेमवतीनन्दन बहुगुणा अपनी पार्टी के साथियों समेत चौ. चरणसिंह के लोक दल में मिल गये। पार्टी का नाम बदलकर दलित मजदूर किसान पार्टी रखा गया जिसके अध्यक्ष चौ० चरणसिंह तथा उपाध्यक्ष चौ० देवीलाल व मीर कासिम नियुक्त किये गये।

आधार पुस्तकें - 1. चौधरी चरणसिंह व्यक्तित्व एवं विचारधारा - लेखक डा. के. एस. राणा। 2. प्रोफाइल ऑफ चौधरी चरणसिंह - लेखक प्रो. सुखवीरसिंह गोयल। 3. मैन ऑफ दी मासिज चौधरी चरणसिंह - लेखक आर. के. हुड्डा। 4. प्रथम विश्व युवा जाट सम्मेलन स्मारिका कंझावला, 4-5 अक्तूबर, 1986 पृष्ठ 25-27; भारतीय इतिहास की एक अमूल्य

विरासत, चौधरी चरणसिंह - लेखक [[Natthan Singh|डा. नत्थनसिंह। 5. जाटों का उत्कर्ष, पृष्ठ 647-649 - लेखक [[Yogendrapal Shastri|योगेन्द्रपाल शास्त्री। 6. क्षत्रियों का इतिहास, पृष्ठ 228-229 - लेखक परमेश शर्मा तथा राजपालसिंह शास्त्री। 7. समाचार पत्रों से।

(जाट वीरों का इतिहास: दलीप सिंह अहलावत, पृष्ठान्त-967)

24 दिसम्बर 1984 को देश में लोकसभा के आम चुनाव हुये। इन्दिरा गांधी कांग्रेस (इ) की सहानुभूति लहर के कारण कांग्रेस (इ) की भारी विजय हुई और श्री राजीव गांधी जी देश के प्रधानमन्त्री बने। चौ. चरणसिंह की दलित मजदूर किसान पार्टी की बुरी तरह से हार हुई। इनको थोड़ी सी सीटें मिल पाईं। चौ. चरणसिंह बागपत क्षेत्र से विजयी हुए। इस चुनाव के बाद चौ. साहब ने अपनी पार्टी का नाम लोकदल ही रख लिया। बहुगुणा को लोकदल का उपाध्यक्ष नियुक्त किया गया। दिसम्बर 1985 में चौ. चरणसिंह दुर्भाग्य से पक्षाघात (लकवा) के शिकार हुए और उनकी शारीरिक असमर्थता बढ़ती चली गई। इन परिस्थितियों में लोकदल संसदीय बोर्ड ने श्री बहुगुणा को कार्यकारी अध्यक्ष मनोनीत कर दिया। याद रहे कि लोकदल की कोई कार्यकारिणी समिति नहीं थी। चौ. चरणसिंह की सक्रियता से लेकर बीमार होने तक केवल संसदीय बोर्ड ही काम कर रहा था। इन्हीं दिनों चौ. अजीतसिंह को चौ. चरणसिंह का सुपुत्र होने के नाते राजनीति में लाया गया तथा संसदीय बोर्ड के आदेश से चौ. अजीतसिंह को तत्कालीन लोकदल का महामन्त्री, राज्य सभा का सदस्य, संसदीय बोर्ड का मेम्बर, इन्चार्ज युवा लोकदल, उपाध्यक्ष किसान ट्रस्ट आदि पदों पर नियुक्त किया गया।

17 जून 1987 में हरयाणा के विधानसभा चुनाव से पहले 5 मार्च 1987 को चौ. अजीतसिंह ने अपने नाम से लोकदल (अ) अलग बना लिया, जिसके आप स्वयं अध्यक्ष हैं। दूसरा बहुगुणा के नाम से लोकदल (ब) बन गया, जिसके वे अध्यक्ष हैं। चौ. देवीलाल लोकदल (ब) के हरयाणा में अध्यक्ष हैं। इस तरह से हरयाणा में चुनाव से कुछ ही दिन पहले लोकदल के दो धड़े हो गये। 5 मार्च 1988 को चौ. अजीतसिंह जनता पार्टी में मिल गये और इस पार्टी के कार्यकारी अध्यक्ष बने।

17

चौधरी चरणसिंह का देहान्त

चौधरी चरणसिंह का देहान्त

चौ. चरणसिंह दिसम्बर 1985 में पक्षाघात के शिकार होने के बाद चलने-फिरने तथा उठने-बैठने में भी असमर्थ होते गये। उनको राममनोहर लोहिया हस्पताल दिल्ली में इलाज के लिए दाखिल किया गया। उनकी बोलने की तथा विचारशक्ति समाप्त होती गई। कई महीनों के बाद उनको इस हस्पताल से सरकारी खर्च पर इलाज के लिए अमेरिका भेजा गया। वहां पर लगभग आपको डेढ़ महीना रखा गया, परन्तु कोई आराम नहीं हुआ। चौ. चरणसिंह की इच्छा अनुसार आपको वापिस दिल्ली लाया गया। लगभग डेढ़ वर्ष तक बीमार रहने के बाद 29 मई 1987 को भारतवर्ष के किसानों के मसीहा तथा संसार के चोटी के राजनैतिक नेताओं की गणना वाले महान् नेता चौ. चरणसिंह का स्वर्गवास हो गया।

यह सूचना मिलते ही सारे भारत देश में शोक छा गया। देश-विदेशों से शोक सन्देश आये तथा श्रद्धांजलियां अर्पित की गईं। भारतवर्ष में सरकार की ओर से 3 दिन तक शोक मनाने का आदेश मिला। 3 दिन तक राष्ट्रीय झण्डे झुके रहे। चौधरी साहब के मृत शरीर के दर्शन करने लाखों मनुष्य आये और उन्होंने फूलमालायें चढ़ाईं। आपका दाह संस्कार 31 मई 1987 को राष्ट्रीय सम्मान के साथ राजघाट के निकट किया गया। आपके निवास स्थान पर आपके मृत शरीर को राष्ट्रीय तिरंगे झण्डे में लपेटकर अर्थी को तीनों आर्मी, नेवी, एयरफोर्स के चीफों ने कन्धा देकर एक सेना की खुली गाड़ी पर रखा। लोगों ने आपके शरीर को फूलों की मालाओं से ढ़ांप दिया।

(जाट वीरों का इतिहास: दलीप सिंह अहलावत, पृष्ठान्त-968)

सरकारी बैंड बाजे बजते चले। कई लाख लोग पीछे-पीछे चले। दाह संस्कार पर प्रधानमन्त्री श्री राजीव गांधी तथा उनके अनेक मन्त्री भी उपस्थित हुए। चिता में अग्नि उनके पुत्र चौ० अजीतसिंह ने दी। वेद मन्त्रों के उच्चारण से कई मन घी व सामग्री चिता में डाली गई।

बाद में उस दाह संस्कार के स्थान का नाम किसान घाट रखा गया जिसको सरकार ने भी स्वीकार कर लिया।

अंतिम विदाई - 29.5.1987 - 12 तुगलक रोड नई दिल्ली - पूर्व प्रधान मंत्री चरणसिंह के पार्थिव शरीर को श्रद्धांजलि देते हुये उनके पुत्र अजित सिंह, सुपुत्रियाँ, दामाद तथा एमएलसी जगत सिंह

अंतिम विदाई (29 मई, 1987)

18

चौधरी चरणसिंह की वंशावली

चौधरी चरणसिंह की वंशावली

चौधरी चरणसिंह वंशावली

चौधरी चरणसिंह के पूर्वजों का इतिहास - डॉ. किरणपाल सिंह लिखते हैं कि....[पृ.165]: चौधरी चरणसिंह के पूर्वज तेवतिया वंशी राजा नाहरसिंह फरीदाबाद जिले के बल्लभगढ़ रियासत के राजा थे. बल्लबगढ़ से उत्तर की ओर 3 मील के फासले पर सीही नाम का एक ग्राम है। 1705 ई. के लगभग सरदार गोपाल सिंह नाम का एक जाट वीर जानौली से यहां आकर बसा। फरीदाबाद में उस समय मुगलों की ओर से मुर्तिजा खां ऑफिसर था। उसने भयभीत होकर गोपालसिंह से संधि कर ली और उसे फरीदाबाद के परगने का चौधरी बना दिया। यह घटना 1710 ई.की है। गोपालसिंह मुगलों की कमजोरी से खूब लाभ उठाना चाहता था। इसलिए सेना की भर्ती और धन भी संग्रह शीघ्रता-पूर्वक करने लगा। किन्तु उसका इरादा पूरा होने से पहले ही मृत्यु हो गई। उसके बाद चरनदास चौधरी बना। चरनदास के पुत्र बलराम थे. बलराम, महाराजा सूरजमल भरतपुर नरेश की सहायता से बल्लबगढ़ परगने का शासक हुआ। यह घटना सन् 1747 ई. की है। बलराम ने बल्लबगढ़ में एक सुदृढ़ किला बनाया और अपने राज्य की शक्ति को बढ़ाया। उसी राजा बलराम के नाम से यह बल्लबगढ़ प्रसिद्ध हुआ। 29 नवम्बर, 1753 में राजा बलराम तेवतिया की मृत्यु हो गई। बलराम के मारे जाने के बाद में महाराज सूरजमल ने उनके लड़के विशनसिंह और किशनसिंह को किलेदार और नाजिम बनाया। वे सन् 1774 तक बल्लभगढ़ के कर्ता-धर्ता रहे। उनके बाद हीरासिंह बल्लभगढ़ का मालिक हुआ। बल्लबगढ़ के राजाओं का खिताब राजा का था।

बल्लभगढ़ के राजा राजा नाहरसिंह (21.4.1823 – 9.1.1858) इसी वंश में नरेश हुआ। सन् 1857 के प्रथम स्वतन्त्रता युद्ध, जो अंग्रेजों के विरुद्ध लड़ा गया, के समय राजा नाहरसिंह की शक्तिशाली सेना ने दिल्ली के दक्षिण तथा पूर्व की ओर से अंग्रेजी सेना को दिल्ली में प्रवेश नहीं होने दिया। अंग्रेजों के दांत खट्टे कर दिये।

इस पर अंग्रेज सेनापति ने भी कहा "दिल्ली के दक्षिण पूर्वी भाग में राजा नाहरसिंह की जाट सेना के मोर्चे लोहगढ़ हैं, जिनको तोड़ना असम्भव है।" अंग्रेजों ने इस वीर योद्धा राजा नाहरसिंह को धोखे से पकड़ लिया और चांदनी चौक में 9.1.1858 को फांसी पर लटका दिया।

बल्लभगढ़ से भटौना आगमन: अंग्रेजों के अत्याचारों से पीड़ित राज परिवार तथा अन्य देशभक्त तेवतिया जाटों ने एक विशेष रणनीति और समय के अनुसार वहां से हटना ही उचित समझा। यह परिवार काफी बड़ा था इन्हीं में चौधरी चरणसिंह के पितामह बादामसिंह भी थे। जिन्होंने बुलंदशहर जनपद में तेवतिया जाटों द्वारा बसाये गए गांव भटौना में आकर शरण ली. भटौना में जमीन कम थी और शरणार्थी ज्यादा आ गए। धीरे-धीरे वे आसपास के कई गाँवों में फैल गए. भटाना से निकलने के कारण वे भटोनिया कहलाते हैं अर्थात तेवतिया का एक पर्याय भटोनिया भी हो गया।

भटौना-सियामी-नूरपुर आगमन - चौधरी बादामसिंह भी अपने परिवार के साथ हापुड़ के पास सियामी गांव में आकर बसे। उन की पांच संताने थी आयुक्रम के अनुसार सर्वश्री 1. लखपत सिंह, 2. बूटा सिंह, 3. गोपाल सिंह, 4. रघुवीर सिंह तथा 5. मीर सिंह,

परिवार बड़ा था और आजीविका के साधन कम. अतः नए सिरे से फिर कृषि भूमि तलाशने का कार्य शुरू हुआ। इसी क्रम में यह परिवार सियामी से कुछ हटकर हापुड़-बाबूगढ़ के पास नूरपुर गांव आ गया। यहां दलाल बंसी जाटों की रियासत कुचेसर की कुछ जमीन बटाई पर ले ली और वहीं छप्पर की झोंपड़ी डालकर बस गए जो बाद में नूरपुर की मड़ैया नाम से जानी गई। चौधरी मीरसिंह कठिनाइयों तथा अभाव में ही सही पर अपनी आयु के 18 बसंत देख चुके थे। चौधरी बादाम सिंह के पुत्रों ने अपने अथक परिश्रम से असिंचित जमीन को उपजाऊ बनाया। नूरपुर की मढैया में उस समय खुशी की लहर दौड़ गई जब यहां पहली बार ढोलक बजी और गीत गाए गए। यह शुभ दिन था जब चौधरी लखपतसिंह के सबसे छोटे भाई मीर सिंह ने गृहस्थ आश्रम में प्रवेश किया और बुलंदशहर जनपद के चितसोना अलीपुर गांव की सुशील समझदार कन्या नेत्रकौर को पत्नी के रूप में वरण कर बैलगाड़ी में बिठाकर घर लाये। घर की छोटी तथा दुलारी बहू नेत्रकोर को प्यार से सभी नेतो के नाम से बुलाते थे। चौधरी मीरसिंह सीधे-साधे छल कपट से दूर एक मेहनती व्यक्ति थे।

चौधरी मीरसिंह और नेत्रकौर की कड़ी मेहनत खेती में रंग लाई और परिवार संपन्नता और स्मृद्धि की ओर अग्रसर होने लगा। यही वह समय था जब नेत्रकौर की कोख से 23 दिसम्बर 1902 को बालक चरण सिंह ने नूरपुर की मड़ैया में जन्म लिया, जो आगे चलकर भारत के प्रधानमंत्री बने।

[पृ.166]: नूरपुर की मढैया को भारत के प्रधानमंत्री चौधरी चरणसिंह की जन्मस्थली होने का सौभाग्य प्राप्त हुआ. यह गांव पहले मेरठ जनपद में था, बाद में गाजियाबाद जनपद में आया और अब हापुड़ जिले में है। यह हापुड़ से 14 किलोमीटर की दूरी पर स्थित है। हापुड़ से 5 किमी दूरी पर मुरादाबाद मार्ग पर बाबूगढ़ स्थित है जो एक पुरानी छावनी है। बाबूगढ़ से चलकर दाहिनी तरफ आगे बछलौता गाँव है और फिर काकोडी गाँव. 16 किमी लंबा यह

सड़क का टुकड़ा बाबूगढ़ कस्बे और भौंबहादुर नगर (बुलंदशहर जनपद) को जोड़ता है।

[पृ.167]: यह स्मरणीय है कि मुख्य नूरपुर गांव से हटकर तेवतिया जाटों द्वारा 5 घर बसाये गए थे फूसकी झोपड़ी डालकर। आज यहां 20 घर हैं, सभी पक्के और आधुनिक सुविधाओं युक्त। जनसंख्या इस गांव की 120 है।

नूरपुर की मड़ैया में चौधरी चरणसिंह की एक संगमरमर की आदमक़द मूर्ति स्थापित की गई है। इस प्रतिमा का अनावरण 24 दिसंबर 1990 को पूर्व केंद्रीय मंत्री जारह फर्नांडीजे ने किया था, जिस समारोह में मुख्य अतिथि के रुप में चौधरी साहब के आत्मज पूर्व केंद्रीय मंत्री चौधरी अजीतसिंह भी विद्यमान थे। इसी परिसर में तत्कालीन विधायक चौधरी जगतसिंह की विधायक निधि से निर्मित दो कमरे का स्वर्गीय चौधरी चरण सिंह पुस्तकालय, नूरपुर मढैया - जनपद - गाजियाबाद भी जनसामान्य के ज्ञान को बढ़ा रहा है। उन्हें प्राचीन तथा अर्वाचीन भारतीय इतिहास से परिचित करा रहा है। इस पुस्तकालय के उद्घाटन हेतु श्री राजनाथ सिंह, मुख्यमंत्री उत्तर प्रदेश, चौधरी साहब की जयंती के अवसर पर 23 दिसंबर 2000 को नूरपुर पधारे थे।

नूरपुर से जानी खुर्द :चौधरी मीरसिंह अच्छे कदके, मजबूत-हृष्ट-पुष्ट शरीर और मेहनतकश किसान थे। उनके श्रम से यहां फसल भी अच्छी होने लगी थी. ।परंतु जमीन थोड़ी थी वह भी अपनी नहीं बटाई की, मालिक कभी भी वापस ले सकता था। इसलिए चौधरी मीर सिंह और उनके भाइयों को कृषि भूमि की नई खोज में लगा दिया। जिसमें वह सफल भी हो गए. इन्हीं दिनों कुछ तेवतिया परिवारों ने मिलकर मेरठ जिले के अंतर्गत जानीखुर्द नामक गांव में जमीन खरीद ली। यह जमीन उन्होंने मेरठ के पत्थर वाले जमींदार सेठ से खरीदी थी। चौधरी मीर सिंह का परिवार भी वहां 10 एकड़ जमीन खरीदने में सफल हो गया। वस्तुतः चरण सिंह के जन्म के 6 महीने के अंदर ही अन्य परिवारों के साथ उनका परिवार भी अपने नए खरीदे हुए भूखंड का स्वामी बनकर नूरपुर से 40 किलोमीटर दूर जानी खुर्द आ गया और वही अपनी भूमि पर छप्पर डालकर बस गए।

[पृ.168]: यहां पहुंचे सभी तेवतिया लोग एक ही स्थान पर छप्पर बनाये और एक नई मड़ैया बसाई और उसका नाम रखा गया भूपगढ़ी। यह नाम तत्कालीन वयोवृद्ध चौधरी भूपसिंह के नाम पर रखा गया. भूप गढ़ी में जमीन कम थी और परिवार बड़ा, सो गाजियाबाद तहसील के अंतर्गत भदौला गांव में और जमीन खरीदी गई। जमीन के पारिवारिक बटवारे में चौधरी मीरसिंह को भूपगढ़ी तथा अन्य बड़े भाइयों को भदौला की जमीन मिली। अतः चौधरी लखपत सिंह और अन्य बड़े भाई भदौला जाकर बस गए।

जानी खुर्द से भूपगढ़ी केवल पौन किलोमीटर की दूरी पर बसा है। भूपगढ़ी लगभग 100 घर व 1600 जनसंख्या वाला स्मृद्धशाली गाँव है। इस गांव को 1904 ई. के आसपास बसाया गया और बसाने वाले थे अलग-अलग स्थानों से विस्थापित हुए तेवतिया जाटों के 5-6 परिवार. इनमें से चौधरी मीर सिंह, चौधरी चंपत सिंह, चौधरी खड़ेचू व चौधरी बीरबल सिंह आदि, जो सभी नूरपुर की मढैया से यहां आए थे। कृषि कार्य के लिए जमीन ली और

फूस की झोंपड़ी डालकर बस ग।. उस समय चरण सिंह लगभग 6 माह के अबोध बालक रहे होंगे।

[पृ.169]: चरण सिंह का स्कूल में प्रवेश: चौधरी मीर सिंह पढ़े लिखे न थे पर वे अपने पुत्र को पढ़ाना चाहते थे। उन्होंने जानी खुर्द की प्राथमिक पाठशाला में नाम लिखा कर पंडित जी के हवाले कर दिया। चरण सिंह कुशाग्र बुद्धि थे। उनकी स्मरण शक्ति भी तेज थी। पंडित जी जो पढ़ाते उसे तुरंत ग्रहण कर लेते थे और जो प्रश्न पूछते उनका तुरंत उत्तर देते। गुरुजी ने सलाह दी की चरण सिंह की उन्नति के लिए पास के गांव पढ़ने हेतु सिवाल गाँव के विद्यालय भेजा जावे। भूपगढ़ी से सिवाल के बीच की दूरी ढाई किमी थी और रास्ता ऊबड़-खाबड़ और टेढ़ा-मेधा। बीच में उत्तर भारत की सबसे बड़ी नहर गंग-नहर भी पड़ती थी। 9-10 वर्ष का बालक चरण सिंह अकेला आने-जाने लग। मीर सिंह ने उसके लिए एक घोड़े का प्रबंध किया जिस पर सवार होकर लगभग तीन महीने में अपनी वह विशेष उत्तीर्ण की। चरण सिंह ने जानी खुर्द प्राइमरी स्कूल की अंतिम कक्षा सर्वोत्तम अंक प्राप्त कर की।

चौधरी चरणसिंह की वंशावली:

पितामह: श्री बादामसिंह → बादामसिंह के पुत्र सर्वश्री 1. लखपत सिंह, 2. बूटा सिंह, 3. गोपाल सिंह, 4. रघुवीर सिंह तथा 5. मीर सिंह.

पिता: श्री मीरसिंह, निवासी ग्राम नूरपुर जिला मेरठ, उत्तरप्रदेश

माता: श्रीमती नेत्रकौर

भाई-बहिन: 1. श्यामसिंह, 2. मानसिंह, 3. रामदेवी और 4. रिसालकौर

पत्नी: श्रीमती गायत्री देवी - हरयाणा प्रान्त के जिला सोनीपत में ग्राम कुण्डलगढ़ी में एक प्रतिष्ठित जटराणा गोत्र के जाट परिवार में चौ. गंगारामजी की पुत्री गायत्री देवी के साथ, 4 जून 1925 को, जब वह एम. ए. की परीक्षा उत्तीर्ण कर चुके थे, चौ. चरणसिंह का विवाह हुआ।

पुत्रियाँ (5):

1. सत्यवती - चौ. चरणसिंह की सबसे बड़ी पुत्री सत्या का विवाह एक विद्वान् प्रो. गुरुदत्तसिंह सोलंकी के साथ हुआ। वह आगरा के पास कस्बा कागरौल के मूल निवासी थे। वह खेरागढ विधान सभा क्षेत्र (जिला आगरा) से उत्तर प्रदेश विधानसभा के एम. एल. ए. चुने गये और इसी सदस्य के रूप में ही उनका मार्च 1984 ई० में निधन हो गया।

2. ज्ञानवती - दूसरी पुत्री ज्ञान, जो मेडिकल ग्रेजुएट है, सरकारी नौकरी से त्यागपत्र देकर जेनोआ में अपने पति के पास चली गई। वह आई. पी. एस. अफसर है।

3. वेदवती (पति: जयपाल सिंह लुहाच) - तीसरी पुत्री वेद का विवाह, राम मनोहर लोहिया हस्पताल के एक योग्य डाक्टर जे. पी. सिंह के साथ हुआ।

4. सरोज - चौथी पुत्री सरोज का विवाह श्री एस. पी. वर्मा के साथ हुआ है जो कि उत्तरप्रदेश में गन्ना विभाग में अफसर है। इनका यह अन्तर्जातीय विवाह है।

5. शारदा - 5वीं पुत्री शारदा अजित सिंह से छोटी है। इनका विवाह वासुदेव सिंह के साथ हुआ।

पुत्र: अजित सिंह (जन्म:12.2.1939) - चौ. चरणसिंह का एक ही पुत्र अजीतसिंह है जिसने यन्त्रशास्त्र विश्वविद्यालय की उपाधि धारण की है। वह अमेरिका में नौकरी करते थे। वहां से त्यागपत्र देकर भारत आ गये और लोकदल के प्रमुख मन्त्री (General Secretary) चुने गये। आप लोकसभा के सदस्य भी हैं। चौ. अजीतसिंह का विवाह राधिका से हुआ जिनके तीन बच्चे हैं → 1. जयंत, 2. निधि, 3. दीप्ति

प्रपौत्र: जयंत चौधरी (जन्म:27.12.1978)

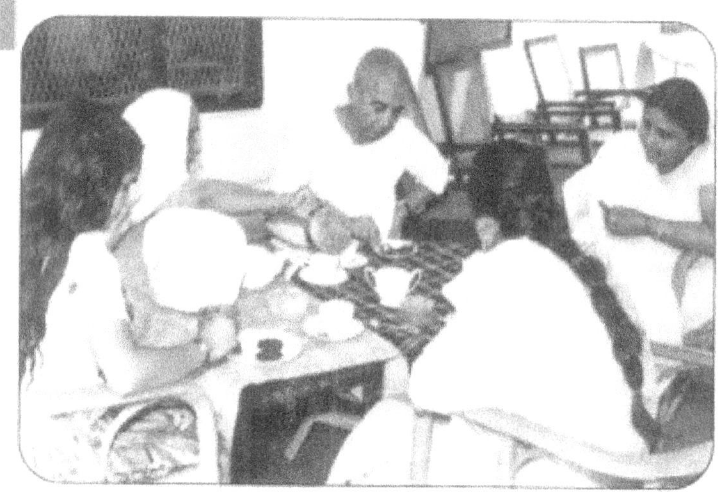

चौधरी चरण सिंह परिवार के साथ

19

राज नेता की नैतिकता

राज नेता की नैतिकता

छह रूपये पच्चीस पैसे की कहानी

1976: उतर प्रदेश के तत्कालीन मुख्य मंत्री चौधरी चरण सिंह और हरिद्वार रेजिडेंट कमिशनर चंद्रशेखर द्विवेदी की एक मुलाकात.... गौरव द्विवेदी की जुबानी

" ये वाक्या 1976 का है, जब चौधरी चरण सिंह उतर प्रदेश के मुख्य मंत्री थे, और मेरे फादर उस समय बॉकोल रेजिडेंट मजिस्ट्रेट थे हरिद्वार में पोस्टेड [नियुक्त] थे। हरिद्वार तब ज़िला नहीं बना था। तो रेसिडेंट मजिस्ट्रेट ही सर्वेसर्वा हुआ करता था, सो मेरे लेट फादर चंद्रशेखर द्विवेदी जी जो उतर प्रदेश कार्डर के IAS थे, 1956 बैच के PCS थे, उससे प्रमोट होकर IAS में आये थे। बहुत ही कर्मठ, अपराइट [ईमानदार] और तेजतर्रार दबंग अफ़सर जो की जिनको लॉ आर्डर मामले में आज भी पुराने लोगों से बात करो तो बहुत गर्व महसूस होता है। वो उनकी ख्याति थी।

तो बरहाल हुआ कि जिस दिन मुख्य मंत्री जी को हरिद्वार पहुंचना था, तो निर्धारित समय से लेट [देर] हो गए, किन्ही कारणों से। और काफी लेट [देर] वो रात को पहुंचे। तो उस समय गंगा के किनारे डैम बंगलो था, एक और बंगलो था, डैम बंगलो रेसिडेंट मजिस्ट्रेट का घर होता था, निवास होता था सरकारी और उसके बगल में एक गेस्ट हाउस जैसा सर्किट हाउस कह लें, तो मुख्य मंत्री आकर उसी सर्किट हाउस में आकर रुके, और चुकी उनका व्रत था उस दिन, लोगों को मालूम नहीं था। बाद में पता चला प्रशासन को जिस तरीके से लेट हो गए थे, तो खाने की व्यवस्था की तो मेरे फादर ने अपने घर से चुकीं व्रत की बात थी, तो दूध और फल उनकों भिजवा दिए जो उन्होंने अपने खा लिए। बात आई गई हो गयी अपने दो दिन का दौरा था, तो अपना फिर कमिशनर सहारनपुर से और अपने पार्टी के कार्यकर्ता और अपने बाकी सारे कार्यक्रमों में अपना बिजी रहे।

चरण सिंह की मेरे फादर बताते है की अच्छी बात यह थी की वह अड्मिनिस्ट्रटिवेली [प्रशासनिक रूप से] बहुत स्ट्रांग [दृढ़] थे। और एक-एक छोटी से छोटी चीज़ पर नज़र

रखते थे। और उनका एक बड़ा ये होता था की ऑफिसरों को अगर पुल करने के कोशिश करते थे, की देखो तुम्हारे यहाँ पर ऐसा नहीं हो रहा है, वैसे नहीं हो रहा है। तुम्हे ये करने की ज़रुरत है, और मैं बैकॉल मुख्य मंत्री तुमसे ज़्यादा जानता हूँ, सारी चीज़ों में। लेकिन उनकी अच्छाई यह भी थी, की अगर कोई अच्छा अफ़सर है, अपराइट [ईमानदार] है, जो सारी चीज़ों जो उसको रिवॉर्ड [पुरस्कार] भी देते थे, और अप्रीशिएट [सराहना] भी करते थे। तो उनका मकसद ये था की स्टेट [राज्य] का भला एडमिनिस्ट्रॉयलि [प्रशासनिक रूप से] जो अच्छी चीज़ हो, जो होनी चाहिए मतलब, और एक ऑफ़िसर के जो ड्यूटी [कर्तव्य] है, जो उनका धर्म है, या उनकी जो ज़िम्मेदारी है, उसको निर्वहन के लिए उसको उतना ही सजग और फील्ड [कार्यस्थल] पर मजबूत होना चाहिए। बरहाल दो दिन में ये सारा वाक्या खतम हुआ और जिस दिन उनकों दो दिन बाद जाना था, तो हरिद्वार स्टेशन पर प्लेटफ़्रॉम पे वे अपने डब्बे में फर्स्ट क्लास में बैठे हुए थे, ट्रेन चलने के पहले उन्होंने मैसेज दिया की रेजिडेंट मजिस्ट्रेट साहब को डब्बे में भेजो। तो मेरे फादर पहुंचे उनके पास तो, नमस्ते किये, अकेले थे डबे में तो कहा आइये बैठिये सामने, तो बैठे, उन्होंने चेक निकला, 6 रुपये 25 पैसे का। और मेरे फादर का नाम चंदरशेखर दिववदी लिखकर उस चेक को उन्होंने दिया। कहने लगे RM साहब ये आप ले लीजिये। मेरे फादर पूछे, वे भी अवाक् रह गए की मतलब मुख्य मंत्री चेक क्यों दे रहे हैं, किस चीज का, कहने लगे भाई उस दिन मैं आया था, रात को और वहाँ पर रुका था डाक बंगले में, तो मुझे पता चला की फल और दूध आपने अपने घर से भेजे थे, व्यग्तिगत तौर पे तो ये 6 रुपये 25 पैसे, फल और दूध का मैंने जो मूल्ये पता किया तो ये आपका। तो फादर ने कहा की नहीं सर ऐसी तो कोई बात नहीं हैं, मतलब हम लोग व्रत का चुकीं ब्राह्मण हैं, समझते हैं, आप लेट हो गए थे ये जानकारी ही नहीं थी की उस दिन आपका व्रत हैं, नहीं तो पता चला इसलिए इट वास् जस्ट ए जेस्चर [केवल एक इशारा था], घर मेरा बगल में ही था, तो इसलिए आप तुरंत जो व्यवस्था हो सकती हैं, "नहीं नहीं उस चीज को मैं अप्रिशिएट [सराहना] करता हूँ की जो आपने इतना सोचा और मेरे व्रत की महत्वता को समझते हुए तुरंत आपने रात के 12 साढ़े 12 बजे, लेकिन ये चेक आपको लेना पड़ेगा।"

तो ख़ैर मुख्य मंत्री थे, उनकों मना तो करते नही, फादर ने वो चेक ले लिया। फिर उन्होंने पूछी दो चार चीज़े, हरिद्वार के बारे में क्या हैं, वो सारी चीज़े। तो फादर ने बताया ठीक ठीक जबाब दिया। फिर चले गये, ट्रेन चली गयी निकल गये। फादर ने मेरे लेकिन वो चेक भुनाए नहीं था। उनकी डेथ 2016 जनवरी में हुई थी तो चेक उन्हीं के पास था, उन्होंने उस चेक को जो बतौर प्रशस्ति, या मेमोरोलीबिया [यादगार], या कोई एक स्मृति चिन्ह समझकर रख लीजिये लेकिन उन्होंने उस चीज को भुनाया नहीं। फिर लखनऊ पहुँच कर फिर थोड़े दिनों में चरण सिंह ने मेरे फादर को वापस लखनऊ ट्रांसफर बुला के अच्छी पोस्ट पे किया की ये अच्छा अधिकारी हैं, काम कर्ता हैं, उन्होंने और भी पता कर लिया था।

तो कहने के मतलब यह हैं की आप करैक्टर [चरित्र] और कन्विक्शन [धारणा] देखिये एक मुख्य मंत्री का उस लेवल [स्तर] पे की चरण सिंह जैसा व्यक्ति जिसने सिर्फ़ फल और

दूध किसी अधिकारी का खाया और उन्होंने उसका पैसा वापस दिए।"
स्रोत: हर्ष सिंह लोहित, चरण सिंह अभिलेखागारी

किसान रैली वोट क्लब (23.12.1979) दिल्ली

20

चौधरी चरण सिंह के अनमोल विचार

चौधरी चरण सिंह के अनमोल विचार

1.असली भारत गांवों में रहता है।

2.अगर देश को उठाना है तो पुरुषार्थ करना होगा हम सब को पुरुषार्थ करना होगा मैं भी अपने आपको उसमें शामिल करता हूँ मेरे सहयोगी मिनिस्टरों को, सबको शामिल करता हूँ हमको अनवरत् परिश्रम करना पड़ेगा तब जाके देश की तरक्की होगी। Baraut News

3.राष्ट्र तभी संपन्न हो सकता है जब उसके ग्रामीण क्षेत्र का उन्नयन किया गया हो तथा ग्रामीण क्षेत्र की क्रय शक्ति अधिक हो।

4. किसानों की आर्थिक स्थिति ठीक नहीं होगी तब तक देश की प्रगति संभव नहीं है।

5. किसानों की दशा सुधरेगी तो देश सुधरेगा।

6. किसानों की क्रय शक्ति नहीं बढ़ती तब तक औधोगिक उत्पादों की खपत भी संभव नहीं है।

7. भ्रष्टाचार की कोई सीमा नहीं है जिस देश के लोग भ्रष्ट होंगे वो देश कभी, चाहे कोई भी लीडर आ जाये, चाहे कितना ही अच्छा प्रोग्राम चलाओ वो देश तरक्की नहीं कर सकता।

8.चौधरी का मतलब, जो हल की चऊँ को धरा पर चलाता है.

9.हरिजन लोग, आदिवासी लोग, भूमिहीन लोग, बेरोजगार लोग या जिनके पास कम रोजगार है और अपने देश के 50% फीसदी किसान जिनके पास केवल १ हैक्टेयर से कम जमीन है, इन सबकी तरफ सरकार विशेष ध्यान होगा।

10.सभी पिछड़ी जातियों, अनुसूचित जातियों, कमजोर वर्गों, अल्पसंख्यकों, अनुसूचित जनजातियों को अपना अधिकतम विकास के लिये पूरी सुरक्षा एवं सहायता सुनिश्चित की जाएगी।

11.किसान इस देश का मालिक परन्तु वह अपनी ताकत को भूल बैठा है।

12.देश की समृद्धि का रास्ता गांवों के खेतों एवं खलिहानों से होकर गुजरता है।

देश के प्रधानमंत्री नेहरू को नसीहत दी

एक समय जब देश के प्रधानमंत्री नेहरू को नसीहत दी थी

चौ. चरण सिंह जी ने जो बाद में खुद प्रधानमंत्री बने। एक बार पंडित नेहरू ने कह दिया कि चौ .चरण सिंह में जाटपना है। मतलब वो हर चीज में ताकत दिखाते है, या अपनी बात पर अडे रहते हैं। उस वक्त चौ .चरण सिंह जी कांग्रेस के मेरठ जिला प्रधान हुआ करते थे। उनको नेहरू की यह बात बुरी लगी और नेहरू को चिट्टी लिख कर जाट का मतलब समझाया। चौ. चरण सिंह जी में इतनी हिम्मत थी कि प्रधानमंत्री से माफी मगवा दी। नेहरु जी ने जवाब दिया था कि वो महान जाट कौम की बहुत इज्जत करते है मुझे इनके इतिहास पर गर्व है और जाटपना का आप गलत मतलब ले गये, मेरा मतलब था,जाट एक ताकतवर कौम है। चौ. चरण सिंह जी ने कहा था जाट भले ही पढे लिखे शहरी नही हैं, गांवों में रहते हैं। इसका मतलब ये नही कि जाट शहरी से कम है, जाट खुद को किसी शहरी से कम नही मानते है। इस साहस और निडरता से नस्ल के स्वाभिमान पर ठेस पहुँचाने वाले ताकतवर अपने हो या पराये को प्रतिकार करते थे हमारे नेता, इन पर और नस्ल पर हम क्यों ना गर्व करें? चौ. चरण सिंह जी हमेशा बोलते थे कि जाट एक प्रभावशाली कौम है पर मैने कभी अपनी कौम को जातिवादी नही होने दिया।

आज के हमारे तथाकथित नेताओं की दुःखद स्थिति है, अधिकतम गुलामी पसंद है।इस गुलाम मानसिकता की वजह से नस्ल के सत्ताधारी नेता नस्ल साथ होते ग़लत और अन्याय पर भी चुप है।

लेखक: बिशन ढिंडार नेहवाल

21

महेंद्र चौधरी (फिजी पूर्व प्रधानमंत्री)

महेंद्र चौधरी (फिजी पूर्व प्रधानमंत्री)
माननीय महेंद्रचौधरी (फिजी)

चौधरी 2023 में
फिजीकेचौथेप्रधानमंत्री , कार्यकाल(19 मई 1999 – 27 मई 2000)

अध्यक्ष - कामिसे मारा

डिप्टी - कुइनी स्पीड , तुपेनी बाबा

इससेपहले - सीटिवेनी राबुका

इसकेद्वारासफल - तेविता मोमो एदोनु

लेबर पार्टी केतीसरेनेता पदधारी -पदभारग्रहणकिया, 1991

इससेपहले- कुइनी स्पीड

बा के सदस्य कार्यकाल - (1999- 2006)

इससेपहले -*कार्यालयस्थापित*

इसकेद्वारासफल -*कार्यालयसमाप्त*

व्यक्तिगतविवरण

जन्म

9 फरवरी 1942 (आयु 82), बा, फिजी कॉलोनी (वर्तमान फिजी)

राजनीतिकदल - श्रम

जीवनसाथी - वीरमती चौधरी (विवाह 1965)

बच्चे - 3

महेंद्रपालचौधरी (फिजी हिन्दी : महेन्द्र पाल चौधरी ; जन्म 9 फ़रवरी 1942) एक फिजी राजनीतिज़ और फिजी लेबर पार्टी के नेता हैं।एक ऐतिहासिक चुनाव के बाद जिसमें उन्होंने लंबे समय से पूर्व नेता, सीटिवेनी राबुका को हराया , पूर्व ट्रेड यूनियन नेता 19 मई 1999 को फ़िजी के पहले इंडो -फिजी प्रधान मंत्री बने, लेकिन ठीक एक साल बाद, 19 मई 2000 को उन्हें और उनके अधिकांश मंत्रिमंडल को फिजी के 2000 के तख्तापलट में तख्तापलट के नेता जॉर्ज स्पीट द्वारा बंधक बना लिया गया । अपने कर्तव्यों का पालन करने में असमर्थ, उन्हें और उनके मंत्रियों को 27 मई को राष्ट्रपति रातू सर कामिसे मारा ने बर्खास्त कर दिया; मारा ने आपातकालीन शक्तियों को स्वयं ग्रहण करने का इरादा किया लेकिन उन्हें स्वयं सैन्य नेता, कमोडोर फ्रेंक बैनीरामा ने पदच्युत कर दिया ।

56 दिनों की कैद के बाद, चौधरी को 13 जुलाई को रिहा कर दिया गया और उसके बाद समर्थन जुटाने के लिए दुनिया भर के दौरे पर निकल पड़े। वह करासे सरकार के प्रस्तावित सुलह और एकता आयोग के विरोध में उठाई गई अग्रणी आवाज़ों में से एक थे , जिसके बारे में उन्होंने कहा था कि यह तख्तापलट से संबंधित अपराधों के दोषी व्यक्तियों को माफी देने का एक तंत्र है। जनवरी 2007 में, एक और तख्तापलट के बाद, उन्हें कमोडोर फ्रेंक बैनीमारामा के अंतरिम मंत्रिमंडल में वित्त, चीनी सुधार सार्वजनिक उद्यम और राष्ट्रीय योजना मंत्री के रूप में नियुक्त किया गया था । चौधरी नेशनल काउंसिल बिल्डिंग ए बेटर फिजी के भीतर आर्थिक विकास पर ध्यान केंद्रित करने वाले टास्क फोर्स के सह-अध्यक्ष भी थे । अगस्त 2008 में, उन्होंने सरकार छोड़ दी और इसके मुखर आलोचक बन गए।

22

महेन्द्र चौधरी (पारिवारिक पृष्ठभूमि)

महेन्द्र चौधरी (पारिवारिक पृष्ठभूमि)

महेंद्र चौधरी का जन्म फिजी के बा शहर में एक इंडो-फिजियन परिवार में हुआ था । उनके दादा राम नाथ चौधरी भारत के हरियाणा (तब ब्रिटिश राज) के बहू जमालपुर गाँव से थे और 1902 में फिजी के ब्रिटिश उपनिवेश में एक गिरमिटिया मजदूर के रूप में फिजी के गन्ने के बागानों में काम करने के लिए पहुंचे थे। फिजी पहुंचने पर उन्होंने बागानों में काम करने के समझौते पर विवाद किया और अपना खुद का व्यवसाय शुरू करने तक एक स्टोर मैनेजर के रूप में कार्यरत रहे। बाद में वे अपनी पत्नी राम कालिया के साथ भारत लौट आए, जिनकी मृत्यु 22 सितंबर 1930 को 45 वर्ष की आयु में हुई थी, और जिनसे उनकी मुलाकात और विवाह फिजी में हुआ था। उनकी बेटी राज कुमारी भी उनके साथ भारत गई। उनके बेटे राम गोपाल और कृष्ण गोपाल चौधरी फिजी में ही रहे। रामगोपाल के पंद्रह बच्चे थे । उन्होंने एक सरकारी लेखा परीक्षक के रूप में काम किया, फिर 1973 की हड़ताल के दौरान फिजी पब्लिक सर्विस एसोसिएशन के सचिव के रूप में, और बाद में फिजी ट्रेड्स यूनियन कांग्रेस के उपाध्यक्ष के रूप में काम किया । उन्होंने 1986 तक फिजी नेशनल प्रोविडेंट फण्ड के बोर्ड में भी काम किया।

2004 में चौधरी को प्रवासी भारतीय सम्मान मिला, जो भारतीय प्रवासियों को उनके देश के लिए उनके योगदान के सम्मान में दिया जाता है। चौधरी यह पुरस्कार पाने वाले पहले फिजी नागरिक थे।

23

महेन्द्र चौधरी (राजनीतिक कैरियर)

महेन्द्र चौधरी (राजनीतिक कैरियर)

1987 केचुनावजीतनेकेबादकैबिनेटसदस्य

चौधरी ने 1985 में फिजी लेबर पार्टी को लॉन्च करने में मदद की और इसके सहायक सचिव के रूप में कार्य किया। फिजी लेबर को अपनी लोकप्रियता को परखने का पहला मौका दिसंबर 1985 में उत्तर मध्य भारतीय राष्ट्रीय सीट के लिए हुए उपचुनाव में मिला, विजय आर सिंह के इस्तीफे के बाद। ऍफ़ एल पी ने महेन्द्र चौधरी को मैदान में उतारने का फैसला किया, जो राष्ट्रीय किसान संघ के महासचिव भी थे। चौधरी केवल 204 वोटों से चुनाव हार गए।

वह 1987 के आम चुनाव में पहली बार संसद के लिए चुने गए और टिमोसी बावाद्रा की गठबंधन सरकार में वित्त और आर्थिक योजना मंत्री नियुक्त किए गए। यह सरकार मुश्किल से एक महीने तक सत्ता में रही; 14 मई को, लेफ्टिनेंट कर्नल सिटिवेनी राबुका ने दो सैन्य तख्ता पलटों में से पहले में सरकार को हटा दिया। तख्तापलट के बाद उन्हें बार-बार सेना द्वारा हिरासत में लिया गया था। जनवरी 1988 में पीएसए सचिव के रूप में उनकी भूमिका में उन्होंने सुवा अग्निशमन द्वारा हड़ताल का नेतृत्व किया, जिसे सैन्य शासन ने अवैध घोषित कर दिया। बाद में उन्हें एफटीयूसी का महासचिव चुना गया, इस भूमिका में उन्होंने सैन्य शासन के खिलाफ संघ के प्रतिरोध का नेतृत्व किया। जून 1988 में उन्हें पुलिस ने हिरासत में लिया और कई टन सोवियत निर्मित हथियारों की जब्तीइसके बाद उन्होंने सैन्य शासन को चेतावनी दी कि अगर यूनियनों का उत्पीड़न जारी रहा तो ऑस्ट्रेलियाई और न्यूजीलैंड के यूनियनों को फिजी के खिलाफ कार्रवाई करने के लिए कहा जाएगा।

जून 1990 में उन्होंने फिजी के राष्ट्रीय किसान संघ का का नेतृत्व करते हुए गन्ने की फ़सल का बहिष्कार किया और सेना द्वारा बल प्रयोग करने पर अंतर्राष्ट्रीय कार्रवाई की धमकी दी। उस महीने के अंत में उन्होंने सेना के संविधान के मसौदे का विरोध किया। बाद

में उनके घर पर नकाबपोश लोगों के एक गिरोह ने हमला किया, जिन्होंने खिड़कियों को तोड़ दिया और उनकी कार को क्षतिग्रस्त कर दिया। जुलाई 1991 में उन्होंने आवश्यक उद्योगों को बाधित करने वालों को जेल भेजने के शासन के प्रस्ताव के खिलाफ़ FTUC यूनियनों द्वारा राष्ट्रीय हड़ताल की धमकी दी; धमकी सफल रही और शासन के औद्योगिक फरमान को रद्द कर दिया गया।

1991 सेलेबरपार्टीकेनेता

चौधरी लेबर पार्टी में सक्रिय रहे और 1991 में टिमोसी बावाद्रा की विधवा आदि कुइनी बावाद्रा से पार्टी का नेतृत्व संभाला, जिनकी 1989 में मृत्यु हो गई थी। 1990 में राष्ट्रपति केआदेश द्वारा फिजी पर एक नया संविधान लागू किया गया था। इस संविधान ने सीनेट में किसी भी सीट की गारंटी नहीं देकर और भारतीय - फिजियों को सिविल सेवा में प्रमुख पदों पर रहने से प्रतिबंधित करके, प्रतिनिधि सभा में इसे आवंटित सीटों में भारतीय समुदाय के साथ भेदभाव किया। एनएफपी और एफएलपी दोनों ने मई 1992 में होने वाले चुनावों का बहिष्कार करने का फैसला किया। आखिरी समय में, एनएफपी ने चुनाव लड़ने का फैसला किया। महेंद्र चौधरी के पास तब एफएलपी को चुनाव में नेतृत्व करने के अलावा कोई विकल्प नहीं था।

चुनाव के बाद, चौधरी ने संसद में सीटिवेनी राबुका का समर्थन करने का विवादास्पद निर्णय लिया, जिसके बदले में उन्होंने 1990 के संविधान की समीक्षा करने का वादा किया, जिसे फिजी भारतीयों ने आम तौर पर उनके खिलाफ भेदभावपूर्ण माना। राबुका ने इस समझौते का पालन नहीं किया, और चौधरी और लेबर पार्टी को 1994 के संसदीय चुनाव में दंडित किया गया , जिसमें उन्हें अपनी 13 में से 6 सीटें गंवानी पड़ीं।

1990 के दशक के मध्य में, जब राबुका ने आखिरकार संवैधानिक समीक्षा के लिए सहमति दे दी, चौधरी ने चुनावी प्रणाली को " *साम्प्रदायिक* " (जातीयता के आधार पर आरक्षित संसदीय सीटों के साथ, विशेष जातीय समूहों के सदस्यों के रूप में नामांकित मतदाताओं द्वारा निर्वाचित) से सार्वभौमिक मताधिकार पर आधारित करने के लिए अभियान चलाया। आखिरकार, एक समझौता सूत्र पर सहमति बनी। इस बीच, राबुका सरकार लोकप्रियता खो रही थी। महिलाओं के साथ छेड़छाड़ करने की उनकी स्वीकारोक्ति, साथ ही उनके प्रशासन में भ्रष्टाचार के आरोपों ने उन्हें मतदाताओं के शक्तिशाली वर्गों से अलग-थलग कर दिया। इस बीच, चौधरी ने पीपुल्स कोएलिशन बनाया , जो एक चुनावी गठबंधन था जिसमें उनकी लेबर पार्टी और दो अन्य पार्टियाँ शामिल थीं, दोनों का नेतृत्व राबुका के प्रशासन से असंतुष्ट स्वदेशी फ़िजी के लोगों ने किया था। एक अन्य स्वदेशी नेतृत्व वाली पार्टी, क्रिश्चियन डेमोक्रेटिव एलाइंस , बाद में गठबंधन में शामिल हो गई।

1999 केचुनावऔर 2000 कातख्तापलट

मुख्यलेख: 1999 फिजी आम चुनाव और 2000 फिजी तख्ता पलट

1999 के चुनाव में पीपुल्स गठबंधन को भारी जीत मिली, जिसमें प्रतिनिधि सभा की 71 में से 58 सीटें मिलीं। लेबर पार्टी ने अपने अधिकार में पूर्ण बहुमत, 37 सीटें जीतीं। शुरू से ही, गठबंधन के भीतर और बाहर दोनों तरफ से आवाजें उठीं कि चौधरी को एक जातीय फिजी के पक्ष में प्रधान मंत्री का पद छोड़ देना चाहिए, जैसे कि उनके डिप्टी तुपेनी बाबा या आदि कुइनी स्पीड (अब तक, फिजी एसोसिएशन पार्टी के नेता , पीपुल्स गठबंधन का हिस्सा), लेकिन उन्होंने इनकार कर दिया। राष्ट्रपति मारा ने कथित तौर पर गठबंधन के स्वदेशी फ़िजी सदस्यों को चौधरी के नेतृत्व को स्वीकार करने के लिए राजी किया। चौधरी को 19 मई 1999 को विधिवत प्रधान मंत्री नियुक्त किया गया। स्वदेशी समुदाय के बीच अपने समर्थन को बढ़ाने के लिए, चौधरी के कॉकस में बहुत कम लोगों को पहले से कोई राजनीतिक अनुभव था, यही वह कारक था जिसने उनकी सरकार के लिए मुश्किलें खड़ी कीं। कुछ फिजी राष्ट्रवादियों ने उनके प्रशासन का विरोध किया और ज्यादातर ग्रामीण जातीय फिजी आबादी में यह डर पैदा किया कि चौधरी सरकार द्वारा प्रस्तावित भूमि सुधार उपायों से उनकी भूमि जब्त हो जाएगी (पांच -छाते हिस्से पर स्वदेशी नियंत्रण की संवैधानिक गारंटी के बावजूद , जिसे सीनेट में 14 मुख्य प्रतिनिधियों में से 9 के समर्थन के बिना नहीं बदला जा सकता था)। नागरिक अशांति के व्यापक भय के बावजूद, 19 मई 2000 को जॉर्ज स्पीट द्वारा संसदीय परिसर का अधिग्रहण (चौधरी की प्रधानमंत्री के रूप में नियुक्ति के एक वर्ष बाद) बिना किसी चेतावनी के हुआ।

चौधरी सरकार को उखाड़ फेंकने से संबंधित अधिक विवरण 2000 फिजी तख्ता पलट और उससे जुड़ी समय रेखा , विद्रोह और परिणाम में पाया जा सकता है।

2001 काचुनावऔरउसकेबादकीस्थिति

जब 2001 में लोकतंत्र बहाल हुआ तो चौधरी ने एक बेहद कड़ा चुनाव लड़ा, लेकिनसोकोसोको दुआवता नी लेवेनिवानुआ (एसडीएल) के लैसेनिया करासे से हार गए। ऐसा माना जाता है कि लेबर पार्टी के भीतर की खींचतान उनकी हार का एक कारण थी; टुपेनी बाबा जैसे हाई-प्रोफाइल पार्टी सदस्यों ने न्यू लेबर पार्टी बनाने के लिए विभाजन कर दिया था और वे नेतृत्व की चुनौती से बमुश्किल बच पाए थे। उनकी पार्टी और नेशनल फेडरेशन पार्टी, जो उस समय महत्वपूर्ण फिजी-भारतीय समर्थन वाली एकमात्र अन्य राजनीतिक पार्टी थी, के बीच आपसी दुश्मनी ने वरीयता-स्वैपिंग डील को रोक दिया। फिजी की हस्तांतरणीय मतदान प्रणाली में, ऐसा डील लगभग निश्चित रूप से उन्हें फिर से प्रधानमंत्री बना देता। (फिजी के चुनावी कानून, जो उस समय आस्ट्रेलिया के मॉडल पर आधारित थे, किसी भी विशेष निर्वाचन क्षेत्र में

चौधरी ने लेबर पार्टी का पुनर्निर्माण किया, जिसने 2004 में कई महत्वपूर्ण उपचुनाव जीते। उन्होंने करासे सरकार द्वारा उनकी पार्टी को मंत्रिमंडल में शामिल करने से इनकार करने को अदालत में चुनौती दी; 18 जुलाई 2003 को, सुप्रीम कोर्ट ने उनके पक्ष में फैसला सुनाया , जिसमें कहा गया कि प्रतिनिधि सभा में 8 से अधिक सीटों वाली पार्टी को शामिल न

करना संविधान का उल्लंघन है। अपील, प्रति-अपील और वार्ता ने हालांकि, मंत्रिमंडल में श्रम मंत्रियों की नियुक्ति में देरी की। इसके बाद सुप्रीम कोर्ट ने जून 2004 में फैसला सुनाया कि लेबर पार्टी को 30 में से 14 कैबिनेट पदों पर अधिकार है। करासे ने घोषणा की कि वे आदेश को लागू करेंगे, लेकिन चौधरी को खुद किसी भी मंत्रिमंडल में शामिल करने से इनकार करने से मंत्रिमंडल की संरचना पर वार्ता में बाधा उत्पन्न हुई। 2004 के अंत में, चौधरी ने घोषणा की कि लेबर पार्टी ने संसदीय कार्यकाल के शेष समय के लिए विपक्ष में रहने का फैसला किया है, क्योंकि उन्हें अस्वीकार्य समझौते किए बिना गतिरोध को हल करने का कोई रास्ता नहीं दिख रहा था। सरकार से बाहर रहकर, लेबर पार्टी प्रशासन द्वारा लिए गए अलोकप्रिय निर्णयों से स्वयं को दूर रखने में सफल रही, तथा 2006 में सत्ता के लिए सत्तारूढ़ एस.डी.एल. को चुनौती देने की स्थिति में आ गई।

2006 आमचुनाव

अधिकजानकारी: फिजी आम चुनाव . 2006

फिजी लेबर पार्टी ने 2006 के आम चुनावों में भाग लेने के लिए पार्टी ऑफ़ नेशनल यूनिटी (PANU) और मिक बेडडोस की यूनाइटेड पीपल्स पार्टी (UPP) के साथ चुनावी गठबंधन बनाया। प्रधानमंत्री करासे की SDL पार्टी स्वदेशी फिजी वोट को एकजुट करने के लिए जातीय फिजी पार्टियों के एक बड़े गठबंधन में शामिल हो गई थी। चुनाव के दौरान, जाति का मुद्दा फिर से उठाया गया और इसने करासे के पीछे फिजी के समर्थन को बढ़ावा दिया। हालाँकि FLP ने अपने वोटों का हिस्सा 39% तक बढ़ा दिया और कुल 31 सीटों के साथ चार और सीटें जीतीं, लेकिन यह करासे सरकार को हटाने में असमर्थ रही।

आंतरिकअसहमति

एफएलपी के कुछ प्रमुख सदस्यों, जिनमें कृष्णदत्त और पोसेसी ब्यून शामिल हैं , ने पार्टी से परामर्श किए बिना सीनेट के उम्मीदवारों की सूची को अंतिम रूप देने के लिए चौधरी की आलोचना की। पार्टी ने चौधरी के खिलाफ सार्वजनिक रूप से बोलने वाले सदस्यों के खिलाफ कार्रवाई की धमकी दी।

चौधरी का यह निर्णय कि लेबर पार्टी को बहुदलीय मंत्रिमंडल में शामिल होना चाहिए (हालाँकि चौधरी स्वयं इसमें शामिल नहीं हुए), पार्टी के भीतर टकराव का मार्ग प्रशस्त करने वाला था। प्रधानमंत्री करासे ने मांग की कि सभी कैबिनेट सदस्य बजट के पक्ष में मतदान करें या बर्खास्तगी का सामना करें, लेकिन चौधरी ने लेबर कैबिनेट सदस्यों को वेट कर में वृद्धि के कारण इसका विरोध करने की सलाह दी। अंत में चार सदस्यों ने बजट के खिलाफ मतदान किया जबकि अन्य संसद से अनुपस्थित रहे।

अंतरिमसरकारमेंभागीदारी

दिसंबर 2006 में करासे को सत्ता से बेदखल करने के बाद, चौधरी ने जनवरी 2007 में फ्रैंक बैनीमारामा के नेतृत्व में गठित अंतरिम सरकार में वित्त मंत्री का पद स्वीकार किया।

चौधरी ने 18 अगस्त 2008 को लेबर पार्टी के दो अन्य मंत्रियों के साथ वित्त मंत्री के पद से इस्तीफा दे दिया ; बैनीमारामा ने चौधरी का पोर्टफोलियो संभाला। चौधरी के अनुसार, उन्होंने योजनाबद्ध आम चुनाव की तैयारी में स्वेच्छा से ऐसा किया, हालांकि बैनीमारामा ने कहा कि "मेरे द्वारा (चौधरी) को उनके इस्तीफे के बारे में एक संचार किया गया था", जबकि इस मुद्दे के महत्व को खारिज कर दिया। इस्तीफे से पहले, पहले से ही व्यापक अफवाहें थीं कि बैनीमारामा चौधरी को सरकार से हटाना चाहते थे।

चौधरी ने वित्त मंत्री के रूप में अपने रिकॉर्ड का बचाव करते हुए कहा कि "अगर हमने जो कदम उठाए हैं, वे नहीं उठाए होते तो आज हमारे डॉलर का मूल्य लगभग 20 सेंट होता।" चौधरी के इस्तीफे को एक सकारात्मक घटनाक्रम बताते हुए, अपदस्थ प्रधानमंत्री क़रासे ने वित्त मंत्री के रूप में चौधरी के प्रदर्शन की तीखी आलोचना की और कहा कि वे "वित्त मंत्री के रूप में बुरी तरह विफल रहे और अर्थव्यवस्था ने प्रगति के बहुत कम संकेत दिखाए हैं। वे बस अपने द्वारा बनाई गई गड़बड़ी से भाग रहे हैं।" क़रासे ने चौधरी की भागीदारी की भी निंदा की जिसे उन्होंने "अवैध प्रशासन" बताया।

अप्रैल 2009 के संवैधानिक संकट के बाद , चौधरी ने अंतरिम सरकार की आलोचना की, ऐसा करने में "असहमति पर प्रेस और राजनीतिक कार्रवाई को चुनौती दी"। उन्होंने संविधान के हनन को "दुखद और दुर्भाग्यपूर्ण" बताया, और कमोडोर बैनीमारामा के नेतृत्व को "निरंकुश और तानाशाही" बताया, साथ ही कहा कि लोकतंत्र की शीघ्र बहाली के लिए अब बहुदलीय वार्ता - जिसमें करासे और अन्य नेता शामिल हों - स्थापित करना "आवश्यक" है। अक्टूबर 2010 में उन्हें " राकिराकी में चीनी किसानों से मिलने " के लिए गिरफ्तार किया गया था, जो सरकार के "सार्वजनिक बैठकों पर प्रतिबंध लगाने वाले आपातकालीन नियमों" का उल्लंघन था। गिरफ्तारी पर रिपोर्टिंग में, बीबीसी ने चौधरी को बैनीमारामा सरकार के "मुख्य विपक्षी स्वरों में से एक" के रूप में वर्णित किया; ऑस्ट्रेलियाई ने फिजी टाइम्स के प्रधान संपादक नेताकी रीका के साथ फिजी के भीतर बैनीमारामा के "दो सबसे प्रभावी आलोचकों" में से एक कहा ।

2014 केचुनाव

अप्रैल 2014 में चौधरी को रिज़र्व बैंक को सूचित किए बिना फ़िजी के बाहर पैसा निवेश करके एक्सचेंज कंट्रोल एक्ट का उल्लंघन करने का दोषी ठहराया गया था, और 1.1 मिलियन अमेरिकी डॉलर का जुर्माना लगाया गया था। सजा का मतलब था कि वह आगामी 2014 के चुनावों में लड़ने के लिए अयोग्य थे । उनकी सजा के खिलाफ अपील असफल रही। चौधरी को एफएलपी उम्मीदवार के रूप में नामित किया गया था, लेकिन उन्हें अयोग्य घोषित कर दिया गया। लेबर पार्टी ने केवल 2.4 प्रतिशत वोट जीते, और कोई संसदीय सीट नहीं जीती, और चौधरी चुनावी धोखाधड़ी का आरोप लगाने में अन्य विपक्षी दलों के नेताओं में शामिल हो गए।

3 जुलाई 2015 को, चौधरी को रेडिओ न्यूज़ीलैंड द्वारा एफएलपी के नेतृत्व से अपनी सेवानिवृत्ति की घोषणा करते हुए उद्धृत किया गया था, उन्होंने 23 वर्षों तक उस क्षमता में सेवा की थी। हालांकि, अगले दिन उन्होंने ऐसा कोई बयान देने से इनकार किया।

सितंबर 2016 में देश के संविधान पर चर्चा करने के लिए एक बैठक में भाग लेने के बाद वह कई राजनेताओं में से एक थे जिन्हें गिरफ़्तार किया गया था। इसके बाद उन्होंने फ़िजी पर अभी भी तानाशाही होने का आरोप लगाया। गिरफ़्तार किए गए किसी भी व्यक्ति के ख़िलाफ़ कोई आरोप नहीं लगाया गया।

उन्होंने 2018 का चुनाव लड़ने का प्रयास किया , लेकिन उनके पिछले आपराधिक दोष के कारण उन्हें उम्मीदवार के रूप में अयोग्य घोषित कर दिया गया। इस फैसले के खिलाफ अपील को फिजी के उच्च न्यायालय ने खारिज कर दिया ।

26 जुलाई 2021 को उन्हें प्रस्तावित सरकारी भूमि विधेयक के बारे में की गई टिप्पणियों पर फ़िजी पुलिस द्वारा पूछताछ के लिए ले जाया गया था।

उन्होंने 2022 का चुनाव लड़ा , 5760 वोट जीते, लेकिन एक सीट नहीं जीत पाए क्योंकि लेबर पार्टी 5% की सीमा हासिल करने में विफल रही।

24

महेन्द्र चौधरी के विचार और नीतियां

महेन्द्र चौधरी के विचार और नीतियां

चौधरी अपनी जुझारू नेतृत्व शैली के लिए जाने जाते हैं, जिसके कारण उन्हें प्रशंसक और शत्रु दोनों मिले हैं।

एनएफपीकेसाथसंबंध

वे नेशनल फेडरेशन पार्टी के साथ विवाद में रहे, जिसका समर्थन 1999, 2001 और 2006 के चुनावों में तेजी से गिरा, लेकिन स्थानीय सरकार के चुनावों में उनका प्रदर्शन अच्छा रहा। हालाँकि NFP के साथ वरीयताओं के आदान-प्रदान पर समझौता करना उनके लिए फ़ायदेमंद होता, लेकिन भारतीय मतदाताओं से समर्थन के लिए प्रतिस्पर्धा, विशेष रूप से गन्ना उगाने वाले क्षेत्रों में, जहाँ FLP और NFP ने प्रतिद्वंद्वी यूनियनों का समर्थन किया, ने ऐसा होने से रोका।

जातीयफिजीवोटकोआकर्षितकरना

वे जातीय फिजी मतदाताओं में महत्वपूर्ण पैठ बनाने में असफल रहे , जिनमें से दस प्रतिशत से भी कम ने 2001 या 2006 में उनकी पार्टी को वोट दिया था। हालांकि, वे पोपेसी बून जैसे कई उच्च-प्रोफ़ाइल जातीय फिजीवासियों को अपनी पार्टी की ओर आकर्षित करने में सफल रहे ।

प्रतिभापलायन

चौधरी ने फिजी से पलायन की उच्च दर पर चिंता व्यक्त की, विशेष रूप से फिजी-भारतीयों और शिक्षित स्वदेशी फिजीवासियों की। "यदियहप्रवृत्तिजारीरही, तोफिजीमेंअपर्याप्तरूपसेशिक्षित, अकुशलकार्यबलकाएकबड़ासमूहरहजाएगा, जिसकाहमारेसामाजिकऔरआर्थिकबुनियादीढांचेऔरनिवेशकेस्तरपरविनाशकारीपरिणामहोगा," उन्होंने 19 जून 2005 को एक बयान में कहा। उन्होंने 1987 के तख्तापलट को "प्रतिभा पलायन" के लिए दोषी ठहराया, जिसने, उन्होंने कहा, चीनी उद्योग, शिक्षा और

स्वास्थ्य सेवाओं के मानक और सिविल सेवा की दक्षता को प्रतिकूल रूप से प्रभावित किया था। उन्होंने माना कि इससे एक शून्य पैदा हो रहा था, जिससे अपराध, नशीली दवाओं के दुरुपयोग और मनी लॉन्ड्रिंग के स्तर में वृद्धि होगी। उन्होंने इस बात पर दुःख व्यक्त किया कि "फिजीजिसदिशामेंजारहाहै, उससेसभीजातियोंकेलोगोंमेंअसुरक्षा, हताशाऔरअसंतोषकीभावनाबढ़रहीहै" तथा कहा कि इस प्रवृत्ति को पलटने का एकमात्र तरीका एक ऐसी सरकार का चुनाव करना है जो स्थायित्व प्रदान करे, जीवन स्तर को ऊपर उठाए, तथा निवेशकों के लिए विश्वास का माहौल बनाए और नौकरी चाहने वालों के लिए अवसर पैदा करे।

सुलह, सहिष्णुताऔरएकताविधेयक

मई-जून 2005 से चौधरी सरकार के विवादास्पद सुलह, सहिष्णुता और एकता विधेयक के खिलाफ अभियान में सबसे आगे थे, जिसमें राष्ट्रपति की मंजूरी के अधीन, 2000 के तख्तापलट के पीड़ितों को मुआवजा देने और अपराधियों को माफ़ करने की शक्ति के साथ एक आयोग की स्थापना का प्रस्ताव है। 20 मई को बोलते हुए, उन्होंने कहा कि फिजी में *तख्तापलटकी संस्कृति* विकसित हो गई है और इसे खत्म करने की जरूरत है। उनका मानना है कि 1987 के पहले के तख्तापलट में शामिल लोगों को माफ़ करना एक गंभीर गलती थी।

फ़िजीवासियोंकोमुख्यधारामेंलाना

चौधरी ने अधिक जातीय फिजीवासियों को आर्थिक मुख्यधारा में लाने के पक्ष में भी बात की। उन्होंने फिजी के पूर्व ब्रिटिश औपनिवेशिक शासकों की "फूट डालो और राज करो" की नीतियों पर हमला करते हुए कहा कि स्वदेशी फिजीवासियों को अन्य समुदायों से अलग-थलग कर दिया गया है और आर्थिक रूप से हाशिए पर डाल दिया गया है। उन्होंने कहा कि 1970 में स्वतंत्रता के बाद से ही यह औपनिवेशिक विरासत समाज में यथास्थिति बनी हुई है।

चौधरी ने कहा, "*यथास्थितिसामान्यफिजीवासियोंकेलिएअच्छीनहींहै।*

यहसमाजकेअभिजातवर्गकेलिएअच्छीहै,   लेकिनसामान्यफिजीवासियोंकेलिएनहीं।" उन्होंने कहा कि पारंपरिक सांप्रदायिक मानसिकता को खत्म किए बिना सकारात्मक भेदभाव कार्यक्रम बहुत कुछ हासिल नहीं कर पाएंगे। उन्होंने प्रोत्साहन और उचित प्रशिक्षण के आधार पर समाज के प्रति अधिक व्यक्तिवादी दृष्टिकोण का आह्वान किया। उनका मानना था कि आधुनिकीकरण फिजी समाज की साम्प्रदायिक संरचना को खतरे में डालेगा। उन्होंने कहा, "*नहीं, आपअभीभीअपनेपारंपरिकदायित्वोंकोपूराकरसकतेहैं,*

लेकिनसांप्रदायिकदृष्टिकोणऔरमुक्तबाजारदृष्टिकोणकेबीचप्रणालीमेंविरोधाभास कोसंबोधितकरनेकीआवश्यकताहै।" उन्होंने यह भी जोर दिया कि संस्कृति को स्थिर नहीं रहने दिया जा सकता।

मानवअधिकारोंपरसार्वभौमिकघोषणा

उन्होंने मानवाधिकारों पर सार्वभौमिक घोषणा के खिलाफ बोलने के लिए प्रधानमंत्री करासे की निंदा की । करासे ने एक दिन पहले नाडी में राष्ट्रमंडल संसदीय संघ की बैठक में कहा था कि पश्चिमी शैली का लोकतंत्र फिजी में एक विदेशी अवधारणा है, और मानवाधिकारों की सार्वभौमिक घोषणा फिजी की पदानुक्रमिक व्यवस्था के अनुकूल नहीं है। चौधरी ने जवाब देते हुए कहा कि करासे एक कहावत वाले शतुरमुर्ग की तरह हैं जिसका सिर रेत में है। उन्होंने कहा, "कानूनकाशासनसभीपरसमानरूपसेलागूहोनाचाहिए, चाहेसमाजमेंउनकीस्थितियावर्गविभाजनकुछभीहो।

यहसमानअनुप्रयोगहीआधुनिकलोकतंत्रोंकीरक्षाकरताहै।"

चुनावीसुधारकीमांग

चौधरी ने समय-समय पर फिजी की चुनावी प्रणाली में सुधार की मांग की। उन्होंने 20 नवंबर 2005 को कहा कि सांप्रदायिक मतदान, जिसने जातीय मतदाता सूची में पंजीकृत व्यक्तियों के लिए प्रतिनिधि सभा में लगभग दो-तिहाई सीटें आरक्षित कीं, राष्ट्र को ध्रुवीकृत करने की प्रवृति रखता है और राजनेताओं को आधार प्रदान करता है, जिसे उन्होंने अतिवादी विचार कहा। उन्होंने कहा कि संविधान में इस प्रावधान को बदलने के किसी भी कदम का विपक्ष द्वारा समर्थन किया जाएगा।

समलैंगिकअधिकार

चौधरी ने 18 अक्टूबर 2005 को कहा कि वह और एफएलपी प्रधानमंत्री करासे के उन संवैधानिक खामियों को दूर करने के प्रयासों का समर्थन नहीं करेंगे जो फिजी के समलैंगिक विरोधी कानूनों को कमजोर करती हैं। चौधरी ने कहा कि समलैंगिक अधिकारों की गारंटी संविधान द्वारा दी गई है और इसे बरकरार रखा जाना चाहिए; उन्होंने कहा कि प्रधानमंत्री, जिन्हें संविधान बदलने के लिए संसद में दो-तिहाई बहुमत की आवश्यकता है, इस उपाय के लिए एफएलपी का समर्थन हासिल करने की कोशिश में अपना समय बर्बाद कर रहे हैं।

व्यवसायसमर्थककनीतियां

चौधरी ने 2 सितम्बर को फिजी एम्प्लोयेर्स फेडरेशन के वार्षिक सम्मेलन में किए गए करासे के दावों का भी कड़ा विरोध किया , जिसमें कहा गया था कि लेबर पार्टी व्यवसाय के प्रति सहानुभूति नहीं रखती है और "लाभ के उद्देश्य के बारे में एक क्लासिक वामपंथी संदेह रखती है।" चौधरी ने जवाब दिया कि उनकी पार्टी वास्तव में व्यवसाय के पक्ष में थी और जब वह सत्ता में थी, तो उसने आर्थिक विकास को प्रोत्साहित करने के उद्देश्य से कई नीतियां बनाई थीं। चौधरी ने घोषणा की, "यह एफएलपी ही थी जो व्यवसाय करने की लागत को कम करने के लिए प्रतिबद्ध थी और उपयोगिताओं की लागत को कम करके शुरू की, और वाणिज्यिक बैंकों और ऋण देने वाले संगठनों से उनकी फीस, शुल्क और ब्याज दरों को कम करने का अनुरोध किया ... जिसके कारण अर्थव्यवस्था ने 1999 में 9.6% की अभूतपूर्व वृद्धि दर्ज की।" उन्होंने कहा कि करासे के नेतृत्व के पांच वर्षों में, सार्वजनिक ऋण दोगुना होकर F\$ 2.3 बिलियन हो गया था , बुनियादी ढांचे की स्थिति खराब हो गई थी, और

अर्थव्यवस्था पतन के कगार पर थी।

विवाद

चौधरी पिछले कुछ वर्षों में अनेक विवादास्पद मामलों में संलिप्त रहे हैं, जिनमें 1978 में हत्या के आरोप से लेकर हाल ही में 2005 में धन के दुरुपयोग के आरोप शामिल हैं।

1978 कीसज़ा

1978 में, चौधरी एक घातक ऑटोमोबाइल दुर्घटना में शामिल थे और उन्हें घातक दुर्घटना के बाद रुकने में विफल रहने का दोषी ठहराया गया था। उन्हें नौ महीने के कारावास की सजा सुनाई गई थी, लेकिन 17 दिनों की सजा काटने के बाद उन्हें पैरोल पर रिहा कर दिया गया था।

प्रधानमंत्री क़रासे ने मीडिया का ध्यान चौधरी की सज़ा और उनकी लगभग तत्काल रिहाई की ओर आकर्षित किया, जो चौधरी द्वारा 2000 के तख्तापलट में शामिल होने के दोषी व्यक्तियों के प्रति नरमी दिखाने के सरकारी फ़ैसलों की आलोचना के जवाब में था, जिसमें पूर्व उपराष्ट्रपति रातू जोप सेनिलोली और कैबिनेट मंत्री रातू नाइकामा लाल बालावु शामिल थे। क़रासे ने चौधरी और उनके समर्थकों पर "कांच के घरों में रहने" का आरोप लगाया। चौधरी ने बताया कि देशद्रोह के पूर्व नियोजित कृत्य और एक साधारण यातायात अपराध के बीच कोई तुलना नहीं है।

अभद्रभाषाकेआरोप

फिजी टाइम्स ने 4 सितम्बर 2005 को रिपोर्ट किया कि चौधरी और उनके मुख्य प्रतिद्वंद्वी, प्रधानमंत्री क़रासे ने राजनीतिक समर्थन हासिल करने के लिए घृणास्पद भाषण का प्रयोग करने के परस्पर आरोप लगाए थे।

धनउगाहीकेआरोप

8 दिसंबर 2005 को चौधरी ने प्रधानमंत्री क़रासे और फिजी टेलीविज़न पर मानहानि का मुकदमा करने की घोषणा की।

23 नवंबर 2005 को प्रतिनिधि सभा को संबोधित करते हुए प्रधानमंत्री करासे ने आरोप लगाया कि चौधरी ने भारतीय राज्य हरियाणा में उनके लिए धन जुटाया था, और चौधरी से कहा कि वे बताएं कि उसके बाद से उस धन का क्या हुआ। 2 दिसंबर को उन्होंने संसद को बताया कि उन्हें पता है कि हरियाणा में उनके नाम पर धन जुटाया गया है, लेकिन उन्होंने अपील को अधिकृत करने या उससे प्राप्त किसी भी राशि को प्राप्त करने से इनकार किया। उन्होंने कहा कि उन्होंने हरियाणा के तत्कालीन मुख्यमंत्री ओम प्रकाश चौटाला के समक्ष यह मुद्दा उठाया था, फिजी और भारत दोनों में मीडिया द्वारा परेशान किए जाने के बाद। उन्होंने दावा किया कि 2005 में भारत की अपनी यात्रा के दौरान ही उन्हें पता चला कि धन के मामले में चौटाला का रिकॉर्ड पारदर्शी नहीं है। चौधरी ने कहा,

"पूरेप्रकरणकेबारेमेंमेरागुस्सायहहैकिश्रीचौटालाहरियाणाकेआमऔरगरीब लोगोंकीभावनाओंकाशोषणकररहेहैं,   जोभावनात्मकरूपसेमुझसेऔरफिजीमेंरहनेवाले

भारतीयमूलकेलोगोंसेजुड़ेहुएहैंऔरउन्हेंअपनेस्वार्थकेलिएधोखादेनेकाखेलखेलरहेहैं।"

30 नवंबर को, हरियाणा राज्य सरकार ने आरोपों की जांच के आदेश दिए। इसके बाद भारतीय मीडिया में ऐसी खबरें आईं कि एक भारतीय राजनीतिक पार्टी, इंडियन नेशनल लोकदल (आईएनएलडी) ने 2001 में चौधरी के लिए दस लाख करोड़ (F\$376,557) से अधिक की धनराशि जुटाई थी, जो उस समय 2000 के तख्तापलट के बाद समर्थन जुटाने के लिए भारत आए थे। हालांकि, *वेबइंडिया* के अनुसार , मुद्रा नियमों के कारण, धन उन्हें नहीं दिया गया था, और इसके बजाय *इंडो-फिजीफ्रेंडशिपसोसाइटीकेओरिएन्टल बैंक ऑफ़ कॉमर्सखाते* में जमा कर दिया गया था । आईएनएलडी के महासचिव अजय सिंह चौटाला , जिनके पिता ओम प्रकाश चौटाला उस समय हरियाणा के मुख्यमंत्री थे, ने जांच का स्वागत किया। हरियाणा के अधिकारी उनकी टिप्पणियों से शांत नहीं हुए और 20 दिसंबर को हरियाणा के राज्य परिवहन और संसदीय मामलों के मंत्री *रणबीरसिंहसुरजेवालाने* चौटाला और उनके दोनों बेटों के पासपोर्ट जब्त करने को कहा ताकि वे देश छोड़कर न जा सकें।

7 दिसम्बर 2005 को यह घोषणा की गई कि भारत के अन्वेषण ब्यूरो ने चौधरी को आरोपों से मुक्त कर दिया है।

चीनीउद्योगआयोगकेआरोप

एक और मोड़ में, करासे ने 25 नवंबर को यह भी घोषणा की थी कि उनके पास अनिर्दिष्ट "साक्ष्य" है, जिसके बारे में उन्होंने दावा किया कि उन्हें भारत से प्राप्त हुआ है, कि एफएलपी के एक वरिष्ठ सदस्य ने भारतीय कंपनियों से कमीशन प्राप्त करने का प्रयास किया था, जिन्होंने फिजी के चीनी उद्योग के सुधार के संबंध में अनुबंधों के लिए आवेदन किया था। उन्होंने चौधरी को चेतावनी दी कि उन्होंने निराधार आरोप नहीं लगाए हैं, और वे *"समयआनेपर"* सबूतोंकाउपयोगकरेंगे। बाद में उन्होंने संसद के बाहर आरोपों को दोहराया। आरोपों पर गुस्से में प्रतिक्रिया करते हुए, चौधरी ने 4 दिसंबर को धमकी दी कि अगर करासे अपने दावों के लिए माफी मांगने या उन्हें साबित करने में विफल रहे तो वे उन पर मुकदमा करेंगे। उन्होंने कहा , *"प्रधानमंत्रीकाकर्तव्यहैकिवेसबूतपेशकरें।येगंभीरआरोपहैं, जिन्होंनेमेरीईमानदारीऔरप्रतिष्ठापरकलंकलगायाहै।"* अगले दिन, उनके बेटे और वकील राजेंद्र चौधरी ने प्रधानमंत्री को पत्र लिखकर उन्हें माफी मांगने के लिए तीन दिन का समय दिया या फिर मुकदमा का सामना करने के लिए कहा। 7 दिसंबर को करासे ने अल्टीमेटम देने से इनकार कर दिया। फिजी टाइम्स ने उनके हवाले से बताया कि, *"मैंबिनावजहमाफीनहींमांगता।"*

जब चौधरी द्वारा निर्धारित तीन दिन की समय-सीमा समाप्त हो गई, तो उन्होंने 8 दिसंबर को घोषणा की कि वे प्रधानमंत्री के रूप में नहीं, बल्कि एक व्यक्ति के रूप में करासे पर मुकदमा करेंगे, जिसका अर्थ है कि करासे अपना मुकदमा लड़ने के लिए राज्य के धन का उपयोग करने में असमर्थ होंगे। रिट, जिसमें करासे को पहला प्रतिवादी नामित किया गया था, ने फिजी टेलीविजन को दूसरे प्रतिवादी के रूप में भी नामित किया।

चौधरी ने घोषणा की, "क़रासेअपनेदावोंकोपुष्टकरनेकेलिएसबूतपेशकरनेमेंअनिच्छुकथे ... आरोपबहुतगंभीरहैंऔरमेरीईमानदारीऔरनेतृत्वपरसीधासवालउठातेहैं। इसलिएमुझेकानूनीकार्वाईकासहारालेनापड़ा।"

9 दिसंबर को निर्धारित प्रेस कॉन्फ्रेंस में प्रधानमंत्री ने महेंद्र चौधरी द्वारा नेशनल फार्मर्स यूनियन (NFU) के लेटरहेड पर लिखे गए एक गोपनीय पत्र का खुलासा किया, जो उन्होंने संघ के महासचिव के रूप में सितंबर 2003 में फिजी शुगर कारपोरेशन (FSC) के अध्यक्ष चार्ल्स वाकर को लिखा था। पत्र में प्रस्ताव दिया गया था कि NFU FSC में शेयर खरीदे, और कहा गया कि वे, सीनेटर आनंद सिंह और ऑकलैंड, न्यूज़ीलैंड की यूनाइटेड कंसल्टेंसी FSC के पुनर्गठन के लिए "भारत स्थित मिलिंग कंपनी" के साथ बातचीत कर रहे थे। प्रधानमंत्री के अनुसार, इस सौदे से सरकार द्वारा बेचे जाने वाले शेयर गन्ना किसानों को नहीं बल्कि उनके ट्रेड यूनियन प्रतिनिधियों को हस्तांतरित किए जाते। *"इससेकेवल NFU कोलाभहुआ,"* क़रासे ने कहा। क़रासे ने विपक्ष के नेता के कार्यालय की ऑडिट की मांग करते हुए कहा कि इससे भारतीय कंपनी से उनके संबंध साबित हो जाएंगे। उन्होंने आरोप लगाया कि चौधरी के कार्यालय में मौजूद उपकरणों का इस्तेमाल 2002 से कंपनी के साथ संवाद करने के लिए किया जा रहा था।

चौधरी ने इस खुलासे को "हास्यास्पद" बताया और कहा कि इससे उनके और भारत के एक्ज़िम बैंक या भारत सरकार के ऋण के बीच कोई संबंध नहीं दिखता। चौधरी ने कहा, *"यहस्पष्टहैकिबेबुनियादआरोपलगानेकेबाद, प्रधानमंत्रीअपनेदावोंकोसहीसाबितकरनेकेलिएतिनकेकासहारालेरहेथे।"*

उन्होंने कहा, *"ऋणऔरउसपत्रकेबीचकोईसंबंधनहींहैजोमैंनेचीनीउद्योगसुधारोंपर प्रधानमंत्रीकीसंचालनसमितिकेअध्यक्षचार्ल्सवॉकरकोलिखाथा, जिसेक़रासेनेमीडियाकोअपने 'सबूत' केरूपमेंजारीकियाकिमुझेऋणसेकमीशनमिलाथा।"* उन्होंने कहा कि न ही यह क़रासे के इस दावे को पुष्ट करता है कि उन्होंने भारतीय कंपनियों से कमीशन मांगा था।

9 दिसंबर को ही, एफएलपी सीनेटर और पूर्व अटॉर्नी जनरल आनंद सिंह ने भारत सरकार और और भारतीय तकनीकी मिशन के प्रमुख जेजे भगत पर मुआवज़े के लिए मुकदमा करने के अपने फ़ैसले की घोषणा की , जिसके अनुसार उन्होंने विचार प्रदान किए थे, जिसके बारे में उनका कहना है कि फ़िजी और भारत की सरकारों द्वारा स्वीकृति के बिना उन्हें अपनाया गया था। प्रधानमंत्री क़रासे ने पहले 5 दिसंबर को आरोप लगाया था कि चौधरी वार्ता में एक पक्ष थे, और उन्होंने एफएलपी से यह बताने के लिए कहा कि क्या वह सिंह के मुआवज़े के दावे में शामिल था।

14 दिसंबर को, उचक न्यायालय के न्यायाधीश एंथनीगेट्स ने चौधरी द्वारा प्रधानमंत्री क़रासे पर मीडिया में बयान देने से मना करने के लिए दायर अपील को खारिज कर दिया, जब तक कि चौधरी के मुकदमे की सुनवाई नहीं हो जाती। प्रधानमंत्री के बयान

मानहानिकारक थे या नहीं, यह एक ऐसा मुद्दा है जिसे मुकदमे में ही सुलझाया जाना चाहिए, गेट्स ने फैसला सुनाया; इस बीच, न्यायालय अभिव्यक्ति की स्वतंत्रता की संवैधानिक गारंटी में हस्तक्षेप नहीं करेगा । चौधरी को न्यायालय की लागतों को पूरा करने के लिए करासे और फिजी टेलीविजन लिमिटेड को F$750 का भुगतान करने का आदेश दिया गया। मानहानि के मुकदमे की सुनवाई के लिए 9 जनवरी 2006 की तारीख तय की गई है। गेट्स ने कहा कि चौधरी इस बात का "विश्वसनीय सबूत" देने में विफल रहे कि करासे के शब्द असत्य थे, और इसलिए उनके प्रकाशन पर रोक लगाने का कोई आधार नहीं था।

9 जनवरी 2006 को गेट्स ने घोषणा की कि वे प्रधानमंत्री और फिजी टेलीविजन के खिलाफ़ मामले से हट रहे हैं। उन्होंने कहा कि वे आपराधिक मामलों में पूरी तरह व्यस्त थे और उनके पास सिविल मामलों में समय देने का समय नहीं था।

चौधरी ने 20 जनवरी 2006 को पत्राचार जारी किया, जिसमें उन्होंने इस बात का सबूत दिया कि न तो उन्होंने और न ही उनकी पार्टी ने चीनी उद्योग सुधार के लिए दिए गए भारतीय ऋणों पर कमीशन लेने की कोशिश की। फिजी में भारतीय उच्चायोग से भेजे गए पत्र में कहा गया कि एक्जिम बैंक ने पुष्टि की है कि ऋण पर कमीशन प्राप्त करने का कोई प्रयास नहीं किया गया था, और बैंक कभी भी ऋणों पर कमीशन नहीं देता है। जवाब में, प्रधान मंत्री ने कहा कि कई अनुत्तरित प्रश्न बचे हुए हैं, जिनका समाधान तब किया जाएगा जब मामले की अदालत में सुनवाई होगी।

चौधरी ने 27 फरवरी को घोषणा की कि 16 जनवरी तक उन्होंने फिजी टेलीविजन के खिलाफ अपना मामला वापस ले लिया है, लेकिन प्रधानमंत्री के खिलाफ नहीं।

डेली पोस्ट के खिलाफ मुकदमा

5 दिसंबर 2005 को, वकील राजेंद्र चौधरी ने अपने पिता, फिजी लेबर पार्टी (FLP) के नेता महेंद्र चौधरी की ओर से डेली पोस्ट के खिलाफ एक रिट दायर की । सरकारी स्वामित्व वाले अखबार के खिलाफ रिट , जिसके सम्पादक मेसाके कोरोई प्रधानमंत्री क़रासे के चचेरे भाई हैं, चौधरी के दावे के अनुसार "असत्य और दुर्भावनापूर्ण" आरोप हैं, जो FLP के भीतर नेतृत्व संघर्ष का संकेत देते हैं। संबंधित लेख में यह भी दावा किया गया है कि FLP अब वह पार्टी नहीं रही जिसकी स्थापना टिमोसी बावड्रा, तुपेनी बाबा और आदि कुइनी स्पीड ने की थी, बल्कि यह एक कट्टर भारतीय राष्ट्रवादी पार्टी बन गई है।

विशेषाधिकारकेदुरुपयोगकीजांच

23 दिसंबर 2005 को यह पता चला कि महालेखा परीक्षक एरोनी वटुलोका प्रधानमंत्री करासे की एक शिकायत की जांच कर रहे थे, जिसमें चौधरी पर पद का दुरुपयोग करने का आरोप लगाया गया था। प्रधानमंत्री का आरोप है कि चौधरी ने सीनेटर आनंद सिंह को व्यावसायिक उद्देश्यों के लिए कार्यालय उपकरण का उपयोग करने की अनुमति दी है। चौधरी ने प्रधानमंत्री की शिकायत को "तुच्छ" और "बचकाना" बताते हुए खारिज कर दिया है।

फिजी टेलीविजन ने 31 जनवरी 2006 को खुलासा किया कि नेशनल फार्मर्स यूनियन ने एक व्यावसायिक ग्राहक को फैक्स किए गए पत्र पर संसदीय टेलीफोन नंबर डाला था, और उस पत्र पर एफएलपी संसदीय कार्यालय के एक कर्मचारी शरीन प्रसाद के हस्ताक्षर थे । चौधरी ने फिर से दावों पर टिप्पणी करने से इनकार कर दिया, कहा कि वे "तुच्छ" थे।

इंडो-फिजियन वोट के लिए एफएलपी के मुख्य प्रतिद्वंद्वी, नेशनल फेडरेशन पार्टी (एनएफपी) के महासचिव प्रमोद राय ने आरोपों की जांच की मांग की ।

सनम्युंगमूनकेलिएसमर्थन

चौधरी को यूनिफिकेशन चर्च से संबद्ध संगठन, इंटर-रिलिजियस फेडरेशन फॉर वर्ल्ड पीस इंटरनेशनल के सलाहकार के रूप में पंजीकृत किया गया था। फिजी सरकार ने समूह के 85 वर्षीय संस्थापक सन म्युंग मून की फिजी यात्रा की अनुमति अचानक रद्द कर दी , जहां उन्हें नाडी में एक सम्मलेन में मुख्य वक्ता बनाना था । आव्रजन विभाग के मुख्य कार्यकारी अधिकारी डॉ. लेसी कोरोवाला ने मून के सिद्धांतों को "भ्रामक, घृणित और विभाजनकारी" बताया, कहा कि उनकी यात्रा "शांति, अच्छे आदेश, सार्वजनिक सुरक्षा और सार्वजनिक नैतिकता" के लिए अनुकूल नहीं होगी, और निष्कर्ष निकाला कि वह "देश में प्रवेश करने के लिए उपयुक्त और उचित व्यक्ति नहीं हैं।"

चौधरी ने सरकार के इस फैसले की आलोचना करते हुए कहा कि सरकार मून के साथ आतंकवादी या अपराधी जैसा व्यवहार कर रही है। चौधरी ने कहा, *"रेवडॉ. मूनकोईअपराधीयाआतंकवादीनहींहैं, जिनकेसाथइसतरहकाव्यवहारकियाजाए।"* *"वेनैतिकऔरआध्यात्मिकमूल्योंकोबढ़ावादेकरशांतिकेमिशनकेलिएसमर्पितव्यक्तिहैं।* *उन्होंनेएकऐसासंगठनबनायाहैजोबेहतरवैश्विकसमझऔरसद्भावलानेकेलिएनैतिक औरपारिवारिकमूल्योंकोबढ़ावादेनेमेंविश्वासकरताहै।"* चौधरी के साथ सीनेट के अध्यक्ष टैटो वाकावाकाटोगा भी शामिल हुए , जो समूह के समन्वयक के रूप में पंजीकृत हैं, जिन्होंने कहा कि मून ने फिजी में सकारात्मक योगदान दिया होगा।

कर आरोप

ऑस्ट्रेलिया से बुलाई गई जांच टीम ने एफआईआरसी ए द्वारा उपलब्ध कराए गए सबूतों और दस्तावेजों का अध्ययन करने के बाद चौधरी को किसी भी कर उल्लंघन से मुक्त कर दिया, जिसमें कहा गया कि श्री चौधरी ने किसी भी कराधान कानून का उल्लंघन नहीं किया है। 2000 से 2006 के बीच चौधरी के संबंध में एफआईआरसीए द्वारा कर निर्धारण फिजी में कर अधिनियम और अन्य प्रासंगिक कर कानूनों के अनुसार किया गया था। जांच दल का नेतृत्व ब्रिस्बेन में लॉ फर्म मिन्टर एलिसन के पार्टनर ब्रूस काउली, ब्रिस्बेन में ही बी डीओ केंडल्स की अकाउंटिंग फर्म के पार्टनर रसेल पोस्टल और पूर्व उप प्रधानमंत्री तौफा वाकाटाले ने किया था ।

महेन्द्र चौधरी फिजी के चौथे प्रधानमंत्री

25

चौधरी लियाकत अली खान

चौधरी लियाकत अली खान

चौधरी लियाकत अली खानप्रथम प्रधानमंत्री पाकिस्तान (14 अगस्त 1947 – 16 अक्टूबर 1951)

चौधरी लियाकत अली खानप्रथम प्रधानमंत्री पाकिस्तान (14 अगस्त 1947 – 16 अक्टूबर 1951)

चौधरी लियाकत अली खान (हिन्दी: **चौधरी लियाकत अली खान**, उर्दू: لیاقت علی خان) 1 अक्टूबर, 1895 - 16 अक्टूबर, 1951) एक पाकिस्तानी राजनेता थे जो पाकिस्तान के पहले प्रधान मंत्री बने। वह मुस्लिम जाट गोत्र - मंधान से थे।

वह रक्षा मंत्री और राष्ट्रमंडल, कश्मीर मामलों के मंत्री भी थे। वह 1946 में भारत और पाकिस्तान दोनों की आजादी से पहले जवाहरलाल नेहरू के अधीन ब्रिटिश भारत की अंतरिम सरकार में भारत के पहले वित्त मंत्री भी थे। लियाकत अखिल भारतीय मुस्लिम लीग के सदस्य के रूप में राजनीतिक प्रमुखता तक पहुंचे। उन्होंने भारत और पाकिस्तान की आज़ादी में अहम भूमिका निभाई। 1947 में वह पाकिस्तान के प्रधानमंत्री बने।

उनका जन्म 1 अक्टूबर, 1895 को वर्तमान हरियाणा, भारत के करनाल शहर में एक भूमि-धारक (जागीरदार) सुन्नी मुस्लिम, पश्तो भाषी नोशेरवानी बलूच परिवार में हुआ था। उनके पिता, नवाब रुस्तम अली खान के पास रुकेन-उद-दौला, शमशेर जंग और नवाब बहादुर की उपाधि थी। वह उन कुछ जमींदारों में से एक थे जिनकी संपत्ति (करनाल के 60 गांवों की जागीर सहित कुल 300 गांव) पूर्वी पंजाब और संयुक्त प्रांत दोनों में फैली हुई थी। लियाकत की मां महमूदा बेगम ने उनकी औपचारिक स्कूली शिक्षा शुरू होने से पहले घर पर कुरान और हदीथ की शिक्षा की व्यवस्था की थी।

उन्होंने बी.एससी. के साथ स्नातक की उपाधि प्राप्त की। 1918 में मुहम्मदन एंग्लो-ओरिएंटल कॉलेज (बाद में अलीगढ़ मुस्लिम विश्वविद्यालय), अलीगढ़ से राजनीति विज्ञान और कानून में स्नातक की उपाधि प्राप्त की और 1918 में अपनी चचेरी बहन जहांगीरा बेगम से शादी की। अपने पिता की मृत्यु के बाद, खान इंग्लैंड चले गए और 1921 में ऑक्सफोर्ड विश्वविद्यालय के एक्सेटर कॉलेज से कानून और न्याय में मास्टर डिग्री प्राप्त की। ऑक्सफोर्ड में एक छात्र के रूप में, उन्हें भारतीय मजलिस का मानद कोषाध्यक्ष चुना गया। इसके बाद वह लंदन के इन्स ऑफ कोर्ट में से एक, इनर टेम्पल में शामिल हो गए। 1922 में उन्हें बार में बुलाया गया।

नवाबज़ादा लियाकत अली खान पाकिस्तान के प्रथम प्रधानमन्त्री थे। जिन्होंने पाकिस्तान आन्दोलन के दौरान मुहम्मद अली जिन्ना के साथ कई दौरे किये। भारत के प्रथम वाणिज्य मन्त्री भी थे (अंग्रेजों के अधीन भारत)। इनका परिवार अंग्रेजों से अच्छे सम्बन्ध रखता था। सन् 1951 में रावलपिण्डी में इनकी हत्या हो गयी - जिसकी गुत्थी आज तक नहीं सुलझी है। साद अकबर बाबरक नामक हत्यारा एक अफगान था। यह पाकिस्तान के प्रथम रक्षा मन्त्री भी रहे और पाकिस्तान के प्रथम विदेश मन्त्री भी रहे |

26

फिरोज खान नून

फिरोज खान नून

फिरोज खान नून

फ़िरोज़ खान नून (मुस्लिम जाट, गोत्र - नून), (जन्म- 07 मई1893 - मृत्यु 09 दिसंबर 1970), 7वें प्रधानमंत्री पाकिस्तान, प्रधानमंत्री कार्यकाल, (16 दिसंबर 1957 से 07अक्टूबर1958) ।

फ़िरोज़ खान नून (1893-1970) मलिक सर फ़िरोज़ खान नून पाकिस्तान के एक राजनीतिज़ थे। वह नून मुस्लिम जाट गोत्र से थे।

प्रारंभिक जीवन

उनका जन्म 07 मई 1893 को ग्राम हमोका, तहसील खुशाब, पंजाब में हुआ था। वह एक संभ्रांत कुलीन और ज़मींदार परिवार से थे, जो अपनी संपत्ति के लिए जाने जाते थे और सामाजिक दायरे में उनकी प्रतिष्ठा थी। वह सर मोहम्मद हेयान नून के पुत्र थे।

उन्होंने प्रारंभिक शिक्षा पब्लिक स्कूल भेरह जिले सरगोधा से प्राप्त की। 1905 में उन्होंने,एलिन्सन कॉलेज लाहौर में दाखिला लिया। 1912 में उच्च शिक्षा प्राप्त करने के लिए इंग्लैंड चले गए। 1916 में विलियम कॉलेज ऑक्सफोर्ड से हिस्ट्री में बीए किया।1917 में बैरिस्टर बनकर वापस भारत चले आए। जन 1918 ई. में सरगोधा से अपनी प्रैक्टिस शुरू की। जन 1921 से जनवरी 1927 हाईकोर्ट में प्रैक्टिस करते रहे।

शिक्षा

अपनी प्रारंभिक स्कूली शिक्षा के बाद, 1912 में इंग्लैंड भेजे जाने से पहले नून ने लाहौर के एचिसन कॉलेज में पढ़ाई की। भारत कार्यालय ने उनके लिए दक्षिण डर्बीशायर के टिकनॉल में रेवरेंड लॉयड के परिवार के साथ रहने की व्यवस्था की। वहां से उन्होंने ऑक्सफोर्ड विश्वविद्यालय में अध्ययन के लिए आवेदन किया, शुरुआत में बैलिओल कॉलेज ने उन्हें अस्वीकार कर दिया और फिर वाधम कॉलेज ने स्वीकार कर लिया। नून 1913 तक लॉयड के परिवार के साथ रहे और ऑक्सफ़ोर्ड जाने तक उनके साथ घनिष्ठ संबंध रहे।

उन्होंने आज़ादी से पहले और बाद में सरकार में कई पदों पर कार्य किया और पाकिस्तान आंदोलन में एक महत्वपूर्ण व्यक्ति थे।

1953 के लाहौर दंगों के मद्देनजर अपने पूर्ववर्ती मियां मुमताज दौलताना को बर्खास्त करने के बाद, नून को 1953 से 1956 तक ख्वाजा नाज़िमुद्दीन द्वारा पंजाब प्रांत का मुख्यमंत्री नियुक्त किया गया था। उसके बाद वह 1957 तक पाकिस्तान के विदेश मंत्री बने रहे।

व्यावहारिक राजनीति

1920 के चुनाव में तहसील भलवाल से लाहौर लेजसलीटो परिषद के सदस्य चुने गए। 1925 को भारत कैबिनेट में ग्रामीण आबादी के मंत्री बने। इस समय वह सबसे कम उम्र मंत्री थे और इस पद पर दस साल से अधिक समय तक पकड़ रहे और लगभग सोलह विधानसभा के सदस्य रहे। अक्टूबर 1931 के चुनाव में वह निर्विरोध चुने गए। जून 1936 ता सितंबर 1941 लंदन मेंहाई आयुक्त के पद पर सेवाएं सरंजाम दें। पहली बार1938 और दूसरी बार 1939 मेंबीन अंतर्राष्ट्रीय संस्था बैठकों भारत का प्रतिनिधित्व किया। सितंबर1941 ता सितंबर 1941 वायसराय मंत्रिमंडल के सदस्य रहे। सितंबर 1945 मंत्री रक्षा के पद से इस्तीफा गए। नवंबर 1946 में को रावलपिन्डी चुनाव में सफल हासिल की। नवंबर 1947 में संविधान सभा के सदस्य चुने गए।1947 में कायदे आजम मुहम्मद अली जिन्ना आप अपने विशेष

प्रतिनिधि के रूप में मुस्लिम दुनिया में भेजा।

अप्रैल 1950 ताकि अक्टूबर 1952 पूर्वी पाकिस्तान के दूसरे राज्यपाल रहे। 13 अप्रैल 19953 में ता 21 मई 1955 पंजाब के तीसरे मुख्यमंत्री रहे। 1955 में मुस्लिम लीग छोड़कर रिपब्लिकन पार्टी में शामिल हो गए और इस तरह विपक्ष में गए। 12 सितंबर 1956 को प्रधानमन्त्री पाकिस्तान हुसैन सुहरावर्दी कैबिनेट मेंखारजह मामलों और राष्ट्रमंडल विभाग उनके पास रहे। 1956 में उनके संघर्ष से सुरक्षा परिषद मेंकश्मीर विधानसभा के लिए चुनाव का प्रस्ताव दस मतों से पारित हुआ। 18 अक्टूबर 1957 को आई आई चनदरीगर मंत्रिमंडल में रिपब्लिकन पार्टी के टिकट पर मंत्री विदेश पद पर आसीन हुए।

प्रधान मंत्री

16 दिसंबर, 1957 को उन्हें पाकिस्तान के सातवें प्रधान मंत्री के रूप में चुना गया। वह 7 अक्टूबर, 1958 तक इस पद पर रहे, जब इस्कंदर मिर्ज़ा द्वारा पाकिस्तान के इतिहास में पहली बार मार्शल लॉ लागू किया गया था।

राजनीति के अलावा, नून ने पाँच किताबें लिखीं, जिनमें उनकी आत्मकथा, फ्रॉम मेमोरी भी शामिल है। उनकी पत्नी, बेगम विकार उन निसा नून, एक प्रमुख सामाजिक कार्यकर्ता थीं। हालाँकि वह मूल रूप से पाकिस्तान की नहीं थीं, फिर भी उन्होंने अपना पूरा जीवन पाकिस्तान के लोगों की भलाई के लिए काम करते हुए बिताया।

27

चौधरी शुजात हुसैन

चौधरी शुजात हुसैन
Shujaat Hussain

चौधरी शुजात हुसैन (उर्दू: چودھری شجاعت حسین) (जन्म 27 जनवरी, 1946) पाकिस्तान के एक राजनेता हैं जो 30 जून 2004 से 28 अगस्त 2004 तक पाकिस्तान के प्रधान मंत्री थे। पंजाब प्रांत, जहां उनके चचेरे भाई चौधरी परवेज़ इलाही ने 2002 से 2007 तक मुख्यमंत्री के रूप में कार्य किया। वह भराइच मुस्लिम जाट कबीले से हैं। हुसैन 2003 से पाकिस्तान मुस्लिम लीग (क्यू) के पार्टी अध्यक्ष हैं।

प्रारंभिक जीवन और शिक्षा

चौधरी शुजात हुसैन का जन्म 27 जनवरी 1946 को पूर्व ब्रिटिश भारतीय साम्राज्य के पंजाब के गुजरात जिले में हुआ था। उनका जन्म वाराइच वंश के एक पंजाबी जाट परिवार में हुआ था। उनके पूर्वज ग्रामीण गुजरात से थे और उनकी कोई प्रारंभिक राजनीतिक पृष्ठभूमि नहीं थी। उनके पिता जहूर इलाही पंजाब पुलिस में जूनियर कांस्टेबल थे, लेकिन एक कपास मिल स्थापित करने के लिए उन्होंने पुलिस सेवा छोड़ दी। भारतीय विभाजन के परिणामस्वरूप उनके परिवार ने एक कपास मिल खो दी, लेकिन 1947 में पाकिस्तान की स्थापना के बाद गुजरात में मिल को फिर से स्थापित किया। उनके पिता ने पहली बार 1954 में चुनाव लड़ा और गुजरात जिले के एक स्थानीय संघ पार्षद चुने गए। गुजरात में पब्लिक स्कूलों में दाखिला लेने के बाद, हुसैन ने मैट्रिक पास किया और उन्हें फॉर्मन क्रिशियन कॉलेज यूनिवर्सिटी में स्वीकार कर लिया गया। 1962 में, हुसैन ने फॉर्मन क्रिशियन कॉलेज यूनिवर्सिटी में दाखिला लिया और 1965 में बैचलर ऑफ बिजनेस एडमिनिस्ट्रेशन से स्नातक की उपाधि प्राप्त की और यूके में औद्योगिक प्रबंधन में एमए किया।

पाकिस्तान लौटने पर, हुसैन 1969 में कपड़ा, चीनी, आटा मिलिंग और कृषि फार्मों में औद्योगिक इकाइयों वाले पारिवारिक औद्योगिक समूह में शामिल हो गए। इस समय तक, हुसैन का परिवार एक शक्तिशाली औद्योगिक कुलीन वर्ग बन गया था और राष्ट्रपति अयूब खान और जनरल याह्या पर उनका महत्वपूर्ण प्रभाव था।

पाकिस्तान के पंजाब प्रांत के व्यवसाय-उद्योगपति चौधरी परिवार से आने वाले हुसैन ने एफसी कॉलेज विश्वविद्यालय और पंजाब विश्वविद्यालय से स्नातक की उपाधि प्राप्त की। अपनी स्नातक स्तर की पढ़ाई के बाद, हुसैन बाद में पारिवारिक व्यवसाय में शामिल हो गए जिसमें बड़ी संख्या में उद्योग, कपड़ा, कृषि फार्म, चीनी और आटा मिलें शामिल थीं। उन्होंने 1985 के गैर-पक्षपातपूर्ण चुनावों में सफलतापूर्वक चुनाव लड़ा और उन्हें प्रधान मंत्री मुहम्मद जुनेजो की सरकार में उद्योग मंत्री के रूप में नियुक्त किया गया, जो 1988 तक चली। हुसैन 1988 और 1990 के बीच इस्लामिक डेमोक्रेटिक अलायंस (आईडीए) में एक नेता और प्रभावशाली रूढ़िवादी व्यक्ति बन गए। और 1993 में नवाज शरीफ के नेतृत्व में पाकिस्तान मुस्लिम लीग (पीएमएल) में शामिल हो गए। हुसैन ने 1990 से 1993 और 1997 से 1999 तक लगातार दो कार्यकालों में प्रधान मंत्री नवाज शरीफ की सरकार में 26 वें आंतरिक मंत्री के रूप में कार्य किया।

मूल रूप से नवाज शरीफ के वफादार, हुसैन 1999 के बाद निरंकुश नेता परवेज मुशर्रफ के साथ चले गए और नए पीएमएल-क्यू के सदस्य बन गए। उनका परिवार राष्ट्रीय राजनीति में प्रभावशाली है और उनके छोटे चचेरे भाई परवेज़ इलाही ने मुशर्रफ के सैन्य शासन के दौरान 2002 से 2007 तक पंजाब के मुख्यमंत्री के रूप में कार्य किया। 2008 के चुनावों और मुशर्रफ के इस्तीफे के बाद, हुसैन और उनकी पार्टी पाकिस्तान पीपल्स पार्टी से प्रधान मंत्री यूसुफ रजा गिलानी और राष्ट्रपति आसिफ अली जरदारी की प्रमुख सहयोगी बन गई।

राष्ट्रीय राजनीति में कैरियर

चौधरी शुजात हुसैन अपने पिता की हत्या के बाद राष्ट्रीय राजनीति में आये। स्थानीय निकाय चुनावों में भाग लेने के बाद, हुसैन 1981 में संसद सदस्य बने और बाद में पंजाब सरकार के वित्तीय विभाग में शामिल हो गए। उन्होंने 1985 के गैर-पक्षपातपूर्ण आम चुनावों में सफलतापूर्वक भाग लिया और प्रचार किया और पीएमएल के साथ संबंध बनाए रखा। गुजरात से आम चुनाव में उनकी प्रतियोगिता में नेशनल असेंबली और प्रांतीय पंजाब असेंबली दोनों सीटें शामिल थीं। चुनाव के बाद उन्होंने नेशनल असेंबली सीट के पक्ष में अपनी पंजाब विधानसभा सीट खाली कर दी।

वह इस्लामी शासन जिया-उल-हक में एक महत्वपूर्ण सत्ता दलाल बन गए। जनरल ज़िया की आर्थिक नीतियों से हुसैन को फ़ायदा हुआ। हुसैन ने औद्योगिक फर्मों और मिलों में निवेश किया। कराची स्टॉक एक्सचेंज में स्टॉक खरीदा, जिससे उन्हें फायदा हुआ।

1985 के आम चुनावों में भाग लेने के बाद, हुसैन प्रधान मंत्री मुहम्मद खान जुनेजो की सरकार में उद्योग मंत्रालय के मंत्री के रूप में शामिल हुए, और 1986 में सूचना और मास-मीडिया प्रसारण मंत्रालय का अतिरिक्त मंत्री पद संभाला; और 1987-88 में रक्षा उत्पादन मंत्रालय।

उन्हें 1994 में भुट्टो के दूसरे कार्यकाल के दौरान संघीय जांच एजेंसी के डीजी रहमान मलिक द्वारा दायर राजनीति से प्रेरित मामलों में जेल में डाल दिया गया था।

आंतरिक मंत्रालय

हुसैन दक्षिणपंथी गठबंधन, इस्लामिक डेमोक्रेटिक एलायंस (आईडीए) के प्रमुख सदस्य थे और उन्होंने 1988 के आम चुनावों के दौरान संसदीय सीट जीती, और 1988 से 1990 तक नेशनल असेंबली में संयुक्त विपक्ष के संसदीय दल (पीपीजेओ) का नेतृत्व किया। उन्होंने अभिनय भी किया। नेशनल असेंबली में पाकिस्तान मुस्लिम लीग (एन) (पीएमएल-एन) के संसदीय दल के नेता के रूप में।

पाकिस्तान के तत्कालीन प्रधान मंत्री, चौधरी शुजात हुसैन, जुलाई 2004 में इस्लामाबाद, पाकिस्तान में प्रधान मंत्री के आवास पर उनकी बैठक के बाद अमेरिकी उप

विदेश मंत्री रिचर्ड आर्मिटेज को विदा करते हुए।

1990 के चुनावों और 1997 के चुनावों के बाद, चौधरी शुजात ने आंतरिक मंत्रालय के रूप में कार्य किया। वह प्रधान मंत्री नवाज शरीफ के हाई-प्रोफाइल कैबिनेट सदस्यों में से एक थे, जिन्होंने शुजात को 1997 से 1999 तक पंजाब में पीएमएल-एन के अध्यक्ष के रूप में नियुक्त किया था। हालांकि, 1998 में शरीफ द्वारा आर्थिक आपातकाल लागू करने के बाद हुसैन ने गंभीर असहमति जताई और नवाज शरीफ का सामना किया। कारगिल युद्ध के दौरान हुसैन के संबंध बेहद शत्रुतापूर्ण हो गए, उन्होंने दावा किया कि शरीफ को सेना प्रमुख जनरल परवेज मुशर्रफ ने छह बार जानकारी दी थी, जबकि शरीफ का दावा था कि उन्हें "ज्ञान" नहीं है।

पाकिस्तान मुस्लिम लीग

तख्तापलट के बाद, हुसैन पीएमएल से अलग हुए समूह पाकिस्तान मुस्लिम लीग में शामिल नहीं हुए। 2000 में शरीफ को सऊदी अरब में निर्वासित किए जाने के बाद 2001 में हुसैन ने पीएमएल में शामिल होने का फैसला किया और 2002 के आम चुनावों के दौरान पीएमएल मंच के माध्यम से गुजरात से चुनाव लड़ा। प्रारंभ में, हुसैन नेशनल असेंबली में संसदीय दल के नेता बने, लेकिन जब पार्टी के संस्थापक मियां मुहम्मद अज़हर ने पार्टी से इस्तीफा दे दिया तो उन्होंने पार्टी का अध्यक्ष पद ग्रहण किया। जनवरी 2003 में, पार्टी सम्मेलन में मियां मुहम्मद अज़हर के स्थान पर शुजात को नामांकित किया गया और उन्होंने पार्टी का अध्यक्ष पद ग्रहण किया।

पाकिस्तान के प्रधान मंत्री

12 अक्टूबर 1999 को जनरल परवेज़ मुशर्रफ द्वारा नवाज़ शरीफ सरकार को उखाड़ फेंकने के बाद, कई पीएमएल-एन असंतुष्टों ने मियां मुहम्मद अज़हर के नेतृत्व में एक समूह बनाया। पहले, चौधरी शुजात किसी भी समूह में शामिल नहीं हुए थे, लेकिन नवाज़ शरीफ के निर्वासन के बाद, वह मियां अज़हर में भी शामिल हो गए और मार्च 2001 में पाकिस्तान मुस्लिम लीग (क्यू) का गठन किया। अक्टूबर 2002 के आम चुनावों में, चौधरी शुजात नेशनल असेंबली के लिए चुने गए। . उन्हें पीएमएल (क्यू) के अध्यक्ष के रूप में लगातार तीन वर्षों तक निर्विरोध चुना गया है, जो 2006 से पाकिस्तान की सत्तारूढ़ पार्टी थी...

चौधरी शुजात हुसैन ने अपने आजीवन मित्र जफरुल्ला खान जमाली को देश का पहला बलूच प्रधान मंत्री नियुक्त करने के लिए समर्थन और समर्थन प्रदान किया। इससे पहले उन्होंने शौकत अजीज को राष्ट्रीय राजनीति में लाने में भी भूमिका निभाई थी. हालाँकि, 2004 में जमाली ने इस्तीफा दे दिया।

सेना और आईएसआई केवल तब तक आपका समर्थन करेंगे और आपके साथ रहेंगे जब तक पर्याप्त लोग आपके साथ हैं... वे (सैन्य) उस घोड़े की तरह हैं जो आपको "केवल" तब तक ले जाता है जब तक आपके पैरों में ताकत है.. ...

चौधरी शुजात अनातोल लिवेन को बता रहे हैं, 2008,

जमाली के इस्तीफे के बाद, शुजात हुसैन ने वित्त मंत्री शौकत अजीज को प्रधान मंत्री पद के लिए नामित किया। शुजात अस्थायी रूप से प्रधान मंत्री बने क्योंकि अजीज को प्रधान मंत्री नहीं चुना जा सकता था, क्योंकि वह सीनेट के सदस्य थे।

संसद में, हुसैन ने पत्रकारों से कहा कि प्रधान मंत्री के रूप में उनका चुनाव "अंतरिम नियुक्ति नहीं" बल्कि संविधान के अनुरूप था।एक साक्षात्कार में, शुजात हुसैन ने कहा: "मीर जफरुल्लाह खान जमाली द्वारा मेरा नामांकन और राष्ट्रपति से परामर्श के बाद शौकत अजीज का नामांकन निर्धारित परंपराओं के अनुरूप था। ऐसी तकनीकीताओं पर कोई हंगामा नहीं होना चाहिए।"

23 अगस्त 2004 को, हुसैन ने प्रधानमंत्री का पद शौकत अज़ीज़ को सौंप दिया, हालाँकि हुसैन पाकिस्तान मुस्लिम लीग (क्यू) के पार्टी अध्यक्ष बने रहे।

व्यक्तिगत जीवन

चौधरी शुजात हुसैन चौधरी जहूर इलाही के सबसे बड़े बेटे हैं। उनके दो भाई वजाहत हुसैन और शफाअत हुसैन और छह बहनें हैं। उनकी एक बहन क़ैसरा इलाही की शादी उनके चचेरे भाई चौधरी परवेज़ इलाही से हुई है, जो पंजाब के पूर्व मुख्यमंत्री हैं और पाकिस्तान पीपुल्स पार्टी की हालिया सरकार में उप प्रधान मंत्री का पद भी संभाल चुके हैं। उनकी बहन नाज़ इलाही की शादी पाकिस्तान की नेशनल असेंबली के पूर्व सदस्य ताहिर सादिक खान के साथ हुई है। उनकी बहन सुमैरा इलाही भी राजनीति में सक्रिय हैं। उनके छोटे भाई, चौधरी वजाहत हुसैन भी तीन बार पंजाब की प्रांतीय विधानसभा के लिए चुने गए (1988-1990,1990-1993,1997-1999) और 2002 में नेशनल असेंबली के निर्वाचन क्षेत्र NA-104 से भी जीते। 2008 के आम चुनाव. पीएमएल-क्यू, एमएनए की वजाहत फोर्स; और चौधरी वजाहत हुसैन, हवाला और मनी लॉन्ड्रिंग के कई घोटालों से जुड़े हैं, और उन्होंने स्थानीय आबादी पर कहर बरपाया है।

दक्षिण कोरिया से सम्मान

हुसैन दक्षिण कोरिया के साथ पाकिस्तान के द्विपक्षीय संबंधों के एक मजबूत और मुखर समर्थक थे। [उन्होंने देश में दक्षिण कोरिया का निवेश लाने में मदद की और देश में अर्थव्यवस्था के दक्षिण-कोरियाई मॉडल का समर्थन किया। उनके प्रयासों के लिए, दक्षिण कोरियाई सरकार ने उन्हें कोरिया गणराज्य का "मानद महावाणिज्य दूत" नाम दिया। हुसैन पाकिस्तान और कोरिया गणराज्य के बीच आपसी संबंधों को बढ़ावा देने में विशिष्ट सेवाओं के लिए दक्षिण कोरिया के सर्वोच्च राजनयिक पुरस्कार ऑर्डर ऑफ द डिप्लोमैटिक सर्विस मेरिट "उउंग-इन-मेटल" के प्राप्तकर्ता भी हैं।

धन और व्यक्तिगत संपत्ति

चौधरी शुजात हुसैन पाकिस्तान की शक्तिशाली व्यापारिक हस्तियों में से एक हैं। हुसैन रक्षा उत्पादन, सैन्य तकनीकी विकास और औद्योगिक मिलों में निवेशक हैं।

पुस्तक लेखन एवं प्रकाशन - स्वयं के द्वारा लिखित पुस्तक - सच तो ये है

सच तो ये है! (سچّ تو یہ ہے‏; "यह सच है!"), लाहौर: फ़िरोज़ शाह प्रकाशन, 2018, 328 पृष्ठ।

आत्मकथा. उनके बारे में, चौ. शुजात दानिशवारों के नज़र में (چوہدری شجاعت حسین: ‏دانشوروں کی نضر میں‏; "शुजात द मैन: स्कॉलर्स आई व्यू"), लाहौर: संज प्रकाशन, 2020, 234 पृष्ठ।

लेखक रनवीर सिंह (ranvir Singh)

लेखक रनवीर सिंह (Ranvir Singh)

रनवीर सिंह (Ranvir Singh)

रनवीर सिंह (तोमर) आत्मज स्व. श्री दिलीप सिंह

बी.ई. (इलेक्ट्रिकल), एफ.आई.ई., चार्टर्ड इंजीनियर.

जन्म - 02 जुलाई 1955

जन्म स्थान- गांव - नगला भूपसिंह , डाकघर - पिसावा , जिला अलीगढ़ , उत्तर प्रदेश 202155.

शिक्षा - बी. एससी. इंजीनियरिंग (इलेक्ट्रिकल) , अलीगढ़ मुस्लिम यूनिवर्सिटी अलीगढ़ उ. प्र. (1978),

सेवा - मध्य प्रदेश विद्युत मंडल (1979 से 2015), 36 वर्ष, सेवानिवृत्ति - अति.मुख्य अभियंता.

वर्तमान - फैकल्टी मेम्बर पावर डिस्ट्रीब्यूशन ट्रेनिंग सेंटर भोपाल

वर्तमान निवास - मकान न. डुप्लेक्स - 11. , कुटुम्ब अपार्टमेंट बलवन्त नगर यूनिवर्सिटी रोड, ठठीपुर, ग्वालियर, म.प्र. 474002.

अभिरुचि - पुस्तक अध्ययन, इलेक्ट्रिकल विषयों पर लेक्चर देना, सामाजिक गतिविधियां, वृक्षारोपण कार्य आदि .

अणुडाक - er.rsingh55@gmail.com , चलित दूरभाष - +91- 9425137463.

प्रकाशित पुस्तकें - सामान्य - चौरासी का चक्कर , ज्योतिष और भारतीय पर्व, जीवन की प्रेरणादायक कहानियां ,

विद्युत- ऊर्जा संरक्षण एवं अक्षय ऊर्जा, विद्युत सुरक्षा एवं उपचार, विद्युत वितरण संचालन और संधारण, विद्युत ऊर्जा मीटर, अर्थिंग (भू- संयोजन), विद्युत वितरण

ट्रांसफ़ॉर्मर, विद्युत् लाइन , विद्युत उपकेन्द्र, पावर कैपेसिटर.

जातीय पुस्तक - जाट संत, जाट कवि, जाट बिलदानी, जटवारा चम्बल सिंध, तोमर (तंवर-- तनवर), जाट मुख्यमंत्री, जाट राज्यपाल, जाट महिला खिलाड़ी, जाट प्लेयर्स (कॉमन वेल्वेथ गेम्स वर्मिन्घम - 2022), Tomar Dynasty (तोमर डायनेस्टी), एक व्यक्तित्व राजा महेन्द्र प्रताप.

(प्रकाशक - नोशन प्रेस, /Notion Press, वितरक - नोशन प्रेस, अमेज़न, फिलप्कार्ट, किन्डल)

9 798889 498272 4